坐在五十二街的
一家小酒館
惶然又害怕
當粗鄙欺瞞的年代
慧黠的希望死滅：
憤怒與恐懼的浪潮
席捲光明
黯淡地球上的國度，
迷惑我們個人的生活；
令人無法啟齒的死亡氣息
激怒了九月之夜……

——W．H．奧登，〈一九三九年九月一日〉

刀鋒之先

Lawrence Block

勞倫斯·卜洛克 著
林大容 譯

Out on the Cutting Edge

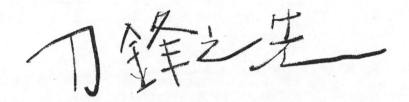

馬修・史卡德系列 07

刀鋒之先 Out on the Cutting Edge

作者——勞倫斯・卜洛克 Lawrence Block
譯者——林大容
封面設計—— ONE.10 Society
編輯協力——黃麗玟、劉人鳳
業務——李振東、林佩瑜
行銷企畫——陳彩玉、林詩玟
發行人——涂玉雲

出版——臉譜出版
104台北市中山區民生東路二段141號5樓
電話：(02)2500-7696　傳真：(02)2500-1952
臉譜部落格 facesfaces.pixnet.net/blog

發行——英屬蓋曼群島商家庭傳媒股份有限公司城邦分公司
104台北市中山區民生東路二段141號11樓
客服服務專線：(02)2500-7718；2500-7719
24小時傳真專線：(02)2500-1990；2500-1991
服務時間：週一至週五上午9:30~12:00；下午13:30~17:00
劃撥帳號：19863813
戶名：書虫股份有限公司
讀者服務信箱：service@readingclub.com.tw

香港發行所——城邦(香港)出版集團有限公司
香港灣仔駱克道193號東超商業中心1樓
電話：(852)2877-8606　傳真：(852)2578-9337　E-mail: hkcite@biznetvigator.com

馬新發行所——城邦(馬新)出版集團 Cite(M)Sdn Bhd (458372U)
41, Jalan Radin Anum, Bandar Baru Sri Petaling, 57000 Kuala Lumpur, Malaysia.
電話：(603)9056-3833　傳真：(603)9057-6622　E-mail: services@cite.my

初 版 一 刷　1998年3月
三 版 一 刷　2023年9月
ISBN 978-626-315-376-9

定價 350元(本書如有缺頁、破損、倒裝，請寄回本社更換)

國家圖書館出版品預行編目資料

刀鋒之先／勞倫斯・卜洛克(Lawrence Block)著；林大容譯. -- 三版. -- 台北市：臉譜出版：家庭傳媒城邦分公司發行, 2023.09
面；公分. --(馬修・史卡德系列；07)
譯自：Out on the Cutting Edge
ISBN 978-626-315-376-9(平裝)
874.57　　112013181

〈新版推薦序〉

關於我的朋友馬修・史卡德

臥斧

有很長一段時間，遇上還沒讀過「馬修・史卡德」系列的友人詢問「該從哪一本開始讀？」或「你最喜歡、最推薦哪一本？」之類問題，我都會回答，「先讀《八百萬種死法》，我最喜歡《酒店關門之後》。」

如此答覆有其原因。

「馬修・史卡德」系列幾乎每一本都可以獨立閱讀——作者勞倫斯・卜洛克認為，即使是系列作品，每部作品都仍該是個完整故事，所以倘若故事裡出現已在系列中其他作品登場過的角色，卜洛克就會簡述來歷，沒讀過其他作品或許不會理解角色之間的詳細關係，不過不會對理解手頭這本的情節造成妨礙。事實上，這系列在二十世紀末首度被引介進入國內書市時，出版社選擇出版的第一本書，就不是系列首作《父之罪》，而是第五部作品《八百萬種死法》。

出版順序自然有編輯和行銷的考量，讀者不見得要照章行事，我的答案與當年的出版順序並無關聯，《八百萬種死法》也不是我第一本讀的本系列作品。建議先讀《八百萬種死法》，是因為我認為這本小說最適合用來當成某種測試，確認讀者是否已經到達「人生中適合認識史卡德」的時期；

倘若喜歡這本，約莫也會喜歡這系列的其他故事，倘若不喜歡這本，那大概就是時候未到——生命中的哪個階段會被哪樣的作品觸動，每個讀者狀況都不相同。

這樣的答覆方式使用多年，一直沒聽過負面回饋，直到某回聽到一名友人坦承，自己初讀《八百萬種死法》時，覺得這故事「很難看」。有意思的是，這名友人後來仍然成為卜洛克的書迷，讀完了整個系列。

概略討論之後，我發現友人覺得難看的主因在於情節——這個故事並未完全依循推理小說作者與讀者之間不言自明的默契，結局之前的轉折雖然合理，但拐彎的角度大得讓人有點猝不及防，有部分讀者會覺得自己沒能被說服接受。可是友人同時指出，史卡德這個主角相當吸引人——這系列故事主線均由史卡德的第一人稱主述敘事，所以這也表示整個故事讀來會相當吸引人。能夠吸引讀者、呼應讀者自身的生命經驗、讓讀者打從心底關切的角色，總會讓讀者想要知道：這角色還會面對哪些事件，又會如何看待他所處的世界？

這是讓友人持續讀完整個系列的動力，也是我認為這本小說適合用來測試的原因——《八百萬種死法》是全系列中結局轉折最大的故事，也是完整奠定史卡德特色的故事。從這個故事開始認識史卡德，就像交了個朋友；而交了史卡德這個朋友，會讓人願意聽他訴說生命裡發生的種種故事。

約莫在友人同我說起這事的前後，我按著卜洛克原初的出版順序，重新閱讀「馬修．史卡德」系列，然後發現：倘若當初我建議朋友從首作《父之罪》開始讀，友人應該還是會成為全系列的忠實讀者，只是對情節和主角的感覺可能不大一樣。

史卡德登場

二十世紀的七〇年代，卜洛克讀了李歐納．薛克特的《論收賄》，這是薛克特與一名收賄的紐約警察一起完成的作品，內容講的就是那個警察的經歷。那是一名盡責任、有效率的警察，偵破不少案子，但同時也貪污收賄、經營某些不法生意。

卜洛克十五、六歲起就想當作家，他讀了很多偉大的經典作品，不過一開始並不確定自己該寫什麼；剛入行時他用筆名寫的是女同志和軟調情色長篇，市場反應不錯，六〇年代開始寫「睡不著覺的密探」系列，銷售成績也不差。七〇年代他與出版社商議要寫犯罪小說時，認為《論收賄》裡的警察或許能夠成為一個有趣的角色，只是他覺得自己比較習慣使用局外人的觀點敘事，沒什麼把握能寫好一個在警務體制裡工作的貪污警員。

於是卜洛克開始想像這麼一個角色：這個人是名經驗老到的刑警，和老婆小孩一起住在市郊，有辦案的實績，也沒放過收賄的機會；某天下班，這人為了阻止一樁酒吧搶案而掏槍射擊，但跳彈意外殺死了一個街邊的女孩。誤殺事件讓這人對自己原來的生活模式產生巨大懷疑，加劇了喝酒的習慣、與妻子分居、獨自住在旅館，偶爾依靠自己過往的技能接點委託維持生計，但沒有申請正式的偵探執照，而且習慣損出固定比例的收入給教堂……

真實人物的遭遇加上小說家的虛構技法，馬修．史卡德這個角色如此成形。

一九七六年，《父之罪》出版。

一名女性在紐約市住處遭人殺害，嫌犯渾身浴血、衣衫不整地衝到街上嚷嚷之後被捕，兩天後在獄中上吊身亡。女孩的父親從紐約州北部的故鄉到紐約市辦理後續事宜，聽了事件經過後找上史卡德——就警方的角度來看這起案件已經偵結，這名父親也不大確定自己還想做什麼，他與女兒幾年來鮮少聯絡，甫知女兒死訊，才想搞清楚女兒這幾年如何生活、為什麼會遇上這種事。警方不會處理這類問題，於是把他轉介給曾經當過警察、現已離職獨居的史卡德。

以情節來看，《父之罪》比較像刻板印象中的推理小說：偵探接受委託，找出凶案的真正因由。這個故事同時確立了系列案件的基調——會找上史卡德的案子可能是警方認為不需要處理的，或者是當事人因故無法、或不願交給警方處理的；而史卡德做的不僅是找出真凶，還會在偵辦過程裡挖掘出隱在角色內裡的某些物事，包括被害者、凶手，甚至其他相關人物。

緊接著出版的《在死亡之中》和《謀殺與創造之時》都仍維持類似的推理氛圍，不同的是卜洛克對史卡德的描寫越來越多。史卡德的背景設定在首作就已經完整說明，卜洛克增加的是史卡德處理事件過程的生活細節——他對罪案的執拗、他與酒精的糾纏、他和其他角色的互動，以及他在紐約憑藉公車、地鐵、偶爾駕車或搭車但大多依靠雙腿四處行走查訪當中的所見所聞，這些細節累疊在原先的背景設定上，逐漸讓史卡德越來越立體，越來越真實。

史卡德曾是手腳不算乾淨的警員，他知道這麼做有違規範，但也認為這麼做沒什麼不對——有缺陷的是制度，他只是和所有人一樣，設法在制度底下找到生存的姿態。這使得史卡德成為一個特殊的冷硬派偵探——這類角色常以譏誚批判的眼光注視社會，史卡德也會，但更多時候這類譏誚會轉為自嘲，因為他明白自己並不比其他人更好，這類角色常面不改色地飲用烈酒，史卡德也會，但酒精因而成為一種將他拽開常軌的誘惑，摧折身體與精神的健康；這類角色心中都會具備一套自己的道德判準，史卡德也會，而且雖然嘴上不說，但他堅持的力道絕不遜於任何一個硬漢。

我私心將一九七六年到一九八二年的四部作品劃歸為系列的「第一階段」。這四部作品的情節不只呈現了偵查經過，也替史卡德建立了鮮明的形象——作家替角色設定的個性與特質會決定角色面對衝突時的反應，而讀者會從這些反應推展出現的情節理解角色的個性與特質。史卡德並非完人，沒有超凡的天才，反倒有不少常人的性格缺陷，對善惡的標準似乎難以解釋，但他面對罪惡的態度會讓讀者清楚地感知那個難以解釋的核心價值。

讀者越來越了解史卡德——他不是擁有某些特殊技能、客觀精準的神探，他就是個試著盡力解決問題的凡人。或許卜洛克也越寫越喜歡透過史卡德去觀察世界——因為他寫了《八百萬種死法》。

反正每個人都會死，所以呢？

《八百萬種死法》一九八二年出版。

打算脫離皮肉生涯的妓女透過關係找上史卡德，請史卡德代她向皮條客說明。皮條客的行為模式與眾不同，尋找時花了點工夫，找上後倒沒遇到什麼麻煩；皮條客很乾脆地答應，但幾天之後，史卡德發現那名妓女出了事。史卡德已經完成委託，後續的事理論上與他無關，可是他無法放手，認為這事八成是言而無信的皮條客幹的；他試著再找皮條客，雖然不確定找上後自己要做什麼，不料皮條客先聯絡他，除了聲明自己與此事毫無關聯，並且要雇用史卡德查明真相。

在妓女出現之前，史卡德做的事不大像一般的推理小說；接下皮條客的委託之後，史卡德的工作方式則與前幾部作品一樣，不是推敲手上的線索就看出應該追查的方向，而是透過皮條客手下的其他妓女以及史卡德過往在黑白兩道建立的人脈，扎扎實實地四處查訪。因此之故，《八百萬種死法》有不少篇幅耗在史卡德從紐約市的這裡到那裡，敲門按電鈴，問問這個問問那個；其他篇幅一部分用來講述史卡德的生活狀況——主要是他日益嚴重的酗酒問題，酒精已經明顯影響他的神智和健康，但他對戒酒無名會那種似乎大家聚在一起取暖的進行方式嗤之以鼻，另一部分則記述了史卡德從媒體或對話裡聽聞的死亡新聞。

《八百萬種死法》的書名源於當時紐約市有八百萬人口，每個人可能都有不同的死亡方式；這些死亡事件與史卡德接受的委託沒有關係，史卡德也沒必要細究每樁死亡背後是否藏有什麼祕密。如此安排容易讓讀者覺得莫名其妙——我要看史卡德怎麼查線索破案子，卜洛克你講這些無關緊要的東西做什麼？不過讀者也會慢慢發現：這些插播進來的死亡新聞，讀起來會勾出某些古怪的反應，有時是深沉的慨嘆，有時是苦澀的笑意。它們大多不是自然死亡，有的根本不該牽扯死亡——例如有人扛回被丟棄的電視機想修好了自己用，結果因電視機爆炸而亡，這幾乎有種荒謬的喜感——讀者認為它們「無關緊要」，是因它們與故事主線互不相涉，但對它們的當事人而言，那是生命的瞬間消逝，可一點都不「無關緊要」。

是故，這些死亡準確地提出一個意在言外的問題：反正每個人都會死，所以呢？每個人如何迎來生命終點都無法預料，甚至不可理喻，沒有善惡終報的定理，只有無以名狀的機運；在這樣的世界裡，執著地追究某個人的死亡，有沒有意義？或者，以史卡德的處境來說，遠離酒精，讓自己清醒地面對痛苦，有沒有意義？

推理故事大多與死亡有關。古典和本格派將死亡案件視為智力遊戲，是偵探與凶手、讀者與作者之間鬥智的謎題；冷硬和社會派利用死亡案件反映社會與人的關係，什麼樣的環境會讓人做出什麼樣的掙扎，什麼樣的時代會讓人犯下什麼樣的罪行。其實，推理故事一直是最適合用來揭示人性的故事，因為要查明一個或數個角色的死因，調查會以死者為圓心向外輻射，觸及與死者有關的其他角色，釐清他們與死者的關係、死亡對他們的影響、拼湊死者與他們的過往，這些調查會顯露角色們的個性，死因與行凶動機往往就埋在這些人性糾葛之中。

《八百萬種死法》不只是推理小說，還是一部討論「人該怎麼活著」的小說。

「馬修．史卡德」是個從建立角色開始的系列，而《八百萬種死法》確立了這個系列的特色，這些故事不僅要破解死亡謎團、查出凶手，也要從罪案去談人性。

我們終將孤獨

在《八百萬種死法》之後，卜洛克有幾年沒寫史卡德。

據聞《八百萬種死法》本來可能是系列的最後一個故事，從故事的結尾也讀得出這種味道——史卡德解決了事件，也終於直視自己的問題，讓系列在劇末那個悸動人心的橋段結束，是個合理的選擇，也是個漂亮的收場——不過從隔了四年、一九八六年出版的《酒店關門之後》來看，卜洛克還想繼續以史卡德的視角看世界，沒有馬上寫他的故事，可能是自己的好奇還沒尋得答案。

因為大家都知道，故事會有該停止的段落，角色做完了該做的事、有了該有的領悟；但在現實生活裡，時間不會停在「全書完」三個字出現的那一頁，就算人生因為某些事件而轉往新方向，等在眼前的也不會是一帆風順「從此幸福快樂」的日子。卜洛克的好奇或許是：在史卡德直視自身問題、做了重要決定之後，他還是原來設定的那個史卡德嗎？那個決定會讓史卡德的生活出現什麼變化？那些變化是否會影響史卡德面對世界的態度？

倘若沒把這些事情想清楚就動手寫續作，大約會出現兩種可能：一是動搖前五部作品建立的系列基調——既然卜洛克喜歡這個角色，那麼就會避免這種情況發生；二是保持了系列基調但破壞了《八百萬種死法》那個完美結局的力道——真是如此的話，不如乾脆結束系列，換另一個主角講故事。

《酒店關門之後》是卜洛克思考之後的第一個答案。

這個故事裡出現三樁不同案件，發生在《八百萬種死法》之前。案件之間乍看並不相干（不過後來發現其中兩起有點關聯），史卡德甚至不算真的在調查案件——第一樁案件是酒吧常客妻子被殺，史卡德被委任去找出兩名落網嫌犯的過往記錄，讓他們看起來更有殺人嫌疑；第二樁事件是另一家起酒吧帳本失竊，史卡德負責的是與竊賊交涉、贖回帳本，而非查出竊賊身分。至於第三樁事件，史卡德完全沒被指派工作，那是一樁搶案，史卡德只是倒楣地身處事發當時的酒吧裡頭，而且也沒被搶。

三樁案件各自包裹了不同題目，這些題目可以用「愛情」、「友誼」之類名詞簡單描述，但真要說明白它們內裡的複雜層次，卻常讓人找不著最合適的語彙。卜洛克擅長用對話表現角色個性和推進情節，因此故事讀來一向流暢直白；流暢直白不表示作家缺乏所謂的文學技法，因為《酒店關門之後》完全展現出這類文字的力量——倘若作家運用得宜，這類看似毫不花巧的文字其實能夠帶領讀者無限貼近這些題目的核心，將難以描述的不同面向透過情節精準展演。

同時，卜洛克也在《酒店關門之後》為自己和讀者重新回顧了史卡德的完整形象，他的私人生活，他的道德判準，以及酒精。《酒店關門之後》的案件都與酒吧有關，故事裡也出現了非常多酒吧——高檔的酒吧、簡陋的酒吧、給觀光客拍照留念的酒吧、熟人才知道的酒吧、正派經營的酒吧、非法營業的酒吧、具有異國風情的酒吧、屬於邊緣族群的酒吧。每個人都找得到自己應該歸屬、宛如個人聖殿的酒吧，每個人也都將在這樣的所在，發現自己的孤獨。

史卡德並非沒有朋友，但每個人都只能依靠自己孤獨地面對人生，不是沒有伴侶或好友的孤獨，而是有了伴侶和好友之後才會發現的孤獨，在酒店關門之後、喧囂靜寂之後，隔著酒精製造出來的矇矓迷霧，看見它切切實實地存在。事實上，喝酒與否，那個孤獨都在那裡，只是少了酒精，有時就會缺乏直視的勇氣；可是理解孤獨，便是理解自己面對人生的樣貌，有沒有酒精，這都是必要的人生課題。

同時，《酒店關門之後》確立了這系列的另一個特色。假若從首作讀起，讀者會知道系列故事按著時序發生，不過與現實時空的連結並不明顯——那是二十世紀七、八〇年代發生的事，至於確切是哪一年則不大要緊。不過《酒店關門之後》開場不久，史卡德便提及事件發生在很久之前、一九七五年，是過去的回憶，而結尾則說到時間已經過了十年，也就是故事裡「現在」的時空應當是一九八五年，約莫就是《酒店關門之後》寫作的時間。史卡德不像某些系列作品的主角那樣，似乎固定停留在某段時空當中，他和作者、讀者一起活在同一個現實裡頭。

再過三年，《刀鋒之先》在一九八九年出版，緊接著是一九九〇年的《到墳場的車票》。卜洛克準備答案所花的數年時間沒有白費，結束了在《酒店關門之後》的回顧，史卡德的時間繼續前進，他用一種與過去不大一樣的方式面對人生，但也維持了原先那些吸引人的個性特質。

從《八百萬種死法》至《到墳場的車票》是我私心分類的「第二階段」，卜洛克在這個階段重新整理了對角色的想法，讓史卡德成為一個更有血有肉、會隨著現實一起慢慢老去、仿若與讀者一同生活在現實的真實人物。而系列當中的重要配角在前兩階段作品中也已全數登場，史卡德的人生即將邁入新的篇章。

我認定的「馬修．史卡德」系列「第三階段」從一九九一年的《屠宰場之舞》開始，到一九九八年的《每個人都死了》為止，卜洛克在八年裡出版了六本系列作品，寫作速度很快，而且每個故事都很精采，人性描寫深刻厚實，情節絞揉著溫柔與殘虐。

雖說先前談到前兩階段共八部作品時一直強調角色塑造，但不表示卜洛克沒有好好安排情節。卜洛克的確認為角色很重要——他在講述小說創作的《小說的八百萬種寫法》中明確寫道：「幾乎所有讀者持續翻閱任何小說的主要原因，就是想知道接下來發生的事，讀者之所以在乎接下來發生的事，則是因為作者描寫人物性格的技巧。小說中的人物若有充分描繪，具有引起讀者共鳴與認同的力量，讀者就會想知道他們下場如何，並深深擔心他們的未來會不會好轉，」「馬修．史卡德」系列可以視為這番言論的實際作業成績。不過，同一本書裡，他也提及寫作之前應該重新閱讀，不是以讀者的眼光閱讀，而是以作者的洞察力閱讀。卜洛克認為這樣的閱讀不是可以學到某種公式，而是能夠培養出一些類似「直覺」的東西，知道創作某類小說時可以用什麼方式。

說得具體一點，「以作者的洞察力閱讀」指的不單是享受故事，而是進一步拆解故事，找出該故事的作者用什麼方法鋪排情節，如何埋設伏筆、讓氣氛懸疑，如何製造轉折、讓發展爆出意外。

開始寫「馬修．史卡德」系列時，卜洛克已經是很有經驗的寫作者；要寫犯罪小說之前，他已經拆解了不少相關類型的作品。史卡德接受的是檢調體制不想處理、或當事人不願交給體制處理的案件，這些案件不大可能牽涉某種國際機密或驚世陰謀，但往往蘊含隱在社會暗角、體制照料不到之處的幽微人性——而史卡德的角色設定，正適合挖掘這樣的內裡。

從《父之罪》開始，「馬修．史卡德」系列就是角色與情節的適恰結合，而在寫完前兩個階段、史卡德的形象穩固完熟之後，卜洛克從《屠宰場之舞》開始加重了情節的黑暗層面。《屠宰場之舞》出現性虐待受害者之後將其殺害、並且錄影自娛的殺人者，《行過死蔭之地》出現綁架、性侵，並以切割被害者肢體為樂的凶手，《一長串的死者》裡一個祕密俱樂部驚覺成員有超過正常狀況的死亡機率，《向邪惡追索》中的預告殺人魔似乎永遠都有辦法狙殺目標。

這些故事都有緊張、刺激、驚悚、駭人的橋段，而在經營更重口味情節的同時，卜洛克持續讓史卡德面對自己的人生課題——前女友罹癌、要求史卡德協助她結束生命；原來已經穩固的感情關係，忽然出現了意想不到變化；調查案子的時候，自己也被捲入事件當中，更糟的是，自己的朋友也被捲入事件當中、甚至因此送命——諸如此類從系列首作就存在的麻煩，在第三階段一個都沒少。

史卡德在一九七六年的《父之罪》裡已經是離職警察，可以合理推測年紀可能在三十到四十之間，因此到一九九八年的《每個人都死了》為止，史卡德處於從三十多歲到接近六十歲的中壯年時期。在人生的這段時期當中，大多數人已經成熟、自立，有能力處理生活當中的大小物事，但也必須承受最多生活壓力——年長者的需求、年幼者的照料、日常經濟來源的提供、人際關係的維繫——而總也在這類時刻，一個人會發現自己並沒有因為年紀到了就變得足夠成熟或擁有足夠能力，毋需面對罪案，人生本身就會讓人不斷思索生存的目的，以及生活的意義。

「馬修．史卡德」系列的每一個故事，都在人間與黑暗共舞，用罪案反映人性，都用角色思考生命。

新世紀之後

進入二十一世紀，卜洛克放緩了書寫史卡德的速度。

原因之一不難明白：史卡德年紀大了，卜洛克也是。

卜洛克出生於一九三八年，推算起來史卡德可能比他年輕一點，或者同樣年紀。在歷經種種人生關卡、頻繁與黑暗對峙的九〇年代之後，史卡德的生活狀態終於進入相對穩定的時期，體力與行動力也逐漸不比以往。

原因之二也很明顯：九〇年代中期之後，網際網路日漸普及，犯罪事件利用網路及相關科技的比例也慢慢提高。卜洛克有自己的部落格、發行電子報，會用電腦製作獨立出版的電子書，也有臉書帳號，這表示他是個與時俱進的科技使用者，但不表示他熟悉網路犯罪的背後運作。要讓史卡德接觸這類罪案並無不可——早在一九九二年的《行過死蔭之地》裡，史卡德就結識了兩名年輕駭客，真要寫這類罪案，卜洛克想來也不會吝惜預做研究的功夫；但倘若不讓史卡德四處走動、觀察人間，那就少了這個系列原有的氛圍。

另一個原因則相對沒那麼醒目：卜洛克長年居住在紐約，世貿雙塔就是史卡德獨居的旅店房間窗景，二〇〇一年九月十一日發生在紐約的恐怖攻擊事件，對卜洛克和史卡德這兩個紐約客而言都是巨大的衝擊。卜洛克在二〇〇三年寫了獨立作品《小城》，描述不同紐約人對九一一的反應與後續生活；史卡德沒在系列故事裡特別強調這事，但更深切地思考了死亡——史卡德這角色是因為死亡才成形的，那樁跳彈誤殺街邊女孩的意外，把史卡德從體制內的警職拉扯出來，變成一個體制外孤獨抵抗人性黑暗的存在。過了二十多年，人生似乎步入安穩境地之際，世界的陡然巨變與個人的生理狀態，則提醒每個人：死亡非但從未遠去，還越來越近。而這也符合史卡德與許多系列配角的狀況，他們和史卡德一樣，都隨著時間無可違逆地老去。

「馬修．史卡德」系列的「第四階段」每部作品間隔都較「第三階段」長了許多。第一本是二〇〇一年《死亡的渴望》，這書與二〇〇五年的《繁花將盡》是本系列僅有「應該按順序閱讀」的作品。下一部作品是二〇一一年出版的《烈酒一滴》，不過談的不是二十一世紀的史卡德，而是《八百萬種死法》之後、《刀鋒之先》之前的史卡德——這兩本作品之間的《酒店關門之後》談的是一九七五年發生的往事，以時序來看，讀者並不知道史卡德在那段時間裡的狀況，那是卜洛克正在思索這個角色、史卡德正在經歷人生轉變的時點，《烈酒一滴》補上了這塊空白。

餘下的兩本都不是長篇作品。《蝙蝠俠的幫手》是短篇合集，可以讀到不同時期史卡德遭遇的事件，讀者會發現即使沒有夠長的篇幅，卜洛克一樣能夠巧妙地運用豐富立體的角色說出有趣的故事。二〇一九年的《聚散有時》則是中篇，也是「馬修．史卡德」系列迄今為止的最後一個故事，事件本身相對單純，但對系列讀者、或者卜洛克自己而言，這故事的重點是交代了史卡德以及系列當中重要配角的生活，他們有的長大了，有的離開了，有的年老了，但仍然在死亡尚未到訪之前，在生命裡碰撞出新的火花，發現新的意義。

最美好的閱讀體驗

「馬修．史卡德」系列的起始是犯罪故事，屬於廣義的推理小說類型，每個故事裡也都能讀出推理小說的趣味，縱使主角史卡德並非智力過人的神探，但他踏實地行走尋訪，反倒看到了更多人間光景、接觸了更多人性內裡。同時因為史卡德並不是個完美的人，所以他的頹唐、自毀、困惑，以及堅持良善時迸出的小小光亮，才會顯得格外真實溫暖。

是故，「馬修．史卡德」系列不只是好看的推理小說，還是好看的小說，不只是好看的小說，還是好的小說——不僅有引發好奇、讓人想探究真相的案件，不僅有流暢又充滿轉折的情節，還有深刻描繪的人性。

讀這個系列會讓讀者感覺真的認識了史卡德，甚至和他變成朋友，一起相互扶持著走過人生低谷、看透人心樣貌。這個朋友會讓人用不同視角理解世界、理解人，或者反過來理解自己。

我依然會建議初識這個系列的讀者，從《八百萬種死法》開始試試自己和史卡德合不合拍，不過或許除了《聚散有時》之外，任何一本都會是很好的選擇——不同時期的史卡德作品會有些不同的質地，但都保持了動人的核心。

這些年來我反覆閱讀其中幾本，尤其是《酒店關門之後》，電子書出版之後，我又從《父之罪》開始依序閱讀，每次閱讀，都會獲得一些新的體悟。史卡德觀看世界的視角未曾過時，卜洛克對人性的描寫深入透澈，身為讀者，這是最美好的閱讀體驗。

〈導讀〉

獻祭的花

唐諾

花兒都哪裡去了？
時間流逝，
花兒都哪裡去了？
從前從前。

——德國民歌〈花兒哪裡去了？〉

直到現在，我還偶爾會想，二十世紀，要是沒有六〇年代，不知道會有什麼不同，會好一些還是壞一些？那些經歷過這一場的人會過得快樂些還是無聊些？

天知道，或莊重正式一點說，只有上帝知道。

這回，卜洛克這本《刀鋒之先》書中，為我們找到一個六〇年代走出來的人——小說中，她取名薇拉，高大美麗，四十出頭當然不年輕了，她曾是「進步共產黨」（虛構的團體）的一員，事過境遷不革命了之後，大隱於紐約五十一街當房東，出租廉價公寓，因為公寓發生命案而結識了前來

「關心」的馬修・史卡德。

薇拉談起進步共產黨，說該黨的縮寫PCP和迷幻藥「天使之塵」的縮寫一模一樣，言下頗為自嘲。

花的世代，花的兒女

六〇年代是革命的年代，但較諸人類歷史層出不窮的其他革命年代，很顯然革法不同——我不記得有另外哪次革命能有這麼多迷人（當然，不見得最好）的論述（想想馬庫色、阿多諾、沙特云云），有這麼多迷人的主張（想想反戰、民權、黑權、女權、性愛、人類四海一家云云），有這麼多迷人的文獻和宣言（想想金恩博士「我有一個夢」的演講辭，還有托倫港宣言云云），有這麼多迷人的詩歌（想想巴布・狄倫、約翰・藍儂、瓊・拜雅云云），有這麼多迷人的搖滾歡唱（想想胡士托搖滾大會），以及，有這麼多迷人的麻醉品和青春（想想大麻和那一張張輟學到柏克萊朝聖的年輕男孩女孩臉孔）。

米蘭・昆德拉回憶同在六〇年代他家鄉那一場春天一般又璀璨又短暫的革命，曾說，與其說他們反抗暴政，倒不如說他們是反抗自己的青春。

「如果你去三藩市，可別忘了戴朵花在頭上。」六〇年代他們這樣子高歌，是什麼意思？

六〇年代這些年輕男孩女孩，自喻是花的世代，是花的兒女——我們曉得，在性愛一事上，人類在整個生物界中其實是很特別的。就外在的文化機制來看，人類通常把性器官視為身體最隱私的部位，就像吃了分別善惡果實的亞當夏娃，覺得羞恥且第一個想遮掩起來；而就內在的生物機制來說，人類的發情期大約是行有性生殖的所有生物中最隱晦、最不明顯的，就連和我們血緣最接近的其他靈長類都不如此。因為交配繁殖是生物傳種生存的首要大事，理論上應該大張旗鼓進行才合理，它們或藉強烈氣味的傳布，或藉鮮豔顏色的吸引，或藉性器官的腫大讓目標明顯可辨識，因為在生物護種競爭上這可失誤不得。

其中，顯花植物恰恰好和人類完全相反，當配種的時刻來臨，它們讓性器官滿滿開放在最顯眼的位置，搭配以一切想得到的手法，包括最美的色彩、最撲鼻的香氣、最濃郁的甜蜜，惟恐你看不見、聞不到或不願靠近，無所不用其極只為了傳達一個訊息：「快來，我在這裡。」

人，在性愛一事上，為什麼不能像花一樣，如此滿滿開放呢？

從我於陳蔡者，皆不及仕

二十年之後，這些花兒都哪裡去了？

據我個人所知，好像下場都不怎麼樣——有回，我曾聽六〇年代保釣健將劉大任先生隨口聊到一些當年引領風騷者的下落，包括誰誰到中南美某小國蹲點，誰誰成了小學老師，誰誰選上某小郡小市的議員但也就到此為止，誰誰把革命轉成打劫殺人進了聯邦監獄等等。

當然，還有我們這位溷跡紐約當起房東的高大薇拉。

這裡所說的下場不佳，倒不見得窮困潦倒或惡貫滿盈什麼的，而是緩緩凋零，平平淡淡被吞噬於茫茫人海之中——如果我們了解，這些人當年曾是同儕中資質最好、最心有大志的人，若沒有這一場，理論上到八〇年代之後，他們最應該是社會各領域手握大權之人；如果我們了解，對這些繁華如花的一代，歷史最大的嘲笑便是讓他們變得平凡，變成面目模糊之人。如果我們最起碼想到上述這兩點，你不得不為這樣的收場啞然失笑。

其間究竟發生了什麼事？

很多很多事，不一而足，但我忽然想到的是孔子的一句話，講當年和他餐風露宿、周遊各國的第一代弟子：「從我於陳蔡者，皆不及仕。」

仔細想想，這是很辛酸的一句話，過往，對這句話的解釋，我以為孔子為這群忠心耿耿的老弟子抱屈的是，他們的時間被耽擱了，來不及在宦途上大展鴻圖，此刻，我才曉得，孔子心疼的極可能是他們的心理狀態，某種再難以回頭的心理狀態。

滄海月明珠有淚——一種和現實社會、現實的系統格格不入的心理狀態。

孔子弟子之中，依我看，論才藝、論胸懷、論個性，這些陳蔡弟子的確比他返魯專心教學所收的二代弟子如子游、子張等人要有意思多了，然而，子路慘死衛國政變，顏回貧病早逝，子貢成為大商人，有若接不下二代尊師的衣缽尷尬不已，冉有甚至被逐出師門鳴鼓攻之，不都是這樣子嗎？

留在六〇年代的人

我以為，這樣格格不入的心理狀態，我們應該並不難察覺，比方說，就算在今天台灣，仍不乏有某些人，儘管時隔三十年，地隔一萬英哩，而且只因當年某種偶然的機緣被六〇年代的流風掃到（比方說喜歡約翰．藍儂的人和歌，看過兩部詹姆斯．狄恩的電影如《巨人》、《養子不教誰之過》，懵懂年歲被忽起的民族主義鼓動而腦袋發熱過，或僅僅恰巧在那個年代談第一次戀愛而與有榮焉的移情作用），遂數十年如一日的無視於時間推移滄海桑田，只專心做一個「六〇年代的人」。

六〇年代的人——看六〇年代的老電影，聽六〇年代的老歌，找尋一切和六〇年代掛得上點邊的事物和符號，甚至酒酣耳熱在KTV點的歌也永遠是〈Imagine〉、是〈Blowing in the wind〉等，而且唱起來永遠一臉失樂園的泫然欲泣樣子。老實說，我朋友中就有幾個這樣的人，基於公德心，我們這裡不好提他們的真名實姓。

這些人無法（也不願）從那個時間狀態出來，自然也就和三十年後的今天格格不入。

屠龍之技

內在的心理狀態格格不入，外在的經世技藝當然同樣格格不入。

中國有一句老成語「屠龍之技」，背後的故事大體是這樣子的：話說有人誓言學得屠龍的絕世武技，遂蕩盡家產四處尋師學藝，多年之後藝成下山，豪氣干雲打算一展身手，這才驀然發覺，這個世界原來龍已絕種了，沒龍可殺了。

而宛如長虹貫日的屠龍劍式，不見得方便於切包餃子所需的蔥花。

革命的學問和技藝，從來都是屠龍用的，這不光六〇年代如此，其他革命年代亦然，原因很簡單，目標的設定不同，思維的角度跟著不同，完成目標所要的配備和技術自然也不同。革命，你所尋求並時時磨利的是砍伐大樹的巨斧，從來不是可方便使用於修枝修葉的園藝剪刀。

革命要打倒特權，重新分配社會財富，並不教我們看懂財務報表。

革命要我們認清帝國主義侵略本質，並不提供我們旅遊佛羅倫斯須知。

革命要我們學習巷戰，並不要求我們站在十字路口計算單位時間的交通流量。

革命為的是全人類，或至少是一大部分的人類，並不建議你如何和青少年期的女兒懇談一番。

戀愛、革命與宗教

離開進步共產黨多年的薇拉，便是這樣從心理狀態到世俗技藝和八〇年代（當時）格格不入的一個樣本。

她學過戰鬥技藝，學過下毒的相關知識和技巧（若革命需要，哪天可能得在明尼蘇達某個市區自來水系統下毒），還告訴過史卡德，那家法國小餐廳的名字「巴黎綠」，其實是一種含砷和銅的毒藥，用來當殺蟲劑，也可當壁紙染色劑。

她當年是為了脫離組織，才匆匆嫁了個渾身毿皮穗子的嬉皮逃出來，但她開口閉口談的仍是六〇年代當時。

她到八〇年代仍抽沒濾嘴的駱駝牌濃菸，因為「黨裡頭鼓勵我們抽，這是跟那些工人階級打成一片的方式——你敬我一支菸，我敬你一支菸，點著了，大家抽著抽著就有同生共死的氣氛了。」

她說：「我們要展開一場革命……我們要消滅所有年齡、性別、人種的階級界線所造成的差別待遇——我們三十個人將要領導全國走向天堂，我覺得我們也真的相信這一點。」她說：「這麼多年來，進步共產黨給了我生命的全部意義……那是一個看到你自己成為重要一分子的機會，你將會站在新歷史的最前端。」她說：「這就是我們最重要的麻醉劑——你必須相信你的生命比其他人更不凡。」極典型的革命語言。我好奇的是，什麼樣的一種情境（情境這個辭可能不對），會讓人逃出來之後仍對它依戀不已，失敗了渾身傷痛仍對它魂縈夢繫呢？這樣的革命究竟像什麼？

像戀愛吧，或準確一點說，一種更精純的戀愛形式，通常只在小說、電影和日記本中出現的戀愛形式——我便親耳聽過六〇年代另一位老保釣健將張北海先生這麼說過，大意是，戀愛失敗，總比沒談過戀愛強。

或者也像宗教，比方說，像《約伯記》裡那個家破人亡、一身病痛、滿口怨言卻也同時不改虔誠仰望耶和華的老約伯。

事實上，從這層意義來看，革命、戀愛和宗教本來就是三位一體，它們都始於天啟，時時聆聽到召喚，看見至高者所指定的一條單行道，路上滿是顛沛和試煉，而路的盡頭——依想像——是無寒無暑無空間無時間的榮光之地。

最終的獻祭

在這個三位一體的世界中，死亡便有了極特別的意義，它是選民對至高者應許的一個報稱系統，一個堅信不疑的戳記。

什麼樣的人最愛談死呢？

答案是：戀愛中人、宗教中人和革命中人。戀愛時，它叫生死相許，宗教時，它叫殉道燔祭，革命時，它叫慷慨獻身。

不這樣，你如何能回報至高者對你千萬中挑一的青睞呢？如果你不把你一切所有、包括最終的生命給獻祭出來，你如何侈言你的純淨呢？

如此，我們還需要追問，那些燔祭的花兒，都哪裡去了嗎？

刀鋒之先

Lawrence Block

Out on the
Cutting Edge

每次想像這件事，我腦袋裡的畫面總是一個完美夏日，太陽高掛在艷亮的藍天上。當然，當時是夏天，但我無從知曉那是什麼天氣，或甚至是不是發生在白天。某人說起這件意外的時候提到了月光，不過他也不在場。或許他的想像中出現了月亮，就像我的想像選擇了明亮的太陽、藍色的天空，還四散著棉絮般的白雲。

他們待在白色農舍敞開的門廊上。偶爾我會想像他們在屋內，坐在廚房的松木餐桌旁，但我更常想像他們是在門廊。一個大玻璃壺裡裝滿了葡萄柚汁摻伏特加，他們坐在門廊喝著鹹狗雞尾酒。有時我想像他們在農場散步，手牽著手，或者手臂環著彼此的腰。她喝了很多酒，因此變得很多話、很亢奮，腳步還有些不穩。她對著牛哞哞的叫，對著雞咯咯的喊，還朝著豬發出哼哼的叫聲，然後嘲笑著全世界。

或者我會看到他們穿過森林，出現在溪旁。數百年前有位法國畫家，筆下總是理想境界的鄉村景色，赤足的牧羊人和擠牛奶女工在大自然中嬉戲。我想像中的畫面可能就是他畫過的。

現在他們在溪邊，全身赤裸，接著在涼涼的草地上做愛。

我的想像在這個地方受到了限制，或許只不過是對別人的隱私比較尊重些而已，反正我腦中只有她臉部的特寫畫面。她臉上的表情不斷變化，然後他們就像夢中的報紙文章一般，在我可以看清楚之前就已經變動模糊掉了。

他在她眼前掏出一把刀子，她的眼睛睜大，然後他們兩個的影像變模糊了。一片雲飄過來遮住了太陽。

這是我的想像，我並不以為我的想像跟實際情況很接近。怎麼可能接近呢？即使是目擊證人的證詞也是出了名的不可靠，何況我完全沒有親眼目擊。我沒看過那個農場，我甚至不曉得那兒是不是有條小溪。

我也從沒看過她，只看過照片。我現在就看著其中一張。我好像幾乎可以看到她臉上的種種表情變化，還有她的眼睛睜大。不過我當然看不到這些，根據這些照片，我只能看到時光凍結的那一刻。這不是魔術照片，你不能從中看到過去或未來。如果你把照片翻個面，就會看到我的名字和電話，不過只要再翻個面，就永遠是那個姿勢，嘴唇微張，雙眼看著鏡頭，謎樣的表情。你可以愛看多久就看多久，可是照片不會告訴你任何祕密。

我知道，我現在就瞪著照片看得夠久了。

紐約有三個著名的演員聯誼團體，幾年前一個名叫莫里斯．詹肯洛伊的演員曾給這三個聯誼會下了個簡單的註解。「『戲劇家』是紳士，」他唸道，「卻要裝成演員。『羔羊』是演員，卻要裝成紳士。至於『修士』呢——『修士』是兩者皆非，卻要裝成兩者皆是。」

我不知道詹肯洛伊屬於哪一類。我認識他的時候他大半都醉了，卻要假裝自己很清醒。他常去阿姆斯壯酒吧，就在西五十七街和五十八街之間的第九大道上。他總是喝帝王牌蘇格蘭威士忌加蘇打水，可以喝上整天整夜而面不改色。他喝了酒從不大聲、不出醜、不會摔下椅子。到了夜深時分或許說話會有點不清楚，但也不過就是這樣。戲劇家、羔羊，或修士，他喝酒像個紳士。

死得也像個紳士。他死於食道破裂時，我還在酗酒。一般來說這不會是個酒鬼的頭號死因，不過好像也沒聽說過哪個不喝酒的人會因此而死。我不確定造成食道破裂的確實原因，會是多年來從食道灌下酒去的累積結果，還是每天早上總要吐一兩次造成食道緊繃所致。

我已經很久沒想到莫里斯．詹肯洛伊了，現在想到他，是因為我正要去參加戒酒無名會的聚會，地點就在一棟建築的二樓，那兒曾經是「羔羊俱樂部」的會址。這棟位於西四十四街的高雅白色建築，幾年前成為羔羊俱樂部無法負擔的奢侈品，於是他們賣掉房子搬到中城，和另一個社團共用辦公室。有個教會組織買下了這個產業，現在成了實驗劇場，並提供其他教會活動使用。星期四晚上，戒酒無名會的「新開始」團體會付點象徵性的費用，以做為會議室的使用費。

聚會從八點半到九點半。我提早十分鐘到那兒，向會議主席自我介紹，然後自己倒了咖啡，坐在他指定的位置。這個長方形的大會議室裡放了十張六腳桌子，我的位置離門很遠，就在主席旁邊。

到了八點半，大約有三十五個人圍著房間裡的桌子各自坐下，用保麗龍杯喝咖啡。主席宣布會議開始，唸了戒酒無名會開場白，然後叫一個人唸了《戒酒大書》第五章裡的一部分。又宣布了幾件事——週末上西城有一個舞會，莫瑞希爾區有一個團體的週年慶，艾樂儂屋成立了一個新團體，第九大道猶太教堂的那個團體，因猶太假期取消下兩次聚會。

然後主席說：「我們今晚的演講人是馬修，來自『戒酒很簡單』團體。」

我很緊張，那是當然的，一踏進這個地方我就開始緊張，每回我當演講人就會這樣，不過緊張會過去。當他介紹我時，全場響起一陣禮貌的掌聲，掌聲停息後，我說：「謝謝，我名叫馬修，我是個酒鬼。」然後緊張就消失了，於是我坐在那兒開始講我的故事。

∞

我講了大約二十分鐘，不記得說些什麼了。基本上就是講以前如何如何，接著發生了些什麼事，然後現在如何如何。我也依樣畫葫蘆，不過每回講的內容都不同就是了。

有些人的故事極富啟示性，有資格登上有線電視台。他們會告訴你他們以前在東聖路易如何貧困潦倒，如今他們是前景看好的ＩＢＭ總裁。我沒有這類故事好講，我還是住在原來的地方、做原來的事情維生。不同的是我以前喝酒現在不喝，這就是我所得到的啟示。

我說完後，另一波掌聲響起，然後大家傳著一個籃子，每個人在裡頭放個一塊或兩毛五或什麼也不放，以提供場租和咖啡費用。休息五分鐘後，會議重新開始。每個聚會的形式不一樣，這個聚會是全場每個人輪流講些話。

會議室裡我認得的人大概有十個，另外還有六七個看起來眼熟。有個下巴方方滿頭紅髮的女人從我曾經當過警察的事情說起。

「你可能來過我家，」她說，「警察每星期來我家一次。我和我先生喝了酒會打架，有些鄰居就會打電話報警，然後警察會跑來。有個警察連續來了三次，我們就搭上了，他跟我也打架，又有人打電話找警察。那些人總是跟警方投訴我，就算事情是因為我跟一個警察在一起所引起的也一樣。」

九點半我們唸過主禱文後結束聚會。幾個人過來跟我握手並謝謝我帶頭發言。其他大部分人都匆匆忙忙衝出大樓，急著要抽菸。

外頭是涼爽的早秋。溽暑已過，涼快的夜晚令人舒暢。我向西走過半個街區，有個男人從路旁的一戶門邊走出來，問我能不能給他點零錢。他穿著不搭調的長褲和西裝外套，腳上是一雙破球鞋，沒穿襪子。他看起來三十五歲，不過可能更年輕。街頭生活會讓你變老。

他需要洗個澡、刮個鬍子、理個髮。他所需要的遠超過我所能給的。我給他的只是一塊錢，從褲口袋裡摸出來，按在他掌上。他謝我並說上帝保佑我。我又開始走，快走到百老匯大道轉角時，聽到有人叫我的名字。

我轉頭認出一個叫艾迪的傢伙。他剛剛參加了那個聚會，我偶爾也會在其他聚會上碰到他。現在他急步跟上我。

「嘿，馬修，」他說，「想不想去喝杯咖啡？」

「我開會時喝過三杯了，還是直接回家吧。」

「你要往北邊？我跟你一道走。」

我們走百老匯大道轉上四十七街，穿過第八大道，右轉繼續朝北走。沿路有五個人跟我們要錢，我拒絕了其中兩個，給了其他三個每人一塊錢，並得到他們的致謝和祝福。第三個人拿了錢並祝福我之後，艾迪說：「天啊，你一定是全西區最心軟的人了。你怎麼搞的，馬修，就是沒辦法說不嗎？」

「有時候我會拒絕他們。」

「不過大部分都不會。」

「大部分不會。」

「我前兩天看到市長上電視，他說我們不該給街上的人錢。他說他們半數都有毒癮，只會拿那些錢去買毒品。」

「對，而另外一半會把錢花在食物和睡覺的地方。」

「他說本市會免費提供床和熱食給任何需要的人。」

「我知道，這讓你想不透為什麼還有那麼多人睡在街邊，翻垃圾箱找東西吃。」

「他也想嚴厲對付那些擦玻璃的人。知道吧？就是那些幫你擦汽車擋風玻璃的傢伙，也不管玻璃髒不髒，擦完了就伸手跟你討錢。他說他不喜歡那些傢伙把街道弄成這樣，難看。」

「他是對的，」我說，「他們也都是身強體健的人。大可以出去作姦犯科或攻擊賣酒的雜貨店，這樣大家就比較看不到了。」

「看來你不是頂支持市長的。」

「我想他還可以，」我說，「雖然我覺得他的心眼只有葡萄乾那麼大，但或許這是擔任市長必備條件的一部分。我盡量不去注意誰是市長，或者他說了些什麼。我每天都送出幾塊錢，如此而已。傷不了我太多，也幫不了任何人太多。不過就是我這陣子在做的事情罷了。」

「而街上總是不乏討錢的人。」

的確，整個城市都可以看到他們，睡在公園裡、地下道裡、公車和火車的候車室裡。有些有精神問題，有些有毒癮，還有些只不過是在人生的賽跑中踏錯一步，就再沒有容身之處。沒有住所就很難找到工作，很難在應徵面談時讓自己保持體面，不過其中某些人「曾經」有過工作。紐約的公寓很難找，也很難負擔得起；有房租、管理費和仲介公司的佣金要付，可能得花兩千塊以上才能住進一戶公寓。就算你能保住一份工作，又怎麼存得了那麼多錢呢？

「感謝上帝我有個地方住，」艾迪說，「你大概不會相信，是我從小長大的那戶公寓。往北走一個街區再左轉穿過兩個街區，靠第十大道那兒。不是我最早住的地方。那地方已經消失了，整棟樓拆掉，蓋了個新的高中。我們搬出那兒是在我，不曉得，九歲吧？一定是，因為那時候我三年級。你知道我坐過牢嗎？」

「三年級的時候，不會吧。」

他笑了，「不是，那是再後來的事了。事情是這樣的，因為我在綠天監獄的時候我老頭死掉了，我出獄後又沒有地方可待，於是就搬去跟我媽一起住。我不常在家，那兒只不過是讓我放點衣服和東西，不過後來她生病了，我就都留在那兒陪她，她死後我繼續住著。四樓，有三個小房間，不過，馬修，你知道，那是因為房租管制。一百二十二元七毛五一個月。城裡比較像樣的旅館，狗屎，一個晚上就得付這麼多錢。」

而且，夠讓人驚訝的是，那一帶開始變得高級起來了。「地獄廚房」百年來一直是個險惡、粗悍的區域，現在房地產掮客改口稱此處為「柯林頓」，而且把出租公寓改成共管公寓，每戶賣六位數字的價格。我永遠也想不透窮人去了哪裡，或者有錢人是從哪兒來的。

∞

他說：「美麗的夜，不是嗎？當然我們還來不及欣賞，就又會發現太冷了。有時候你會被熱個半死，緊接著又驚覺夏天怎麼就過完了。夜裡總是冷得特別快，呃？」

「大家都這麼說。」

他三十好幾了，五呎八或五呎九，瘦瘦的，皮膚蒼白，黯淡的藍色眼珠。他的頭髮是淡棕色，不過現在開始禿了，往後退的髮際加上暴牙，看起來有點像兔子。

就算我不知道他坐過牢，或許也猜得到，雖然我無法解釋為什麼他看起來就是像個混混。或許是綜合印象吧，虛張聲勢加上鬼鬼祟祟，那種態度表現在他的雙肩和猶疑不定的眼神裡。我不會說這些看起來很顯眼，不過第一次在戒酒聚會注意到他，我就想著這傢伙以前幹過壞事，他看起來就像會走上歪路的。

他掏出一包香菸遞給我一支，我搖搖頭。他自己拿了一支，擦了火柴點菸，雙手圈成筒狀擋風。他噴出煙，然後把香菸夾在大拇指和食指之間瞧，「我應該戒掉這些小操蛋的壞習慣，」他說，「不喝酒卻死於肺癌，機率有多大？」

「你多久沒喝酒了，艾迪？」

「快七個月了。」

「了不起。」

「我參加聚會快一年了，不過花了好一陣子才停止喝酒。」

「我也不是馬上就戒掉的。」

「是嗎？呃，我掙扎了一兩個月，然後我想，我還是可以抽大麻，因為，該死，大麻不是我的問題，酒精才是我的問題。不過我想在聚會裡聽到的那些事情，終於逐漸產生影響，然後我也把大麻戒掉了。現在我已經快七個月是完全乾乾淨淨的了。」

「好厲害。」

「我想是吧。」

「至於香菸嘛，據說一口氣想戒掉太多東西，不是個聰明的辦法。」

「我知道，我想等我戒滿一年再來說吧。」他深深吸了一口，菸頭燒得亮紅。「我家就往這兒走，你確定不過去喝杯咖啡？」

「不要了，不過我跟你一起走過第九大道吧。」

我們走過穿越市內的漫長街區，然後在街角站著聊了幾分鐘。我不太記得我們都聊些什麼了，在街角時，他說：「主席介紹你的時候，說你所屬的團體是『戒酒很簡單』。就是在聖保羅教堂聚會的那個嗎？」

我點點頭，「『戒酒很簡單』是正式名字，不過每個人都只是喊它『聖保羅』。」

「你常常去？」

「偶爾。」

「或許以後我會在那兒見到你。唔，馬修，你有電話什麼的嗎？」

「有，我住在一家旅社，西北旅社。你打到櫃檯他們就會接給我。」

「我該說找誰？」

我盯著他一秒鐘，然後笑了。我胸前的口袋裡有一小疊皮夾大小的照片，每張背面都用印章蓋上了我的名字和電話。我掏一張出來遞給他。他說，「馬修．史卡德。這就是你，呃？」他把卡片翻過來，「可是這不是你。」

「你認得她嗎？」

他搖頭，「她是誰？」

「我在找的一個女孩子。」

「難怪你要找。如果找到兩個的話，分一個給我。這怎麼回事，你的工作嗎？」

「答對了。」

「美女一個。年輕，至少拍照的時候是如此。她幾歲？大概二十一吧？」

「現在二十四了。照片是一兩年前拍的。」

「二十四，真年輕，」他說，又把照片翻了面，「馬修．史卡德。好滑稽，你知道某個人最私密的事，卻不知道他的名字，我是指姓。我姓達非，不過說不定你已經知道了。」

「原本不知道。」

「等我有了電話再給你，一年半前我因為沒付電話費被切掉了，這幾天我會去辦理恢復通話。跟你聊天真不錯，馬修。或許明天晚上我會在聖保羅見到你。」

「我大概會去。」

「我一定會去。你保重。」

「你也是，艾迪。」

他等到綠燈亮了，快步過馬路。走到一半他轉頭朝著我笑，「我希望你找到那個女孩。」他說。

∞

那天晚上我沒找到她，也沒找到任何女孩。我走完剩下的路回到西五十七街，停在旅社櫃檯前。沒有留話，不過雅各主動告訴我，有過三通電話打來找我，每隔半小時一通。「可能是同一個人打的。」他說，「他沒留話。」

我上樓回房，坐下來打開一本書，讀沒幾頁電話就響了。

我拿起話筒，聽到一個男人說：「史卡德嗎？」我說是。他說：「賞金是多少？」

「什麼賞金？」

「你是在找那個女孩的人嗎？」

我大可以掛電話，不過我說：「什麼女孩？」

「一面是她的照片，另一面是你的名字。你沒在找她嗎？」

「你知道她在哪兒？」

「先回答我的問題，」他說，「賞金是多少？」

「可能很少。」

「很少是多少？」
「要發財還不夠。」
「說個數字。」
「或許兩百元吧。」
「五百元怎麼樣？」
價錢其實不重要，他沒東西可以賣給我。「好吧，」我同意，「五百元。」
「狗屎，不多嘛。」
「我知道。」
停了一下，他爽快的說：「好吧，你照我說的去做。半個小時後，你在百老匯大道和第九大道的交叉口，北邊往第八大道那個街角等我。身上帶著錢，沒錢的話，就不必來了。」
「這個時間我沒辦法弄到錢。」
「你身上沒有那種二十四小時的提款卡嗎？狗屎。好吧，你身上有多少錢？你可以先給一部分，其他的明天再給，不過可別不當一回事，因為那個妞兒明天可能就換地方了，懂我意思吧？」
「你不會知道我有多懂。」
「你說什麼？」
「她叫什麼名字？」
「什麼？」

「那個妞兒叫什麼名字？」

「找她的人是你。難道你他媽的不知道她的名字？」

「你不知道，對不對？」

他考慮著，「我知道她『現在』用的名字。」他說。這是最蠢的耍詐手法，「或許跟你知道的不一樣。」

「她現在用什麼名字？」

「呃——這包括在你要用五百塊買的消息裡面。」我買到的將會是勒住我氣管的手臂，或許還會有把刀子抵在肋骨間。真有消息可以提供的人絕對不會一開始就問賞金，也不會跟你約在街角。我覺得煩夠了，該掛他的電話了，可是他可以再打來。

我說：「你先閉上嘴。我的顧客沒有提出任何賞金，要等找到那個女孩再說。你根本沒有東西可以賣，所以也休想從我這兒挖到一個蹦子兒。我不想跟你在街角碰面，就算要去，我也不會把錢帶在身上。我會帶一把槍、一副手銬，外加一個幫手。然後我會把你帶到哪個地方好好修理你，直到我確定你什麼都不知道為止。然後我會再繼續多修理你一下，因為我很生氣你浪費我的時間。這是你想要的嗎？你還想在街角跟我碰面嗎？」

「操你媽的——」

「不，」我說：「你搞錯了，你媽才被操。」

我掛上電話，「混蛋。」我大聲說，也不知道是對他還是對自己。然後我沖個澡之後上床睡覺。

2

那個女孩名叫寶拉．荷特凱，我並不真指望能找到她。我曾打算照實告訴她父親，不過別人沒有心理準備聽到的話很難說出口。

華倫．荷特凱有個大大的方下巴和一張大臉，胡蘿蔔色如鋼絲般的一頭濃髮已經泛灰。他是印第安納州蒙西市的速霸陸車商，我可以想像他自己當電視廣告的主角，指著一堆汽車，面向鏡頭告訴人們，在荷特凱的店裡買速霸陸最划算。

寶拉在荷特凱家六個小孩中排行老四，畢業於蒙西市當地的鮑爾州立大學，「大衛．賴特曼（譯註：David Letterman，美國知名的電視脱口秀主持人）以前也念過那個學校，」荷特凱告訴我，「你大概聽說過吧，當然那是在寶拉之前好久的事情了。」

她主修戲劇藝術，一畢業就去紐約了。「要走戲劇這條路，在蒙西或這個州的任何一個地方都不會有前途，」他告訴我，「你得去紐約或加州。可是不曉得，就算她不是想當演員想瘋了，我想她也還是會走的。她有那種逃走的衝動。她的兩個姊姊都嫁給外地人，可是兩個人的丈夫都決定搬到蒙西來。她哥哥高登和我一起做汽車生意。另外一男一女還在念書，誰敢說他們以後會跑去哪兒，不過我猜想他們還是會住在這附近。可是寶拉，她有流浪癖，她能留在本地念完大學我就已經很高興了。」

她在紐約進修表演課程，當女侍，住在西五十街，此外不斷參加各種選角甄試。她曾在第二大道一個商店街廣場的店頭劇場參與《城市另一邊》的展演，還在西格林威治村一齣叫做《親密好友》的舞台朗讀會裡串過一角。他把一些演出的戲單拿給我，還指著演員表下頭她的名字和簡單的介紹給我看。

「她演戲沒有酬勞，」他說，「拿不到的，你知道，剛起步都是這樣。那些戲是讓你有機會表演，還有讓某些人認識你——經紀人、選角指導、導演。你以前聽說那些演員的高片酬，哪個人演一部電影拿五百萬美金之類的，不過大部分演員演很多年都只賺一點錢，甚至沒錢可拿。」

「我了解。」

「我們想去看她演的戲，她媽媽和我。不是唸台詞那齣，那只不過是一群演員站在台上照劇本唸唸台詞，聽起來沒什麼意思，不過如果寶拉希望我們去，我們也會去。但是她連那場展演都不希望我們去看，她說那齣戲不怎麼樣，而且反正她只是演個小角色。她說我們應該等到她演一齣像樣點的戲再去看。」

她最後一次打電話回家是在六月底，聽起來她還不錯。她說可能會出城去避暑，可是沒有談到細節。過了兩星期沒接到她的消息，他們就開始打電話給她，不斷在她的電話答錄機裡留話。

「她很少在家，她曾說她的房間又小又黑又喪氣，所以她很少待在那兒。前幾天去看過之後，我了解為什麼了。其實我沒真去那個房間，只是看過那棟建築和樓下前廳，可是我可以了解。在紐約花一大筆錢住的房子，換成別的地方都早該拆掉了。」

就因為她難得在家，所以她父母平常很少打電話給她，而是有一套暗號系統。她每隔兩三週會在星期天打叫人的長途電話回家，說要找她自己。他們會告訴接線生說寶拉．荷特凱不在家，然後他們再打叫號的長途電話回去給她。

「這也沒有真占到電話公司的便宜，」他說，「因為打叫號電話回家的電話費是一樣的，可是採取這個暗號的話，電話費由我們付而不是她付，她就不會急著掛電話，所以實際上電話公司還可以多收點錢。」

可是她沒打電話，也沒有回覆答錄機裡的留話。到了七月底，荷特凱和他太太還有小女兒開著一輛速霸陸，北上到達科塔旅行一星期，在牧場騎馬，還去惡地國家公園和拉許摩山看了四個總統的岩石頭像。回家時是八月中，他們打電話給寶拉，這回沒答錄機了，而是一個錄音通知他們這個電話號碼暫停使用。

「如果她出門避暑，」他說，「有可能會為了省錢而停掉電話。可是她會不通知任何人就走掉嗎？這不像她。她可能會一時興起去做什麼事，可是她會跟你保持聯絡，讓你知道她的情況。她很有責任感的。」

不過也不盡然，她並不是凡事可靠。她從鮑爾州大畢業後的三年，偶爾也會超過兩三個星期沒打電話回家。所以她可能是去哪兒避暑，玩得忘了該跟家裡聯絡；也可能她試著打電話回家時，她的父母正騎在馬上，或者正在風穴國家公園健行。

「十天前是她母親的生日，」華倫・荷特凱說：「結果她沒打電話回家。」

「這種事她絕對不會忘記嗎？」

「從來不會。也許她會忘記，沒打電話回家。但如果是這樣，她第二天就會打。」

他不知該怎麼辦。他打電話到紐約跟警方聯絡，卻沒有任何結果，其實也猜得到。於是他跑去找一個全國性偵探社的蒙西市分社，他們的紐約辦公室派了一個調查員去她最後一個住所，確定她已經不住在那兒了。如果他肯再付一大筆錢，那個偵探社很樂意再繼續追查。

「我心想，他們拿我的錢做了些什麼事？去她住過的地方，知道她已經不住在那兒？這些事我自己也可以做。所以我就搭飛機趕過來。」

他去過寶拉以前住的那棟套房出租公寓。她在七月初就已經搬走了，沒留下轉信的地址。電話公司拒絕告訴他任何新消息，而且問題是電話也早就被停掉了。他去她曾工作的那家餐廳，發現她早在四月就已經沒做了。

「說不定她跟我們提過這件事，」他說，「她到紐約之後，至少換過六七個工作，我不知道她每次換工作是不是都告訴過我們。她會因為小費太少，或者跟同事合不來，或者因為老闆不讓她請假去參加選角甄試而換工作。所以她辭掉最後一個工作可能就去別的地方做事，只是沒告訴我們，或者她告訴過我們，我們忘記了。」

他想不出自己還能怎麼辦，於是就去找警察。得到的回答是，第一，這其實並不是警察的工作範圍，她顯然沒有通知父母搬家的事，但她是個成年人，她有法定權利這麼做。警方的人也告訴他，他等太久了，她已經失蹤將近三個月，即使原來有任何線索，現在也都已經很難追查了。

負責的警官告訴他，如果他想繼續追查，最好去找私家偵探。照規定警方不能建議任何特定的偵探，不過，那個警官說，或許他把自己要是碰到這種事情會怎麼處理的方式告訴他也沒關係。有個傢伙叫史卡德，事實上，他以前當過警察，他住的地方剛好離荷特凱先生的女兒以前的住所很近，而且——

「那個警官是誰？」

「他叫德肯。」

「喬·德肯，」我說，「他人很好。」

「我喜歡他。」

「是啊，他不錯。」我說。我們坐在西五十七街的一家咖啡店，隔著幾戶就是我住的旅社。我們到的時候已經過了午餐時間，所以我們就進去喝點咖啡。我已經續杯了，荷特凱面前擺的還是第一杯。

「荷特凱先生，」我說，「我不確定我能符合你的需要。」

「德肯說——」

「我知道他說些什麼。事情是這樣子，你找以前用過的那家偵探社，就是在蒙西市有分社的那家，可能會得到更好的服務。他們會多派幾個人手來調查這個案子，而且他們的調查報告會比我更清楚。」

「你的意思是，他們會做得更好？」

我想了想。「不，」我說，「不過或許他們會讓事情看起來是如此。有一點，他們會提供你一切細節的報告，把他們做的每件事、跟哪些人談過、發現了些什麼都告訴你。他們會記下詳細的費用，把他們花在這個案子上頭的每個小時都列入帳單。」我啜了口咖啡，把杯子放回托碟裡，身子往前傾，「荷特凱先生，我是個相當不錯的偵探，但我一點也不照章行事。你想要一個本州發給的偵探執照，我沒有，也從沒想過要花腦筋去申請一張。我不會詳列我的費用，不會記錄我花了多少個小時，也不會提供細節的報告。同時我也沒有辦公室，這就是為什麼我們會坐在這裡喝咖啡。我真正有的，就是這幾年所累積一些當偵探的直覺和能力，我不確定你想僱用這樣的人。」

「德肯沒告訴我你沒有執照。」

「其實他可以講的，這又不是祕密。」

「你想他為什麼會推薦你？」

我一定是遲疑了一下，或許我不是很想接這個工作吧，「部分原因是他希望我給他介紹費。」我說。

荷特凱的臉色一暗，「他也沒提到這個。」他說。

「我不意外。」

「這樣很沒職業道德，」他說，「不是嗎？」

「沒錯，不過首先他推薦任何人都並不算太符合職業道德。而且雖然我會給他一點佣金，但除非他覺得我是適合你僱用的人選，否則他也不會推薦給你的。他或許是覺得我對你有好處，而且不會跟你耍花招坑你。」

「你是嗎？」

我點點頭，「不耍花招的一部分，就是事先告訴你，你很可能會浪費你的錢。」

「因為——」

「因為她可能會自己出現，或者永遠找不到。」

他沉默了一會兒，想著我剛剛說的話。我們都還沒提到他女兒已經死了的可能性，而且看起來大概都不打算提，不過這並不表示我們可以輕易的避免去想到這一點。

他說：「我會浪費多少錢？」

「我想你應該先給我一千元。」

「那是訂金還是聘請費之類的？」

「我不知道你想怎麼稱呼它，」我說，「我沒有每日固定費用，也不會記錄我花了多少時間。我只是去做些我覺得有機會的事情。一個案子要起頭有一些基本步驟，我會從這些步驟開始，不過我並不指望真出現什麼有用的線索。接著就會有一些我可以做的事情，我們會知道能不能追下去，或者該怎麼追。等我覺得一千塊錢花光了，我會再跟你要錢，你可以決定要不要付給我。」

他無奈的笑起來，「不怎麼有條理的方法。」他說。

「我知道。恐怕我不是個很有條理的人。」

「你的方式很特別，讓我有了些信心。一千元——我想你的開銷是額外計算的吧？」

我搖搖頭，「我不太花腦筋管費用的事情，而且我寧可自己付錢也不要替客戶記帳。」

「你要不要在報上登廣告？我想過自己去登，可以在尋人欄登啟事，或找張她的照片登廣告提供賞金。當然這部分不包括在給你的一千元裡頭。要登廣告的話，可能同樣要花一千元，或者更多。」

我的建議是不要，「登廣告尋找失蹤兒她嫌太老，」我說，「而且我不確定在報上登廣告是個好主意。這樣只會招來一些無聊的人和專門騙賞金的，他們什麼都沒有，只會找麻煩。」

「我一直在想她可能得了失憶症。如果她在報上看到自己的照片，或某個人看到——」

「嗯，是有這個可能性，」我說，「不過我們先看看情況吧。」

∞

最後，他給了我一千元支票、幾張照片，還有他所有的資料——她最後一個地址、工作過的幾家餐廳店名。他還給了我那兩張節目介紹單，一邊向我保證他們手上還有很多份。我記下他在蒙西的地址，還有家裡和汽車展示店裡的電話。「隨時都可以打電話來。」他說。

我告訴他，除非有什麼具體的事情可說，否則我不會打電話。但只要有需要，我一定會打。

他付了我們兩個人的咖啡錢，又給了女侍一元小費。到了門口，他說：「我感覺很好，我想我踏出了正確的一步。你很誠實很坦白，我很欣賞這一點。」

外頭，一個「三張牌芒提」（譯註：three-card-monte，一種街頭牌戲，莊家把三張撲克牌一字排開，等人看清牌色後蓋牌，再迅速交叉輪換。賭客可押其中某張牌在哪個位置。但莊家有各種作弊手法，基本上是一種利用人貪婪心態而設的騙局）的攤子旁圍了一小群人，莊家要大家注意紅色牌，他自己則注意提防著警察。

「我看透那種牌戲了。」荷特凱說。

「那不是牌戲，那是種小騙術、小詐欺。去玩的人從來不會贏的。」

「我就是看透這一點，不過還是會有人去玩。」

「我知道，」我說，「真讓人想不透。」

∞

他走了之後，我拿了他給我的其中一張照片，到複印店印了一百張皮夾大小的副本。我回到旅社房間，找出我姓名電話的橡皮圖章，在每張照片後頭蓋個章。

寶拉·荷特凱最後一個為人所知的地址，是一個專門出租套房的公寓，這棟髒兮兮的紅磚建築位於五十四街，離第九大道的交叉口只有幾戶遠。我趕到那兒的時候剛過五點，街上擠滿了返家途中的上班族。入口大廳有個門鈴盤，總共有五十來個按鈕，角落有個標示著「管理員」的鈴。按這個鈴之前，我先檢查了其他門鈴上頭的標籤，上頭沒有寶拉·荷特凱的名字。

管理員是個很高的女人，瘦巴巴的，有張三角臉，寬寬的額頭往下收成個窄小的下顎。她穿了一件印花家居服，拿著一根點著的香菸。她先打量了我一會兒，然後說：「對不起，現在沒空房，如果你找不到別的地方，過幾個星期再來找我。」

「有空房間的話，房租是多少錢？」

「一星期一百二十元，但是好一點的房間還要貴一點，包括電費。沒有廚房，可是你可以弄個小電爐，無所謂的。每個房間都有個迷你冰箱，很小，不過可以放些牛奶之類的，免得餿掉。」

「我喝黑咖啡，不加牛奶。」

「那你大概不需要冰箱，不過也不重要，因為現在根本沒有空房間，而且我想短期內也不會有。」

「寶拉．荷特凱有電爐嗎？」

「她以前是女侍，所以我想她是在工作的地方吃飯。你知道，我第一眼看到你以為你是警察，可是接著由於某些原因，我改變了想法。幾個星期前有個警察來過，前幾天又有個男人跑來，說是她父親。長得真不錯，滿頭剛開始泛灰的亮紅色頭髮。寶拉怎麼了？」

「這正是我想查清楚的。」

「你想進去嗎？我知道的都告訴過第一個警察了，後來也都告訴她父親。不過我想你另有些問題要問，一般都是這樣的，不是嗎？」

我隨著她走進裡頭一條長廊，樓梯口的桌子堆著一些信封。「大家都在這兒拿信，」她說，「郵差不會把信投進五十四個不同的信箱，而是把一大疊信就扔在這張桌子上。信不信由你，這樣還比較保險，其他公寓的門廳會有信箱，不過常會有嗑藥的來偷，找福利津貼的支票。我就住這兒，左邊最後頭的房間。」

她的房間很小，可是收拾得異常整齊。有一個大沙發床，一個直背木椅和一個扶手椅。一個有掀開式桌面的小楓木書桌，一個上了漆的抽屜櫃，上頭擺著電視機。地板上鋪了拼花圖樣的油氈布，在上頭又鋪了一塊橢圓形鑲邊地毯。

她打開書桌翻著房租帳冊時，我找把椅子坐了下來。她說：「找到了，我最後一次見到她，是她最後一次來繳房租的時候，七月六日。星期一，她固定在這一天繳房租，她付了一百三十五元。她的房間不錯，就在二樓，而且房間比較大。再過來的那個星期我沒看到她，到了星期三我就去找她。一般要是到了星期三，房客還沒繳房租的話，我就會去找他們。我不會因為遲交兩天房租就趕人，可是我會去找他們要錢，因為我碰過一些人，如果我不去要，他們就永遠都不付。

「我敲了她的房門，沒人應，後來我下樓前又去敲了一次她的門，她還是不在家。第二天早上，應該是十六日星期四，我又去敲她的門，沒人應，我就用我的備用鑰匙進去。」她皺起眉頭，「我為什麼這麼做？她早上通常會在家，不過也不一定，要是房租晚了三天沒付，她就不會在。噢，我想起來了！有一封她的信放在那兒好幾天都沒拿走，我看到那封信好幾回了，加上她的房租一直拖著沒付——反正，我就開門進去了。」

「你發現了什麼？」

「不是我害怕發現的事情。你知道，我們很不希望用這種方式進門。你是警察，我就不必多說了，是吧？那些人單獨住在連家具出租的套房，你會很怕打開他們的門發現那種事情。感謝上帝，這次沒有，她的房間是空的。」

「完全空的嗎？」

「現在想想，倒也不是。她留下了寢具，房客得自備寢具。以前我會提供的，但後來我改變做法，呃，應該是在十五年前的事情吧。她的床單、毯子、枕頭都還在床上。但櫃子裡沒衣服，抽屜也是空的，冰箱裡也沒有食物。毫無疑問她搬出去了，走掉了。」

「我不懂她為什麼要留下寢具。」

「或許她要搬去的地方有提供；或許她要離開紐約，沒辦法帶走太多東西；也或許她只是忘了。你收拾行李打算離開旅社房間的時候，不會把床單和毯子帶著，除非是想偷走，住在這兒就有點像是在住旅社。之前有幾次我還得要求房客把床單留下來。老天在上，他們想拿走的可多了。」

她還打算繼續講，但我轉移話題，問道：「你剛剛說她以前是女侍？」

「是啊，她就靠端盤子維生。她是個演員，或者該說想要成為演員。我們這兒的房客很多都想進演藝圈，都是些年輕人。還有幾個老房客住了好多年，靠養老金和政府補助過日子。我有個女房客，每星期只需付我十七塊三毛，你能相信嗎？而且她住的是這棟房子裡最好的房間之一。還有，我得爬五層樓去跟她收房租，有時候我連爬上去都懶。」

「你知道寶拉離開前那陣子在哪兒工作嗎？」

「我連她有沒有在工作都不知道。就算她告訴過我，我也不記得了，而且我懷疑她根本沒跟我說過。我跟房客不會搞得太熟，你知道，頂多只是閒話家常而已，因為他們來來去去的。老房客會住到蒙主寵召，不過年輕人一直搬進搬出、搬進搬出。他們可能受挫後搬回家，或者存了點錢換個普通公寓，或者結了婚搬走，諸如此類的。」

「寶拉在這兒住了多久？」

「三年，快滿三年了。她剛好是在三年前的這個禮拜搬進來的，我知道是因為她父親來這兒的時候我查過。因為她是兩個月之前搬走，所以不算滿三年。即使如此，她也算是房客裡面住得非常久的。除了那些有房租管制的老房客之外，有幾個住得比她久，不過並不多。」

「談些她的事情吧。」

「談什麼？」

「不知道。她有些什麼朋友？她平常做些什麼？你觀察力很敏銳，一定注意到一些事情。」

「是沒錯，不過我常常睜一隻眼閉一隻眼。你懂我的意思吧？」

「應該懂。」

「我有五十四個房間出租，有些房間比較大，由兩個女生合租。我一度會有六十六個房客。我只計較他們安不安靜、行為好不好、交房租準不準時。我不計較他們靠什麼賺錢。」

「寶拉接客嗎？」

「我沒有理由這樣想，不過我也不敢在《聖經》前面發誓說她不是。我打賭我的房客裡至少有四個是用這種方式賺錢，可能還更多，但是我不知道是哪幾個。要是哪個女孩起床出門去工作，我不會知道他們是去餐廳裡端盤子，還是去按摩院做別的事、或者隨便大家怎麼稱呼的那種事情。我們這兒的房客不准帶客人來，這是歸我管的；他們在外頭做些什麼，那就歸他們自己管了。」

「你沒看過她的任何一個朋友嗎？」

「她從沒帶任何人回家過，規定不准的。我不笨，我知道大家偶爾會偷偷帶人進來，不過我管得夠緊，所以不會有人試圖天天帶人來。要是寶拉跟這棟公寓裡的女孩或任何年輕男孩很要好，那我也不會知道。」

「她沒給你任何轉信地址嗎？」

「沒有，自從她最後一次來繳房租後，我就沒再跟她講過話。」

「那她的信你怎麼處理？」

「退回給郵差。上頭寫個『已遷居，無轉信地址。』她的信不多，只有電話單，還有每個人都會收到的那些垃圾郵件。」

「你跟她相處得還好嗎？」

「我想是吧。她很安靜，講話很有禮貌，不會惹麻煩。她會付房租，只有幾次超過了三天。」

她翻翻帳本，「有回她一次付了兩星期的房租，還有一次她幾乎一整個月都沒繳房租，接下來她就每星期多付五十元，直到前面積欠的房租還清為止。如果跟房客處得比較熟，知道他們這方面信用還不錯，我就會讓他們用這種方式分期還清。不過不能讓他們養成習慣就是了。有時候你得幫幫別人，因為每個人都偶爾會有手頭緊的時候。」

「你覺得她為什麼不跟你講一聲就搬走？」

「我不知道。」她說。

「沒有任何想法嗎？」

「你知道，有些人會這樣。就這樣消失了，半夜裡提著行李箱偷偷跑掉。不過這麼做的人通常都是拖欠房租一個星期以上，而她還沒拖這麼久。事實上，她可能已經付清了房租，因為我不確定她是什麼時候走的。她最多也不過晚了兩天，但據我所知，她星期一付了房租，隔天就走掉了，因為我記得在她最後一次付房租之後，和我用備用鑰匙進她房間之前，中間我有十天沒看到她了。」

「她什麼都沒說就走掉，看起來好像有點怪。」

「唔，或許她走的時候時間很晚，就不想吵我了。或者可能時間並不晚，但我不在。你知道，我有機會就會出去看電影。非假日下午的時間，我最喜歡去看電影了，那時候電影院幾乎是空的，只有你和銀幕。我曾考慮弄個錄放影機，那麼我隨時都可以看我喜歡的電影，而且也不貴，租一部片只要兩三塊錢。可是那不一樣，在自己的房間看自己的電視，螢幕又小小的。兩者之間的差異，就好像在自家祈禱和在教堂祈禱的不同。」

3

那天晚上我花了大概一個小時在那個套房公寓挨家挨戶拜訪，從頂樓開始一層層往下。大部分住戶都不在。我跟六個房客談過話，一無所獲。談過話的房客中，只有一個認得出照片裡的寶拉，但她根本不知道寶拉已經搬走了。

我結束訪問，臨走時停在管理員的門前。她正在看一個電視猜謎節目，一直等到廣告時間才招呼我，「這節目不錯，」她說，把電視聲音關小，「他們找來上節目的人都很聰明，反應都很快。」

我問她寶拉的房間是哪一個。

「她以前住十二號房間，應該是吧，」她查了查，「沒錯，十二號，就在二樓。」

「現在應該不會是空的吧。」

她笑笑，「我不是告訴過你，現在沒有空房間嗎？還不到一天就租出去了。我想想，那個姓普萊思的女孩在七月十八日租下這個房間。我之前說寶拉是什麼時候搬走的？」

「我們不確定，不過你是在十六日發現她已經走掉的。」

「呃，查到了，房間是十六號空下來的，十八號租了出去。或許是在十七號租出去，但房客第二天才搬進來。空房間根本不用去推銷，我手上就有半打排隊等著要租的名單。」

「你剛剛說新房客姓普萊思？」

「喬琪亞．普萊思。她是個舞者，過去一年多我的房客裡有很多是舞者。」

「我想我會去看看她在不在，」我給了她一張照片，「如果你想到什麼，」我說，「背後有我的電話號碼。」

她說：「這是寶拉，照得很好。你姓史卡德？等一下，我給你一張名片。」

她的名片上印著：佛蘿倫絲．艾德琳，套房招租。

「大家都叫我佛蘿，」她說，「或佛蘿倫絲，都可以。」

∞

喬琪亞．普萊思不在家，那天我也敲夠門了，就在前往戒酒聚會路上的一家熟食店買了個三明治邊走邊吃。

第二天我把華倫．荷特凱的支票存進銀行，提了一些現金出來，包括一百張一元鈔票。我塞了幾張在右邊褲側口袋裡。

走到哪裡都會被討錢，有時候我拒絕掉，有時候我會伸手到口袋裡拿一元給他們。

幾年前我辭掉警察工作，離開妻子和兒子搬進現在住的旅社，大約就在那個時候，我開始把收入的十分之一捐掉，不管是什麼樣的收入，我都把十分之一拿出來給我剛好碰到的隨便一個教堂。有一陣子我常常跑教堂，不知道自己在那兒尋找什麼，也說不出自己是否找到了什麼，但把我從隨便什麼人身上賺來的十分之一交出來，似乎讓我有種莫名的安心。

戒酒之後，我又繼續把十分之一收入捐給教堂，但那不再讓我覺得心裡好過，於是我就停了。可是這樣心裡也不好過，我的第一個想法是把錢捐給戒酒無名會，可是戒酒無名會並不期望捐款，他們會傳帽子讓大家丟點零錢以支付開銷，可是也只希望你每次聚會交個一塊錢之類的就夠了。

所以我開始把錢散給街上來跟我乞討的人。這樣似乎並不會讓我安心，可是我還沒想到更好的解決辦法。

我確定某些人把我的施捨拿去買酒或買毒品，有什麼不可以呢？你會把錢花在你最需要的東西上頭。一開始我會逢人就給，可是很快就放棄這種做法了。一方面是我覺得這樣好像太囂張了，同時這樣做感覺上好像成了一種工作，一種瞬間偵察的形式。我把錢給教堂的話，就不必去查明他們怎麼用那些錢，他們花錢也不必經過我批准。就算他們拿那些錢去買凱迪拉克給教會的某個高層人員，我也樂意得很。那為什麼我現在不樂意替毒販的保時捷提供贊助呢？

∞

我帶著散財的心情，走到中城北區分局，拿五十元給喬．德肯警探。

我先打過電話了，因此他在集合室等著我。我已經一年多沒見過他，可是他看起來還是老樣子，胖了一點，不過還好。長年喝酒的影響已浮現在他的臉上，不過沒理由戒酒，誰會因為幾根血管破裂、臉頰微微泛紅而戒酒呢？

他說：「不知道那個本田車商找到你了沒。他有個德國名字，可是我不記得了。」

「荷特凱。另外他是速霸陸車商，不是本田。」

「是喔，還差得真多。管他的，馬修，你還好吧？」

「不壞。」

「你看起來不錯。過著乾淨的生活，對吧？」

「那就是我的祕訣。」

「早睡早起？飲食控制外加攝取一大堆纖維？」

「有時我會跑去公園把樹皮啃下來。」

「我也是。我就是控制不了自己。」他伸手順了順頭髮。他的髮色是深棕，接近黑色，而且根本不需要用手去順，梳好以後就能一直在頭皮上服服貼貼的。「看到你真好，你懂我意思吧？」

「喬，看到你真好。」

我們握了手，我手掌放了一張十元和兩張二十元的鈔票，握手時移到他手上。接著他的手不見了一下子，然後又空著手出現了。他說：「我想你從他那兒可以得到一點好處的。」

「不知道。」我說，「我跟他拿了點錢，敲了幾戶門。我不知道這麼做能幫到什麼忙。」

「你讓他安心，就這樣。至少他已經盡力了，你懂吧？你又沒硬拐他的錢。」

「是沒有。」

「我從他那兒拿了張照片，拿去停屍間比對。那兒從六月至今有幾具未指認的白人女性屍體，不過都跟她的特徵不符合。」

「我猜到你會這麼做。」

「是啊，我也只能做這些。這又不是警方的責任。」

「我知道。」

「這就是為什麼我會介紹他去找你。」

「我知道，很感謝你。」

「這是我的榮幸。你現在理出什麼頭緒了嗎？」

「現在還太早。只得知一件事，她是搬出去的，把所有行李都打包帶走了。」

「哦，那很好。」他說，「她還活著的可能性增加了。」

「我知道，但還有很多事情沒頭緒。你說你去停屍間查過了，那醫院呢？」

「你猜她是昏迷了？」

「有可能。」

「她家人最後一次跟她聯絡是在什麼時候？六月？這也昏太久了吧。」

「有的人會昏迷好幾年。」

「唔，那倒是真的。」

「她最後一次繳房租是在七月六日。所以算起來，總共是兩個多月。」

「還是很久。」

「對昏迷的人來說不算久，眨個眼就過去了。」

他看著我，他的淡灰色眼珠一向沒有什麼表情，不過現在帶著一點惡意的戲謔味道，「眨個眼就過去了，」他說，「她從公寓搬出來，然後就搬進醫院了。」

「只需要一點巧合，」我說，「她搬出來，在搬遷途中、或者一兩天之後，發生了一些熱心公益的市民趁她失去意識時偷走了她的皮包，於是她身上沒有證件，現在用王小美的名字住在哪個病房。意外發生得太快，所以她還沒來得及打電話給父母說她搬家了。我不是說她會發生意外，而是有可能。」

「我想是。你去醫院查過了嗎？」

「我想我會去附近的幾家醫院查一下，比方羅斯福醫院、聖克萊爾醫院。」

「當然意外有可能會發生在任何地方。」

「我知道。」

「如果她搬走了，就可能搬到任何地方，所以她可能在市內的任何一家醫院。」

「我也想到這一點了。」

他看了我一眼，「我想你應該印了些她的照片，喔，你的電話印在背後，那就很方便了。你應該不介意我幫你發一些出去吧，問問那些醫院有沒有什麼王小美的。」

「那會很有幫助的。」我說。

「一定會的，花一件外套的代價可以查到不少。」

一件外套，這是警方的黑話，表示一百元。一頂帽子是二十五元。一磅是五元。這些術語是在多年前開始流行的，當時衣服比現在便宜多了。我說：「你要不要再看清楚一點，我剛剛只給你兩頂帽子而已耶。」

「耶穌啊，」他說，「有沒有人告訴過你，你真他媽的小氣？」

∞

她不在醫院，紐約五個區的各級醫院都沒有。我也不期望她會在醫院裡，但這種事情還是得去查一下。

我一方面透過德肯的管道查，自己也去別的地方探探消息。接下來幾天我又去拜訪了幾次佛蘿倫絲·艾德琳的公寓，又敲了一些門，也跟那些在家的住戶談過一些。公寓裡有男有女，有老有少，有紐約人也有外地人，不過艾德琳太太有一大堆像寶拉·荷特凱一樣的房客——年輕女性，來這個城市不算太久，希望太多，錢太少。

雖然他們大半都認得寶拉的照片，或至少以為自己認得，可是沒幾個知道她的名字。就像寶拉一樣，他們大半時間都沒待在公寓裡，即使在也是獨自鎖在房裡。「我覺得這裡應該像那些四〇年代的老電影，」一個女孩告訴我，「俏皮女房東和一堆小孩聚在客廳談著男朋友和試鏡，互相幫忙做頭髮。這兒以前有個客廳的，不過幾年前隔成兩個房間租出去了。有幾個人我見了面會點點頭笑一笑，不過這棟公寓裡我真正認識的人一個都沒有。我看過這個女孩——她叫寶拉嗎？不過我從來不知道她的名字，我連她搬走都不曉得。」

8

一天早晨我到演員平權協會的辦公室，在那兒我確定了寶拉．荷特凱從來不是這個組織的會員。幫我查名單的那個年輕人問我，她是不是「美國電視與電台藝術者聯盟」或「電視演員同業公會」的會員，我說不知道，他就很周到的幫我打電話去這兩個工會，兩家工會的名冊上都沒有她的名字。

「除非她是用別的名字，」他說，「以她的姓來說有可能，事實上，這個姓光是看還滿好的，可是很多人會唸錯，或至少會沒把握唸對。她會不會改成寶拉．荷登或其他這類比較好唸的姓？」

「她沒跟她父母親提過。」

「這種事情你不會急著跟你父母提的，特別是如果他們對自己的姓氏有強烈的情感，做父母的常會這樣。」

「你說得沒錯，不過她曾使用她原來的姓參與兩齣戲劇演出。」

「我可以看看嗎？」他把那兩張戲單拿過去，「噢，這可能有幫助。是了，找到了，寶拉．荷特凱。我這樣唸正確嗎？」

「沒錯。」

「太好了。事實上，我想不出其他的唸法，不過總覺得不確定。她可以改成別的拼法的，不過看起來就不對勁了，是吧？我看看，『寶拉．荷特凱畢業於鮑爾大學，主修戲劇藝術。』——噢，可憐——『她曾參與《桃花盛開》和《桂格瑞的花園》的演出。』《桃花盛開》是歐德慈的作品，可是《桂格瑞的花園》是哪個鬼的？我看是學生作品吧。這就是關於寶拉．荷特凱的所有介紹。管他的，這是什麼？《城市另一邊》，店頭劇場的展演挑這齣戲真奇怪。她飾演莫麗。我不太記得這齣戲，不過我想這不是主角。」

「她告訴過她父母親，她演的是個小角色。」

「我想她並沒有誇大。這齣戲還有其他人嗎？喔，『演員平權協會的艾克索．高汀』，我不曉得他是誰，不過我可以幫你找到他的電話號碼。他演奧立佛，所以他大概是很有資歷的了，可是展演很難講，演員陣容往往很出人意外。她喜歡老一點的男人嗎？」

「我不知道。」

「這是什麼？《親密好友》，戲名不壞，他們在哪兒演？櫻桃巷？奇怪我怎麼沒聽說過。喔，那是個唸台詞的朗讀會，只有一次演出。戲名不壞，《親密好友》，有點暗示性，但是不下流。

喔，是吉拉德・卡麥隆寫的劇本，他很棒。我很好奇她怎麼有機會參與這齣戲。」

「這很不尋常嗎？」

「噢，可以這麼說，我想這種戲通常沒有公開選角。是這樣的，劇作家很可能想知道他的作品演出效果如何，所以他或指派的導演就會找些適合的演員，讓他們唸唸台詞，可能會找些有意贊助的人、也可能沒有。最近某些唸台詞的排演會變得相當複雜，還有相當正式的排演和很多舞台動作。否則一般就只是演員坐在椅子上唸唸台詞，就好像演廣播劇似的。導演是誰？喔，我們走運了。」

「你認識的人嗎？」

「沒錯，」他說。他找出一個電話號碼，拿起電話撥了號。他說：「請找大衛・沉崔爾。大衛嗎？我是阿倫・史多渥斯。你好嗎？哦，真的？是啊，我聽說了。」他掩著話筒，眼珠子朝上盯著天花板。「大衛，猜我手上現在拿著什麼。不，別猜了，是《親密好友》舞台朗讀會的節目單。這齣戲後來舞台朗讀後通過了嗎？我懂了，是，我懂了。我沒聽說。喔，那真是太糟了。」他的臉色黯了下來，沉默的聽了一會兒。然後他說：「大衛，我打電話給你是因為現在我這裡有個傢伙，他在查這齣戲舞台朗讀會的一個演員，叫寶拉・荷特凱，戲單說她負責唸瑪西的台詞。能不能談談你為什麼剛好會找她演這個角色？我懂了，噢，這樣吧，你看我的朋友可不可以過去跟你談一談？他有點問題要問，看來我們的寶拉從地球表面消失了，可想而知她父母親快急壞了。這樣可以嗎？很好，我讓他馬上過去。不，我想不是。要不要我問他一聲？喔，我明白。謝了，大衛。」

他掛上電話，兩根指尖按著前額中央，好像試著抑制頭痛似的。他的眼睛回到我身上，「那齣戲還沒正式演出，因為吉拉德．卡麥隆在舞台朗讀會之後還想改，可是他沒辦法，因為他病了。」他看著我，「病得很重。」

「我懂了。」

「每個人都快死了，你注意到了嗎？對不起，我不是故意說這些的。大衛住在喬爾西，我把地址抄下來給你。我想與其讓我當傳話人，你會寧可自己去問他。他剛剛想知道你是不是同性戀，我跟他說我看不是。」

「我不是。」

「我猜他只是出於習慣問一下。畢竟，是不是又有什麼差別？誰也不能怎麼樣。你也不必去問誰是同性戀誰又不是，你唯一要做的就是等個幾年，看看誰還活著。」他看著我，「你看過那些海豹的新聞嗎？」

「對不起，你指的是什麼？」

「你知道，」他說，「海豹。」他的手肘緊貼肋骨，雙手同時拍擊像海豹的鰭，還學海豹把球頂在鼻尖上的樣子。「在北海，沿歐洲的海岸線，那兒的海豹都快死了，可是沒有人知道原因。喔，他們得了一種病毒，可是有好些年了，那是一種引起狗瘟疫的病毒，不可能是因為某些洛威拿犬跑來跑去咬海豹。一般猜測那是由污染引起的，北海污染得很嚴重，專家認為因此減弱了海豹的免疫系統，使得他們無法抵抗任何隨之而來的病毒。你知道我怎麼想嗎？」

「怎麼想？」

「地球自己就得了愛滋病，我們都快樂的捲入了垂死星球的空虛之中，同性戀只是照樣過日子，像他們以前一樣無恥的趕時髦。就連死亡都要領先一步。」

∞

大衛．沉崔爾住在西二十二街一棟廠房改裝後的統樓層的九樓。那兒有個天花板很高的大房間，大塊木板鋪成的地板漆成亮白色，牆壁則是暗黑色，還有幾筆色彩鮮明的抽象油畫。家具則是白色柳條木，沒有什麼特別豪華的。

沉崔爾四十來歲，身材矮胖，頭大半禿了。還剩下的一點頭髮留得很長，自然捲，長度蓋過衣領。他邊抽著石南菸斗，邊試著回憶有關寶拉．荷特凱的事情。

「那幾乎是一年前的事情了，」他說，「我之前或之後都從來沒有注意過她。她怎麼會參加這齣戲的演出？是因為有人認識她，可是是誰呢？」

他花了幾秒鐘試圖兜攏回憶，他原來是找了另一個叫吉妮．沙克里芙的女演員演瑪西，「後來到了最後關頭，吉妮才打電話給我，說她得到一個機會演《蹺蹺板》，兩個星期，在一個該死的地方，巴爾的摩吧？也不重要了。反正，她就說她有多愛我等等等，又說她表演班上有個女孩，她發誓很適合演瑪西。我就說我會見她，後來她就來唸了台詞給我聽，還可以。」他拿起照片，「她很漂亮，不是嗎？不過她的臉沒有那種天生的吸引力。她的舞台表演也是，不過還過得去，我反正也沒空拿著玻璃鞋追來追去，到處尋找灰姑娘。我知道真正演出的時候我不會用她，我會挑吉妮演——如果其他演員默契夠，我到時候又已經原諒她臨時跑去巴爾的摩鬼混的話。」

我問他該怎麼聯絡吉妮，他打了電話給她，沒人接，接著打到她的電話聯絡處，才曉得她人在洛杉磯。他打給她的經紀人，問到了她在加州的電話，又打了過去。他跟她聊了一兩分鐘，然後把電話轉給我。

「我不大記得寶拉，」她說，「我是在表演課認識她的，我只是一時覺得她會適合演瑪西。她有那種笨拙、猶豫不決的特質。你認識寶拉嗎？」我說不認識，「你大概也不曉得那齣戲，所以你也不會知道我在說些什麼鬼。那以後我就沒見過她了，我連大衛用了她都不知道。」

「你和她在同一個表演班上課？」

「是啊，我並不真的『認識』她。那是凱莉・葛立兒主持的進修課程，每個星期四下午兩個小時，在上百老匯大道一個二樓的工作室。她在課堂上曾經演過一幕戲，兩個人等巴士，我覺得她演得很好。」

「她在班上跟誰走得比較近？有男朋友嗎？」

「我真的不知道這些。我甚至不記得跟她講過話。」

「你從巴爾的摩回來後看過她嗎？」

「巴爾的摩？」

「你不是去那兒演一齣戲演了兩星期，而且因此無法參加舞台朗讀會。」

「喔，《蹺蹺板》，」她說，「不是在巴爾的摩演兩星期，是在路易斯維爾一星期、曼菲斯一星期。至少我在曼菲斯看到了貓王故居優雅園。之後我就回密西根的老家過聖誕節，回到紐約後，我又花了三星期時間演了一齣肥皂劇，那是意外撿到的機會，可是占掉了我星期四下午的時間。等到我有空了，又有個機會去上艾德．科文的表演班，我想上他的課想了好久，於是我就再也沒見過寶拉了。她碰到什麼麻煩了嗎？」

「有可能。你說她的老師是凱莉．葛立兒？」

「對。她的電話在我的旋轉檔案夾裡，放在我紐約的書桌上，所以幫不上你的忙。不過我確定電話簿裡查得到。」

「我相信我可以查得到。」

「她啊，我很好奇寶拉還會繼續跟她學嗎？一般人不會老待在同一個進修班的，通常學幾個月就走了，不過或許凱莉可以告訴你一些東西。我希望寶拉沒事才好。」

「我也希望。」

「我現在想起她的樣子了，在那幕戲裡摸索著她的路。她好像——該怎麼說呢？容易受傷吧。」

∞

凱莉．葛立兒是個精力旺盛的小個子女人。一頭灰色捲髮，棕色的眼睛奇大。我在電話簿裡查到她的名字，直接到她公寓找她。她沒請我進去，而是在靠八十幾街的百老匯大道找了一家乳品餐廳跟我談話。

我們面對面坐著，我點了貝果和咖啡，她要了一份奶油蕎麥炒麵，又喝了兩大玻璃杯的全脂牛奶。

她還記得寶拉。

「她沒做出什麼成績，」她說：「她自己知道這點，多了這點自知之明，她算是贏過他們大部分的人了。」

「沒有其他優點了嗎？」

「她還可以。他們大部分都還可以。喔，有些真是沒希望，不過大部分能走到這一步的，都有某種程度的能力。他們都不壞，可能還滿好的，甚至相當好。可是這樣不夠。」

「還需要什麼？」

「你必須棒透了才行。我們總以為重要的是要得到適當的機會，或者要靠運氣，或者要認識適當的人，或者要跟適當的人睡覺。不過事實上不是那樣。要非常棒的人，才能成功。只是具有某些天分是不夠的。你必須能夠積極發揮，必須能在舞台或銀幕或螢光幕燃燒。你必須散發光芒。」

「而寶拉不是？」

「嗯，而且我想寶拉知道，或至少知道一半，但我不認為她因此而傷心。那是另一回事，除了天分之外，你還必須有那種欲望。你必須拚命的想要得到，而我不認為她是這樣。」她想了一下，「不過，她的確是想要得到某些東西。」

「她想得到什麼？」

「我不知道。我不確定她曉得。金錢？名聲？名利把一大堆這種人吸引過來，特別是西岸的。他們想做些事情賺大錢，我怎麼樣都想不透。」

「金錢和名聲，那是寶拉想要的嗎？」

「或者是魅力，或者刺激、冒險。真的，我怎麼會知道她在想什麼呢？她去年秋天開始來上我的課，一直上了五個月左右。她並不特別認真，有時候她會缺席。這很常見，他們必須工作或參加選角甄試，或者臨時有什麼事情。」

「她什麼時候退出？」

「她沒有正式退出，只是沒再出現。我查過了，她最後一次來上課是在二月。」

她有十來個和寶拉一起上過課的學生名單和電話號碼。她不記得寶拉是否有男朋友，或者下課後有沒有人來接過她。她也不知道寶拉是不是跟某個同學特別要好。我抄下所有人的名字和電話號碼，除了我已經談過的吉妮．沙克里芙。

「吉妮．沙克里芙說寶拉曾有過一次巴士站的即興表演。」我說。

「是嗎？我常常利用這種訓練法。老實說，我已經不記得寶拉表現得怎樣了。」

「吉妮說，她有種笨拙、猶豫不決的特質。」

她笑了，可是我說的話沒有什麼好笑的成分。「有種笨拙、猶豫不決的特質，」她說，「不騙你，每年有一千個天真的姑娘湧向紐約，每個都十足的笨拙、猶豫不決，盼望她們活潑的青春能融化這個國家的心腸。有時候我很想跑去長途巴士總站，叫她們全都回家算了。」

她喝著她的全脂牛奶，拿起餐巾按按嘴唇。我告訴她，吉妮說寶拉看起來好像很容易受傷害。

「她們每個都容易受傷害。」她說。

8

我打電話給寶拉表演班的同學，有些碰了面，有些在電話裡談。我一個個過濾凱莉．葛立兒給我的名單，同時還是繼續去佛蘿倫絲．艾德琳的套房公寓敲門，把談過的住戶從名單上劃掉。

我去過寶拉最後一個工作過的餐廳，我的客戶也曾經去過。那個地方叫祝伊城堡，是位於西四十六街的一家英國酒館風格餐廳。那兒的菜單上有牧羊人派之類的食物，還有些像「洞中蟾蜍」的怪菜名。經理跟我證實她是在春天辭職的。「她還不錯，」他說，「我忘了她是為什麼辭職的，不過我們處得還不錯。她要是再來我還是願意僱她。」有個女侍記得寶拉是「一個好孩子，可是有點恍惚，似乎心不在焉」。我進出了四十幾街和五十幾街的一大堆餐廳，結果寶拉去祝伊城堡之前，曾在其中兩家工作過。如果我想寫她的傳記，那些資料可能會派得上用場，可是卻不能告訴我她在七月中去了哪兒。

在第九大道和五十二街交叉口附近一家叫「巴黎綠」的酒吧，經理承認寶拉看起來很面熟，但沒在那兒工作過。有個瘦高個兒酒保問我，能不能讓他看看照片，他蓄著一把活像黃鸝鳥巢的大鬍子。「她沒在這兒工作過，」他說，「不過她來過這裡。只是這兩個月沒來。」

「是春天嗎？」

「一定是四月以後，因為我是那時才開始在這兒工作的。我絕對看過她五六次，她都來得很晚。我們是兩點打烊，她都是在接近打烊的時候進來。反正是過了午夜。」

「她是一個人來嗎？」

「不可能，否則我會泡她，」他笑了，「至少會釣釣看，你懂吧？她是和一個男的來，不過每次是不是同一個男的？我想是，但是我不敢保證。別忘了，她最後一次來過之後，我都沒再想過她——而且那應該已經是兩個月之前的事情了。」

「最後一次有人見過她，是在七月的第一個星期。」

「應該差不多，頂多增減一兩個星期。我最後一次看到她，她喝的是鹹狗雞尾酒（譯註：調酒，適合夏日飲用），兩個人都喝鹹狗。」

「她平常都喝什麼？」

「不一定。瑪格麗特，伏特加酸酒，不一定是這些，不過這樣你就有點概念了，都是女孩子喝的酒。不過那男的習慣喝威士忌，有時想換口味，他會點鹹狗。這代表什麼？」

「天氣很熱。」

「答對了，親愛的華生。」他又笑了，「要嘛我會是個好偵探，不然就是你會是個好酒保，因為我們都得出相同的結論。就憑這個，我請你喝一杯如何？」

「給我一杯可樂吧。」

他給自己倒了杯啤酒，給我杯可樂。他淺啜一口，問起寶拉發生了什麼事。我說她失蹤了。

「總會有這種事。」他說。

我跟他一起聊了大概十分鐘，對寶拉的護花使者有了點概念。他身高跟我差不多，或許高一點。三十歲左右，深色頭髮，沒有鬍鬚或短髭，穿著很隨意，是那種休閒服之類的。

「好像是在救回電腦遺失的資料，」他對於整個過程驚歎道，「真沒想到我還記得一些事情。唯一困擾我的是，我怕我會為了要幫忙而無意間捏造一些訊息出來。」

「難免的。」我承認。

「無論如何，我跟你描述的，大概符合這一帶半數的男人。可是我懷疑他根本不住在這附近。」

「你只看過他和她一起出現過五六次？」

他點點頭。「而且看他們來的時間，我覺得他是去接她下班，或者她去等他下班，也可能兩個人是在同一個地方工作。」

「只是進來休息匆匆喝杯酒。」

「不只一杯。」

「她喝得多嗎？」

「喝得多的是他，她只是慢慢喝，但也沒有拖拖拉拉，她的酒照樣會喝完。不過她看起來喝得並不凶，他也是。他們似乎是剛下班，來這兒只是喝酒的第一站，不是最後一站。」

他把照片還給我，我要他留著，「如果你想到任何事情——」

「我會打這個電話。」

8

零零碎碎，一點一滴的。到了我在「新開始」說我的故事時，我已經花了一個多星期在尋找寶拉．荷特凱，而且所花的時間和磨掉的鞋底，大概已經讓她父親的一千元值回票價了，雖然我無法交出值一千元的成果。

我跟幾十個人談過，記了一大堆筆記，而且我所印的一百張照片已經發掉一半了。

我知道了些什麼？我無法說明她七月中離開套房公寓消失之後的行蹤，我也沒發現她四月辭掉女侍的工作之後，又在哪裡工作過。而且，我所拼湊出來的圖像，也不像分發出去的照片那麼清楚鮮明。

她是個演員，或者她希望成為一個演員，可是她幾乎無法實現，而且她也沒再去上表演課。她曾和一個男人半夜結伴去附近的酒吧，大概去了五六次。她獨來獨往，可是不常待在她的套房公寓裡。她這麼寂寞能去哪兒？她會去公園，跟鴿子說話嗎？

4

第二天早上，我的第一個念頭是，我對那個打電話來的神祕客太不客氣了。他什麼都沒有，可是我又有什麼呢？

吃過早餐後，我提醒自己，我不曾真的希望發現些什麼。寶拉·荷特凱已經放棄女演員和女侍的身分，然後她又放棄了佛蘿倫絲·艾德琳那兒的住處，也放棄了當女兒的角色。現在她或許在某個地方安定下來，有了新生活，她想出現的時候自然會出現。也或者她已經死了，那麼我也幫不了什麼忙。

我想去看場電影，可是最後我花了一整天去找些戲劇經紀人，拿同樣的老問題問他們，把照片發出去。他們沒有一個記得寶拉的名字或她的臉。「她可能只是去參加過選角甄試，」其中一個經紀人告訴我，「他們有些人希望馬上找到經紀人；有些則到處參加甄試，希望能給經紀人留下印象。」

「最好的方法是什麼？」

「最好的方法？有個叔叔伯伯在演藝圈，就是最好的方法。」

我跟經紀人談煩了，就又到套房公寓碰運氣。我按了佛蘿倫絲·艾德琳的門鈴，她點個頭讓我進去，「我應該開始收你房租才對，」她說，「你在這兒的時間比我某些房客還多。」

「我還剩幾個人得見見。」

「隨便你愛待多久，反正沒有人抱怨，既然他們不介意，我當然也不會。」

我沒見過的房客中，只有一個來應門。她是五月搬進來的，完全不認識寶拉·荷特凱。「我希望能幫得上忙，」她說，「可是我一點也不覺得她眼熟。我對門的鄰居跟我說你找她談過，這個女孩失蹤了還是怎麼了嗎？」

「看起來是這樣。」

她聳聳肩，「真希望能幫得上忙。」

8

我第一次戒酒時，開始跟一個叫珍·肯恩的女子交往。戒酒前我就認得她，不過她參加戒酒聚會之後，我們就沒再碰過面，等到我也參加戒酒聚會之後，兩人才又開始聯絡。

她是個雕塑家，住在利斯本納德街的一個統樓層，兼作工作室，就在堅尼路南邊的翠貝卡區。我們開始常在一起，一星期有三四個晚上會見面，偶爾也會在白天。有時候我們會一起去戒酒聚會，不過我們也一起做別的事情。我們會出去吃晚餐，或者由她替我做飯。她喜歡去畫廊，就在蘇活區或東村那一帶。我以前很少做這類事情，現在我發現自己滿喜歡的。以前每次去畫廊這類地方我總是有點不自在，站在一幅畫或一個雕塑作品前面，老是不知該說些什麼才好，而她教我，什麼都不說也沒關係。

我不知道什麼地方不對勁，我們的關係就像一般正常的那樣慢慢有進展，有一陣子我有一半的時間都住在利斯本納德街，我的一些衣服擺在她的櫃子裡，襪子和內衣放在她的梳妝檯抽屜，我們曾興致勃勃的一再討論，保留我旅社的房間是不是聰明之舉。既然我很少在那兒，這樣不是很浪費租金嗎？另一方面，或許把那兒拿來當辦公室接待客戶也不錯吧？

我想，曾經有一度，我覺得應該放棄我在旅社的那個房間，開始分攤那個統樓層的費用。而且也曾經有一度，我們很可能就要談到承諾和永遠，以及，我想，婚姻。

可是當時我們沒有談，而且後來也一直沒談，時機對的時候沒做，以後也就不可能了。我們很自然的開始逐漸疏遠，兩人在一起的時間隨著心情和沉默漸漸減少，而且更常各居一方了。我們決定——說實話我不記得是誰提議的——我們應該試著跟別人交往，然後照做了，卻發現這讓彼此更難過。最後，在完全沒有戲劇化場面的情況下，我很有禮貌的把以前跟她借的幾本書歸還，而且取回我留在她那兒的最後一點衣服，搭了計程車回上城，一切就是這樣。

這段感情拖得太久，因此這樣的結局對我們來說是種解脫。但即便如此，我仍然時常覺得寂寞，有種失落感占據心頭。幾年前我婚姻破裂時，都沒那麼難過，不過當然那時候我喝酒，所以其實我什麼也感覺不到。

於是我常常去參加戒酒的聚會，有時候我談談參加聚會的感覺，有時候不談。和珍分手後，我曾試著和其他人約會，可是我好像無心於此。現在我會想，是開始再去找些女人交往的時候了。我有這個念頭，可是卻一直沒有行動。

到西區的那棟套房公寓挨家挨戶敲門，然後跟那些單身女郎談話，造成了一種奇異的暈眩。她們大部分比我年輕一些，不過不是全部。在那類訪談中，我似乎也有機會順便調調情，以前當警察的時候我就明白這一點，而且也因此結了一次婚。

有時候，無休無止的詢問關於失蹤的寶拉・荷特凱的事情，我會很怕對我所詢問的女子造成強烈的吸引力。有時候我自己也感覺到了雙方都很來電，那種吸引力是相互的。我想像著我們倆激情的纏綿，從門口移到床上。

不過我永遠無法讓自己踏出下一步。我一察覺到雙方心意相通，就離開那棟公寓。跟六個十個或十幾個人談過之後，我的心情更灰暗，覺得全然的孤單。

此時我只需要講講話，就可以走出那種心情。於是我回到我的房間，坐在電視機前面，等著戒酒聚會的時間到來。

∞

那天晚上在聖保羅的聚會，發言人是一個來自歐松公園的的家庭主婦。她告訴我們，以前她丈夫的龐帝克一開出院子，她就開始喝第一杯酒。她把伏特加藏在水槽底下，裝在一個烤爐清潔劑的空瓶裡。「我第一次講起這件事情的時候，」她說，「一個女人說，『喔，我的天啊，你會抓錯瓶子，把烤爐清潔劑喝下去的。』『親愛的，』我告訴她，『別傻了，你會嗎？根本沒有讓我抓錯的瓶子，因為我的水槽底下沒有烤爐清潔劑。我住在那棟房子裡十三年了，從來沒有清過烤爐。』總之，」她說，「這就是我的喝酒經驗。」

不同的聚會有不同的形式。在聖保羅，聚會進行一個半小時，星期五晚上的聚會是進階聚會，以戒酒協會的十二個復原課程為中心。這回的聚會是第五階段，不過我不記得發言人根據主題講了些什麼內容，也不記得輪到自己時，我又說了些什麼聰明的話。

到了十點，我們站起來唸主禱文，除了一個叫凱洛的女人，她說她不要跟大家一起祈禱。然後我折起椅子堆在集中的地方，把咖啡杯丟進垃圾桶，拿著菸灰缸走到會議室前面，和幾個傢伙聊天。艾迪．達非喊我名字的時候，我轉過頭來。「喔，哈囉，」我說，「我剛剛沒看到你。」

「我遲到了幾分鐘，就坐在後頭。我喜歡你剛剛的發言。」

「謝謝。」我說，奇怪我剛剛說了些什麼。他問我要不要去喝杯咖啡，我說我們幾個正打算去火焰餐廳，他要不要一起去？

我們沿著第九大道往南走一個街區，和其他六七個人在店裡角落找了一張大餐桌。我要了三明治、薯條和咖啡。聊天內容大半是政治，離選舉不到兩個月了，大家談著每隔四年人人都會說的那些話：真他媽可恥，居然沒有更有趣的人可以選了。

我的話不多，我對政治的興趣一向不大。我們同桌有個叫海倫的女子，她戒酒的時間大概跟我一樣久，我忽然有個念頭，想找她約會。我偷偷觀察她一會兒，結果收集到的盡是讓我對她扣分的資料。她的笑聲刺耳，她需要去看一下牙齒了，而且每個出自她口中的句子都夾著一個「你知道」。等到她吃完她的漢堡，我們的羅曼史也就胎死腹中了。說真的，這個方法真不錯。你可以像把野火一樣迅速看透一個女人，而她根本不知道。

過了十一點沒多久，我在咖啡碟旁邊放了幾枚硬幣，跟大家說再見，然後拿著我的帳單走向櫃檯。艾迪也和我一起站了起來，付了他的帳跟著我走出去。我幾乎忘了他也在；他在席間說的話比我還少。

現在他說：「美麗的夜，不是嗎？這樣的空氣讓你想多吸幾口。你有空嗎？要不要一起散散步？」

「好啊。」

「我稍早的時候打過電話給你，打到旅社。」

「什麼時候？」

「不知道，下午，大概三點吧。」

「我沒接到留話。」

「噢，我沒留話。沒什麼重要的事，而且反正你也沒辦法回電給我。」

「對了，你沒有電話。」

「呃，我有電話。就放在床頭桌上，唯一的問題只是被停話了。反正我只是想消磨白天的時間罷了。你在做些什麼？還繼續找那個女孩嗎？」

「反正就是那些老程序。」

「沒碰上好運氣？」

「到目前為止沒有。」

「噢，或許你會走運的。」他掏出一根菸，在大拇指指甲上頭敲實了，「剛剛他們在那兒談什麼，」他說，「政治。老實說我根本不知道他們在談些什麼。你會去投票嗎，馬修？」

「不知道。」

「真搞不懂為什麼每個人都想當總統。你知道嗎，我這輩子從來沒去投過票。等一下，我剛剛說了謊。想知道我投給誰嗎？艾貝．畢姆。」

「好多年前了。」

「讓我想想，我記得是哪一年。是七三年。你還記得他嗎？他是個小個子，競選市長，選上了。你還記得吧？」

「記得。」

他笑了起來，「我投給艾貝．畢姆絕對超過十二次了，搞不好有十五次。」

「聽起來你好像很欣賞他。」

「是啊，他的訊息真的打動了我。其實事情是這樣的，有幾個地方競選後援會的傢伙，弄來了一輛校車巴士，載著我們一堆人轉遍西區。我每進一個投票所，都報上不同的名字，對方就會給我那個名字的選票，然後我進去圈票處，像個小兵似的盡我的公民義務。很簡單，我只要按照吩咐把選票投給民主黨就行了。」

他停下來點燃香菸，「我忘了他們付了多少錢給我們，」他說，「大概是五十元吧，不過可能更少。那是十五年前了，當時我只是個小鬼，反正做這事也不花力氣。除此之外，他們還提供餐點，而且當然整天都有免費的酒可喝。」

「簡直是神話。」

「可不是嗎？你連自己掏腰包喝酒，都覺得是上帝的恩賜，更別說免費喝酒了，天啊，再沒有比那更好的事了。」

「有件事情完全不合邏輯，」我說，「華盛頓住宅區有個地方，我去那兒喝酒不必付錢，我還記得搭計程車從布魯克林到那兒，花了我二十元，然後我喝個也許值十元或十二元的酒，再搭計程車回家，還想著我真是撈到了世上最大的便宜。而且我這麼做過不只一次。」

「當時會覺得很合理。」

「完全合理。」

他把香菸拿在手上，「我忘了畢姆的對手是誰，」他說，「好笑的是你記得什麼、忘了什麼。這個可憐的混蛋，我投給他的對手十五次了，而我卻不記得他的名字。還有一件好笑的事，我投過前兩三次之後，每次進去圈票處，就有股想整他們一下的衝動。你知道，就是把票投給敵方，拿民主黨的錢，投共和黨的票。」

「為什麼？」

「誰曉得為什麼？當時我多喝了兩杯，或許就愈發覺得這是個妙點子，而且我想沒有人知道。無記名投票，對吧？只不過我心想，是啊，應該是無記名投票，但是這件『應該』的事情全是一大團狗屎，但既然他們可以帶我們跑遍西區投十五次票，或許他們也會知道我們投給誰。於是我就做我應該做的事情。」

「還是乖乖投給民主黨。」

「答對了。反正，那是我第一次投票。雖然前一年我就有選舉權了，可是我沒去投票，接著我就投給艾貝．畢姆十五次，我想我大概就在那時候投夠了吧，因為從此我就再也沒有投過票。」

綠燈亮了，於是我們走過五十七街。第九大道上有輛藍白色的巡邏車響著刺耳的警笛往北開。我們轉頭看著它消失在我們的視野之外。不過警笛聲還是聽得到，微弱的壓過其他車聲。

他說：「總是有人非幹壞事不可。」

「說不定只是幾個警察在趕時間。」

「是啊，馬修，他們在聚會上討論的那些，什麼第五步驟的？」

「怎麼了？」

「我不知道，我想或許我是害怕吧。」

那些階段是設計給復原中的酒鬼，讓他們改變，得到精神上的成長。戒酒協會的創辦者發現，願意在精神上有所成長的人就比較能夠戒酒成功，反之，不願意改變的人，早晚還是會回頭去喝酒。第五步驟就是跟上帝、跟自己、跟另外一個人承認自己所犯過的錯誤，把真相坦白說出來。

我引用那個階段裡的用語告訴艾迪，他皺起眉頭。他說：「對，但那到底是什麼呢？你跟某個人坐在一起，然後告訴他你幹過的所有壞事嗎？」

「或多或少吧。任何困擾你的事情、任何壓在你心頭的事情。它的出發點是，要是不說出來的話，你就會去喝酒解悶。」

他思索了一下，「我不知道自己有沒有辦法這麼做。」他說。

「噢，不要急。你戒酒沒多久，不用這麼急。」

「我想也是。」

「反正會有很多人告訴你這些進階課程是一堆狗屎。『不要喝酒，去參加聚會，然後講一大堆話。』你一定聽過很多人這麼說。」

「噢，是啊。『如果你不喝酒，就不會醉。』我還記得第一次聽到有人這麼說的時候，我心想這真是我此生聽過最睿智的話了。」

「又不能說它不對。」

他開始談起別的事情，然後停了下來，一個女人站在我們前方一扇門前，形容憔悴，眼睛瞪得大大的，身上裹著披肩，黏黏的頭髮毫無光澤。她手裡抱著一個嬰兒，旁邊還站了一個小孩，抓著她的披肩。她伸出一隻手來，掌心向上，沒說話。

她看起來好像屬於印度加爾各答，而非紐約。我過去幾個星期見過她幾次了，每次都給她錢。

這回我給了她一塊錢，她拿了之後就無言的縮回暗影中。

他說：「真是痛恨看到像這樣一個女人站在街上。而且她又帶著孩子，耶穌啊，這真恐怖。」

「我懂。」

「馬修，你進行過第五步驟嗎？」

「有啊。」

「你毫無保留嗎？」

「盡量。我想到什麼就講什麼。」

他想了想，「當然你以前當過警察，」他說，「你不可能做過太壞的事。」

「噢，拜託，」我說，「我做過很多並不引以為榮的事，而且有些事情是可以讓你坐牢的。我當了很多年警察，幾乎從一開始就污錢。我從來沒單靠薪水過日子。」

「每個人都這樣搞。」

「不，」我說，「不是每個人。有些警察很清白，有些警察很髒，我就是髒的。我總是告訴自己，我覺得沒問題，而且我自我辯駁說，那是清白的髒法。我沒有跑去跟誰敲詐，也沒有故意放掉殺人犯，可是我污錢，而政府僱我不是要我去污錢的，那是犯法、是騙人。」

「我想是吧。」

「而且我還做過別的事，蒼天在上，我以前是小偷，我偷過東西。有一次我調查一個闖空門案件，收銀機旁邊有個雪茄盒，不知怎的小偷沒拿走。我就拿起來放進口袋裡。我想反正失主可以拿到保險補償，或者那對他來說反正也只是多被偷一樣而已。這件事情就等於是我從小偷那兒偷走東西。我把它合理化，但是我的確拿走不屬於我的東西，你不能逃避這個事實。」

「警察總是會做這類鳥事。」

「他們也會搶劫死人，我就做了好幾年。比方說你去處理飯店或公寓單人房的一具死屍。他身上有五十元或一百元，你和你的搭檔就拿來分掉，然後把死屍裝進屍袋。要命，否則那些錢三轉兩轉還不是被官僚體系給榨光了。就算死者有繼承人，這筆錢大半也不會落到他手裡，那為什麼不乾脆節省時間和麻煩，把錢放進你的口袋？只不過這就是偷竊。」

他開口想說些什麼，可是我還沒說完。「我還做過別的事。我逮到過某些傢伙，可是卻用他們沒犯過的罪名把他們送去坐牢。我不是冤枉好人，任何我亂套過罪名的人，都一定是因為他們做過壞事。我知道他們做過某些事，也知道我沒辦法用這些罪名動他們，可是我可能找到一些目擊證人，可以暗示他們去指認那些壞蛋做過某些他們其實沒做過的事情，這就夠讓他們坐牢了。案子就結了。」

「牢裡有很多人沒做過讓他們入獄的罪名，」他同意，「不是全部，我是說，四個裡頭有三個會發誓說他們是無辜的，他們沒做那些害他們坐牢的壞事，可是也不能相信他們。他們只是在騙你，真的，他們撒謊。」他聳聳肩，「不過有時候他們說的是實話。」

「我知道，」我說，「我不確定自己後不後悔用錯的理由把對的人送進牢裡。他們因此離開街頭，而這種人離開街頭是好事。可是這並不代表我做的事情就是對的，所以我想這就是屬於我的第五步驟。」

「所以你就把這些告訴了某個人。」

「不只。很多事情不犯法，可是時間一久卻讓我良心不安。比方結婚後瞞著我太太在外頭搞女人，比方沒有時間陪我的小孩，比方在我辭職不當警察那陣子離開了他們。比方沒有去看一個應該看的人。有一回我一個姨媽得了甲狀腺癌快死了，她是我母親的妹妹，也是我唯一的親人，我一直跟自己承諾會去醫院看她，結果我一直拖一直拖，拖到她死了。我對於自己沒去醫院看她感覺壞透了，於是我也沒去參加葬禮。不過我送了花，然後去了一家操他媽的教堂，點了支操他媽的蠟燭，這一切肯定讓那個死去的女人安慰極了。」

∞

我們沉默的走了幾分鐘，往西走在五十幾街上，然後左轉上了第十大道。我們經過了一家店門大開的平價酒吧，走味的啤酒味兒飄過來，讓人又噁心又覺得誘惑。他問我有沒有去過這種地方。

「最近沒有。」我說。

「那種地方真的很亂，」他說，「馬修，你殺過人嗎？」

「值勤的時候有過兩次。還有一次是意外，那時候也在值勤。我的一顆子彈反彈，擊中了一個小孩。」

「你昨天晚上說過了。」

「是嗎?有時候我會說,有時候不會。我離開警界之後,有回一個傢伙在街上跳到我面前,跟我正在調查的案子有關。我把他揍倒在地上,他剛好撞斷脖子,就死了。還有一次,基督啊,我一整個星期都沒喝酒,有個瘋掉的哥倫比亞人拿著一把大彎刀衝過來,我就朝他射光了我槍裡的子彈。所以答案是有,我殺過四個人。如果那個小孩也算在內的話,就是五個了。

「而且,除了那個小孩外,我不會為殺掉任何一個人而失眠,也不會為那些被我冤枉送進牢裡的人而苦惱。我想以前那樣做是不對的,換成現在我就不會這樣了。但這一切都遠遠不如我沒去看臨終的佩姬舅媽來得讓我不安。可是這就是酒鬼的下場。大事情在你眼裡變得沒什麼,反倒這種小事逼得你發瘋。」

「有時候大事情也會逼你發瘋。」

「你心裡有什麼困擾嗎,艾迪?」

「喔,狗屎,我不知道。我是這一帶出身的,馬修。我就在這些街道上混大。在地獄廚房長大,你就會學到不要跟任何人講任何事情。『不要告訴陌生人你的事情。』我母親是個誠實的人,馬修。她在公用電話裡發現一毛錢,就會在附近找,希望失主拿回去,但是這句話我聽她講了有一千遍了,『別告訴別人你的事情。』她就是這麼做,上帝保佑她。直到我爸死前,他每個星期總有兩三次醉醺醺的回家,然後對她拳打腳踢。而她誰也不說,要是碰到有人問,呃,她跌倒了，走進門時失去平衡，或者從樓梯上跌下來。可是大部分人懂得不去問，如果你住在地獄廚房，你就知道不該問。」

我正想接話，可是他抓住我的手臂，拉著我站在人行道邊緣，「我們過馬路吧，」他說，「非必要的話，我不想走過那個地方。」

他指的是「葛洛根開放屋」，櫥窗裡綠色的霓虹燈閃著豎琴牌麥酒和健力士啤酒的矮胖桶子標誌，「我以前常常去那兒，」他解釋，「現在我連經過都不願意。」

我知道那種感覺。有一陣子我日夜都待在阿姆斯壯酒吧，於是第一次戒酒的時候，都故意繞路避免經過那裡，要是非經過不可，我就避開眼睛，加快腳步，好像不這樣的話，我就會不由自主的被拉進去，就像鐵被磁鐵所吸引。後來阿姆斯壯那兒的房租到期，搬到了往西一個街區的第十大道和五十七街交叉口，原來的地點換成了一家中國餐館，我的生活就少掉了一個麻煩。

「你知道那家店的老闆是誰嗎，馬修？」

「叫葛洛根的什麼人吧？」

「好幾年前就不是了，那是米基．巴魯的店。」

「你是說那個『屠夫』？」

「你認識米基？」

「只見過，也聽過他的大名。」

「是，他很有名。店的執照上不是登記他的名字，不過那是他的店。我小時候跟他兄弟丹尼斯很熟，後來他死在越南了。你當過兵嗎，馬修？」

我搖搖頭，「警察不用當兵。」

「我小時候得過肺結核，當時不知道，不過照X光檢查出一些東西，所以不用當兵。」他把菸蒂丟進陰溝裡，「這是個避免當兵的方法，不過現在行不通了，呃？」

「你那時候時機不錯。」

「是啊。他人不錯，我是說丹尼斯。他死了之後，我曾經幫米基做過事。你聽過他的故事嗎？」

「聽過一些。」

「你聽過保齡球袋的故事嗎？那裡頭裝了些什麼的事情？」

「我不曉得該不該相信。」

「我當時不在場。不過幾年前，有一回我在一個地下室，就離我們現在站的地方兩三個街區。有個傢伙，我忘了他做了什麼，一定是告了某個人的密，他們就在燒垃圾的火爐房，用曬衣繩把他綁在一根柱子上，把他嘴巴塞起來，然後米基穿上他的白色屠夫長圍裙，從肩膀到腳都遮住的那種。圍裙是純白色的，除了上頭的污漬。接著米基拿起一支棒球棍，開始痛揍那個傢伙，血噴得到處都是。之後我在開放屋看到米基穿那件圍裙，他很喜歡穿，就像剛下班的屠夫衝進酒吧快快喝杯酒。『看到這個沒？』米基會指著一塊新的污漬說：『知道這是什麼嗎？這是告密鬼的血。』」

我們到了葛洛根開放屋南邊那個街區的角落，然後再穿過第十大道。他說：「我不是什麼黑道大亨，可是我混過。我是說，狗屎，投票給艾貝．畢姆大概是我做過最光明正大的事情了。我已經三十七歲，而我唯一有過社會安全卡是在綠天監獄的時候，我在那兒被派去洗衣房工作。工錢大概是三毛錢一小時吧？總之是這類荒謬的數字就是了，還要扣稅、扣社會福利保險金，所以就領到社會安全卡了。之前我從來沒有過，之後我也從沒用過。」

「你現在有工作了，不是嗎？」

他點點頭，「小工作。幫兩家酒吧做打烊後的清潔工作，丹凱利餐廳和彼得氏全美餐廳，你知道全美餐廳嗎？」

「那種平價酒吧，我常常鑽進去快快喝杯酒，不過從來不會在那兒久待。」

「就像開進休息站，我以前很喜歡走進一家酒吧，快快喝杯酒，然後再出來面對真實世界。反正，我是半夜或凌晨去這兩家酒吧，打掃乾淨，把垃圾清掉，把椅子歸位。格林威治村那邊有個貨運公司偶爾會派給我一些白天的工作。不是正式的工作，做這類工作不需要社會安全卡，我勉強還可以混過去。」

「是啊。」

「我的房租很便宜，吃得也不多，我一向吃得不多，那我怎麼花我的錢？夜總會？時髦衣服？拿去付遊艇的油錢？」

「聽起來你過得不錯。」

他停下腳步，轉頭看著我，「是啊，可是我說的都是一團爛屎，馬修。」他把手揮進口袋，低頭看著人行道，「問題是，我不知道我是否願意告訴任何人我在做些什麼。跟自己承認，沒問題，就像我已經知道的，對吧？這不過是誠實面對真相而已。可是跟上帝承認，這個嘛，老兄，如果沒有上帝的話，那就沒有差別了：而如果有個上帝，他就是無所不知，所以這部分也好解決。可是跟另外一個人坦白一切，狗屎，我不知道，馬修。我做過一些會嚇跑你的事情，而且某些事情有別人牽涉在裡面，我不知道我自己對這一切有什麼感覺。」

「很多人都是找神父進行這一個階段。」

「你是說告解？」

「我想有點不一樣。你不是想尋求正式的解答，來解除你心裡的負擔。你不必是天主教徒，也不必跑去教堂。你甚至可以在戒酒無名會裡，找個了解這個課程的神父。就算他不了解，照規矩他也不能透露你告解的內容，所以你不必擔心他會說出去。」

「我想不起上一次去教堂是什麼時候了。等一等，你聽到我剛剛說的話了嗎？耶穌啊，我一個小時前才去過教堂。我有好幾個月都每天去教堂地下室一兩次，可是上一次去教堂的大廳，這個嘛，我過去幾年去參加過幾次婚禮，天主教婚禮，可是我沒有領聖餐。我想我上次告解，已經是至少二十年前的事情了。」

「不見得非找神父不可。不過你如果擔心被說出去的話——」

「你以前就是這麼做的嗎？找神父？」

「我是和另外一個人進行這個階段，你也認識，吉姆．法柏。」

「他沒去火焰餐廳吧？」

「他今天晚上沒去。」

「他是做什麼的，警察或是警探嗎？」

「不，他是做印刷的，他自己在第十一大道開了家印刷店。」

「噢，那個開印刷店的吉姆。」他說：「他戒酒好久了。」

「快九年了。」

「是啊，真夠久的了。」

「他會告訴你一天只要戒一回就行了。」

「是啊，他們都是這麼說的。不過還是他媽的九年了，不是嗎？不論你詳細劃分為多小的單位，高興的話還可以用一個小時或一分鐘一單位，照樣是快要九年了。」

「那倒是真的。」

他又掏出一支菸，然後改變心意，又把菸放回盒裡，「他是你的輔導員嗎？」

「非正式的。我從來沒有正式的輔導員，我做任何事情都不太正式。吉姆是我想打電話找人聊聊時會找的人。」

「我戒酒兩天時，曾經找了一個輔導員。我的電話不能用，反正我就是沒打過電話給他。我們是在不同的地方參加聚會，所以我後來也沒再見過他。」

「他叫什麼名字？」

「大衛。我不知道他姓什麼，而且說真的，我不太記得他長什麼樣子了，上回見過他之後已經過了好久。不過我沒丟掉他的電話，所以我想他還是我的輔導員。我是說，如果有必要的話，我還是可以打電話給他，對吧？」

「當然。」

「我其實可以找他參加那個進階課程。」

「如果你覺得跟他談比較自在的話。」

「我根本就不認識他。你當過任何人的輔導員嗎，馬修？」

「沒有。」

「你聽過任何人的第五步驟嗎？」

「沒有。」

人行道上有個瓶蓋，他踢了一腳。「因為我覺得是我引起這個話題的。真是無法相信，一個壞蛋去向警察告解。當然你現在不是警察了，但你是不是必須把我講的事情向警方報告？」

「不，我並沒有替證人或當事人保密的法定權利，就像神父或律師那樣，不過我照樣會保密。」

「你想聽嗎？一旦我開口講，說出來的就是一堆狗屁倒灶的事，或許你根本不想聽。」

「我會逼自己乖乖聽完的。」

「我覺得做這個要求真可笑。」

「我懂，我之前也是這麼過來的。」

「如果事情只有我牽涉在內，」他停了下來，又說，「我想要做的是，花幾天時間，在心裡把這些事情理清楚，好好想明白。如果你還願意的話，我們再來進行，我會說一些。不知道你願不願意。」

「不要急，」我告訴他，「等你準備好再說吧。」

他搖搖頭，「要等到我準備好，那我永遠也不會去做。給我一個週末想清楚，然後我們就可以坐下來談了。」

「想清楚也是這個步驟的一部分，花多久時間都沒關係。」

「我已經在想了，」他說著笑了起來，手搭在我肩膀上，「謝了，馬修。我家就在前頭，該說晚安了。」

「晚安，艾迪。」

「週末愉快。」

「你也是。或許我會在聚會碰到你。」

「聖保羅那兒只有星期一到星期五有聚會，對吧？我星期一晚上或許會去。馬修，再謝一次。」

他走向他家那棟公寓，我在第十大道往前走了一個街區，再往東走一個路口。靠第九大道那邊的角落過去幾步，有三個年輕人靜靜的等在我前方的一戶門口，他們盯著我走到那個角落，我可以感覺到他們的目光像箭一樣射進我後背。

走回家的途中，一個妓女問我要不要伴。她看起來很年輕沒什麼經驗，不過她們都是這樣，毒品和病毒很快就會弄得她們衰老不堪。

我告訴她下回吧，她如同蒙娜麗莎的謎樣笑容一路跟著我回家。到了五十六街，一個只穿著背心的黑人跟我要零錢。又走了半個街區，一個女人走出陰影跟我做了同樣的要求，她一頭平順的金髮，那張臉就像大蕭條時代老照片上那些失去土地而出走家園的奧克拉荷馬流民。我分別給了他們一塊錢。

∞

旅社櫃檯沒有留話。我上去自己的房間，沖了澡，然後上床睡覺。

幾年前，西五十一街離哈德遜河半個街區的地方，有三個姓摩里西的兄弟擁有一棟四層樓高的小小紅磚建築。他們住在三四樓，把一樓租給一個愛爾蘭業餘劇場，晚上則在二樓賣啤酒和威士忌。有一陣子我常去，在那兒大概碰到過米基．巴魯六七次。我不記得我們交談過，不過我記得在那兒看過他，而且當時我知道他是誰。

我的朋友史吉普．戴佛曾這麼說，如果巴魯有十個兄弟圍成一個圓圈，你會以為自己置身於英國威爾夏的史前巨石柱群。巴魯就像個史前巨石，他也有那種猛烈性的威嚇架式，非常嚇人。有天晚上，一個叫阿若拿的女裝工廠老闆把一杯酒潑在巴魯身上，他立刻不停的道歉，巴魯擦掉酒漬，跟阿若拿說沒關係，但阿若拿隨即出城一個月都不敢回來。他甚至沒回家收拾行李，直接就搭了計程車到機場，一個小時之內就上了飛機。我們都同意，他是個謹慎的人，但並不算過分謹慎。

躺在這兒等著入睡，我很好奇艾迪心裡藏著些什麼事，跟「屠夫」又有什麼關聯。不過我沒有想得睡不著，我想我很快就會曉得了。

5

整個週末都是好天氣。星期六我去棒球場。大都會隊和洋基隊都有硬仗要打。大都會在他們分區還是居於領先，可是他們隊上打擊很爛。洋基則已經差第一名有六七場勝差，看起來也不可能扭轉局勢。這個週末大都會隊去休士頓和太空人隊打三連戰，洋基則是本球季最後一次在主場比賽，將對抗來訪的西雅圖水手隊，我看到了馬亭利在第十一局以一支邊線旁的二壘安打贏得比賽。

回去的路上，我過站沒下車，一路坐到格林威治村。在湯普森街的一家義大利餐館吃了晚飯，之後就去參加戒酒聚會。

星期天我去吉姆．法柏的公寓，看他家有線電視運動頻道轉播的大都會隊比賽。古登投了八局，只讓太空人隊打出三支零星安打，可是大都會自己也半分都沒拿到。九局上半，教練強生把古登換下來，調上馬茲里代打，他擊出了一支內野高飛球被接殺。「我想這是一個錯誤。」吉姆輕輕的說。到了九局下半，休士頓的二壘手被保送，接著盜壘，然後藉著一支中間方向的一壘安打，奔回本壘得分。

我們在一家吉姆一直很想試試看的中國餐廳吃了飯，然後到羅斯福醫院參加聚會。演講的是個很害羞的女人，面無表情，聲音只有前兩排聽得到。我們坐在後頭根本一個字都聽不見。我放棄聽，思緒隨意遊蕩。一開始想著看過的那場棒球賽，最後想到珍・肯恩，還有她去看棒球賽時總是樂在其中，雖然她對球場上在進行些什麼事情根本沒概念。但她有回告訴我，她喜歡棒球賽中完美的幾何學。

我曾帶她去看過一次拳賽，可是她並不喜歡。她說她發現光看就累，不過她喜歡冰上曲棍球，她有生以來第一次看冰球還是我帶她去的，結果她後來比我還喜歡。

我很高興聚會總算結束了，然後就直接回家了。我不想跟一堆人聚在一起。

8

星期一早上我賺了些錢。一個參加聖保羅戒酒聚會的女人幾個月前和一個傢伙搬到雷哥公園那一帶。他當時也在戒酒，不過幾年來反反覆覆，一下參加聚會，一下又破戒跑去喝酒，結果他們在新家安頓下來沒多久，他又開始喝了。過了六個或八個星期，且討來一頓好打之後，她才知道自己犯了錯，而且也明白不必受這個罪，於是就搬回市區。

不過她有一些東西還留在原來的公寓裡，她不敢自己一個人回去拿。她問我帶槍保護她回去要收多少錢。

我告訴她不必付錢給我。「不，我覺得應該付，」她說，「這不單純是戒酒無名會裡彼此幫個忙。他喝了酒就成了狗娘養的暴力分子，如果沒有一個專業上夠資格處理這類事情的人陪伴，我可不想回去那兒。我可以付得起錢，而且這樣我也比較安心。」

她安排了一個叫傑克·奧狄加的計程車司機接送我們。我是在聚會上認得他的，可是一直到上了計程車，看到駕駛座旁邊手套櫃上貼的計程車牌照，我才曉得他姓什麼。

她叫羅莎琳·克萊思，她男友名叫文斯·布羅里歐，那天下午他不是狗娘養的暴力分子。當羅莎琳把東西裝進兩個行李箱和兩個購物袋時，他大半只是坐在旁邊兀自冷笑，一邊喝著一瓶長頸的美獅啤酒。他正看著電視上的球賽節目，用遙控器不斷前後切換頻道。整間公寓丟滿了吃剩的達美樂披薩盒，還有中國餐館外帶用的白色硬紙盒。到處都是啤酒和威士忌空瓶，菸灰缸爆滿，空的香菸盒揉爛了扔在角落。

期間他一度開口：「你是接班人嗎？新任男友？」

「只是陪著她而已。」

他嘲笑著：「我們不都是這樣嗎？我是說，都陪過她。」

幾分鐘之後，他眼睛盯著他的新力電視說：「女人哪。」

「是啊。」我說。

「她們要是沒雞掰的話，那倒是件好事。」我什麼都沒說，然後他往我這邊瞧，想看我的表情。「現在說這些話，」他說，「可能要被解釋為性別歧視。」他說「解釋」時，發音不太準，結果他專心練這個字的唸法，忘了他原來要繼續說什麼。「解釋，」他說，「我會被誤解、修理、貼標籤。看吧，我唯一的問題就在於我被誤解過一次。這個問題怎麼樣？」

「很好。」

「我告訴你吧，」他說，「『她』才是有問題的人。」

傑克・奧狄加載我們回市區，我們兩個幫羅莎琳把東西搬進她的公寓。搬到雷哥公園之前，她住在五十七街靠第八大道那兒，現在她住在七十街靠西緣大道的一棟高樓公寓裡。「以前我住的地方有一個大臥室，」她說，「現在我住在一個工作室，房租比以前貴兩倍不止。我真該去檢查一下我的腦袋，居然會放棄以前的地方。不過上回我是搬進雷哥公園一個有兩間臥室的漂亮公寓。你們看過那兒了，或許你們能想像那個混蛋把那兒搞臭之前是什麼樣子。要想對一段關係有所承諾，就得表示出一點誠意，是吧？」

她給了傑克五十元車資，又給了我一百元保鑣費。她付得起，就好像她也能負擔更貴的房租一樣，她在一個電視網的新聞部工作，收入很好。我不知道她在那兒究竟是做什麼工作，不過我猜想她做得不錯。

∞

我以為那天晚上會在聖保羅見到艾迪，可是他沒去。聚會之後，我走到巴黎綠酒吧找那個認得寶拉・荷特凱照片的酒保，原以為他會想起些什麼，結果沒有。

第二天早晨我打電話到電話公司，他們告訴我寶拉・荷特凱的電話已經停話了，我試著想查出是什麼時候、什麼原因停話的，可是想找到能回答我問題的人，就得經過層層關卡。最後找到了消費者詢問部門，是個女的接電話，她要我等一下別掛斷。之後她回來告訴我，消費者資料上顯示她的費用沒付清。我問她為什麼會這樣，難道她沒有預付最後一筆帳款嗎？

「她沒收到最後那筆帳單，」那女的告訴我，「顯然她沒留下轉信地址。她申請裝機時付了一筆押金，最後一筆帳款就從押金裡頭扣，事實上——」

「怎麼？」

「根據電腦資料，她從五月起就沒付錢了，不過她的電話費不多，所以並沒有超過押金的數目。」

「我懂了。」

「如果她給我們現在的地址，我們可以把餘額轉過去。她可能是不想被打擾，最後餘額只有四塊三毛七。」

我告訴她這筆錢或許寶拉覺得不重要。「還有一件事情要拜託你，」我說，「你能不能告訴我她要求停話的確實日期？」

「請稍等，」她說，我聽話等著，「是七月二十日。」她說。

聽起來不對，我檢查筆記本確定一下，沒錯——寶拉最後一次付房租是在六日，佛蘿倫絲・艾德琳是在十五日進她房間發現房間是空的。這表示寶拉在離開公寓後等了至少五天，才打電話去通知停話。既然等那麼久，那又何必打？再者，如果她打了電話，為什麼不留下轉信地址？

「這跟我記載的日期不符合，」我說，「她要求停話的日期會不會是早幾天，然後才正式停話？」

「我們的作業程序不是這樣。一接到停話申請，我們就馬上辦理。我們不必派人出去停話，你知道。我們是在總部用電腦控制的。」

「那就怪了，她那時候已經搬出原來的住處了。」

「稍等，我再輸入一次資料，看看怎麼樣。」我沒等多久。「根據上頭的資料，」她說，「我們在七月二十日接到停話通知前，電話還是通的。當然電腦也可能會出錯。」

我喝了杯咖啡，翻閱我的筆記本。然後打了個對方付費電話到華倫・荷特凱的汽車展示處找他。我說：「我碰到了一個小小的矛盾，我不認為這代表什麼，不過我想再查證一下。我想知道的是，你最後一次打給寶拉的日期。」

「我想想看，是在六月底，呃——」

「不，那是你最後一次跟她談話。可是之後你打過好幾次電話給她，不是嗎？」

「對，到最後我們聽到的是電話已經停話的錄音。」

「可是前面幾通你打過去都是電話答錄機，我想知道最後一次有答錄機是什麼時候。」

「我明白了，」他說，「天哪，恐怕我記不得了。我們是接近七月底去旅行的，回來之後，我們打電話過去，電話已經停話了。那是上個月中的事情。我就只能告訴你這些了。」

「好。」

「至於我們最後一次打過去有答錄機是什麼時候，應該是在我們離家去黑丘之後，只是我沒辦法告訴你日期。」

「或許你有記錄。」

「哦？」

「你有保存電話帳單嗎？」

「當然，就算沒有，我的會計那邊也會有。喔，我明白了，我剛剛想成如果我們沒找到她的話，就不會有電話記錄，可是當然如果有答錄機的話，就算是接通了電話，所以帳單上會有這通電話記錄。」

「沒錯。」

「恐怕現在我手邊沒有帳單。不過我太太知道放在哪兒，你有我家的電話號碼嗎？」我說有。

「我先打給她，」他說，「這樣等你打去的時候，她就會把東西都準備好。」

「你打電話給她的時候，告訴她我現在在一個公共電話亭，會打對方付費電話過去。」

「沒問題，其實我有個更好的辦法，告訴我你那個公用電話的號碼，讓她打給你。」

我是在街上打電話，我怕電話被別人占用。他掛斷之後，我依然站在那兒把聽筒湊在耳朵上，這樣看起來就好像我還在使用。我留了點時間讓荷特凱跟他太太聯絡，又多留了一點時間讓她去找出電話帳單。然後聽筒依然靠在耳朵上，另伸出一隻手按住鉤座，讓她要打給我的時候可以撥通。我收線之後，幾次有人在數碼之外徘徊，等著用電話。每次我都轉身道歉，說還得再等一下。

就在我已經對自己的街頭即席演出感到厭倦之時，電話鈴響了，一個低沉的女性聲音說道：「你好，我是貝蒂・荷特凱，找馬修・史卡德。」我告訴她我是，她說她先生已經告訴她我想確定的事情，「我現在手上有七月的帳單，」她說，「上頭有三通是打給寶拉的。兩通是兩分鐘，一通是三分鐘。我剛剛試著揣摩，為什麼留話叫她回電給我們要花三分鐘，不過當然一開始我們得先聽完她的留話，不是嗎？不過即使如此，我想有時候電話公司的電腦會多計算實際通話時間。」

「那三通電話的日期是哪一天，荷特凱太太？」

「七月五日，七月十二日，還有七月十七日。我也看了六月的帳單，我們最後一次跟寶拉通話是在六月十九日。帳單上有這筆記錄是因為她會先打來，讓我們打回去給她。」

「你先生跟我說過你們的這套暗號。」

「我覺得有點好笑，雖然我們不是真的要欺騙電話公司，不過好像還是——」

「荷特凱太太，你們最後一次打給寶拉是什麼時候？」

「七月十七日，她通常在星期天打電話。我們第一次打過去碰到電話錄音是七月五日星期天，然後是一個星期之後的十二日，然後是十七日，我想想——十二、十三、十四、十五、十六、十七，星期天、星期一、星期二、星期三、星期四、星期五——十七日應該是星期五，而且——」

「你們打過去有答錄機是在七月十七日。」

「一定是這樣沒錯，因為通話時間是三分鐘，我留話時可能講得比平常久，告訴她我們下星期四要去達科塔，請她在我們出發之前打電話回家。」

「我記一下，」我說，把她告訴我的事情匆匆在筆記本上寫下。有些事情不太符合，很可能是某個人的記錄錯了，可是我必須去掉這些不一致的地方，不管要花多少時間，就像銀行出納員加班三小時，只為了要抓出十分錢的差額一樣。

「史卡德先生，寶拉怎麼了？」

「我不知道，荷特凱太太。」

「我有過最可怕的預感。我一直在想她已經——」她停了很久，「死了。」她說。

「目前還沒有這方面的跡象。」

「有沒有任何跡象顯示她還活著？」

「她好像是自己決定要收拾行李搬出原來的地方，這是個好現象。要是她的衣服留在櫃子裡，我就不會這麼樂觀了。」

「是啊，當然。我懂你的意思。」

「不過我猜不到她會去哪兒，也不太清楚過去幾個月她住在西五十四街過的是什麼樣的生活。她有沒有談過她在做什麼？提到過男朋友嗎？」

我又朝這個方向提了幾個問題，從貝蒂．荷特凱那邊沒問出什麼來。過了一會兒，我說：「荷特凱太太，我的問題之一是，我知道你女兒長什麼樣子，可是我不知道她是什麼樣的一個人。她有過什麼夢想？她有哪些朋友？她平常都做些什麼？」
「要是換了我的其他小孩，要回答這個問題就容易多了。寶拉是個愛做夢的人，可是我不知道她做過些什麼夢。她念高中時再平凡不過了，但我想那只是她還沒準備好讓自己散發光芒。她隱藏真正的自己，或許也在逃避自己。」她歎了口氣，「她像一般高中生談過戀愛，不是很認真，後來在鮑爾州大，我想她在史考特死掉之後就沒有過真正的男朋友了，她一直——」
我打斷她的話，問她史考特是誰，發生了什麼事。史考特是她的男朋友，而且在她大二那年成了她非正式的未婚夫，他騎摩托車時在一個轉彎失去控制。
「他當場就死了，」她回憶，「我想這件事情改變了寶拉。之後她有過幾個要好的男孩，可是當時她對戲劇產生興趣，而她的那些男孩朋友都是戲劇系的。我不認為她是在跟那些男孩談戀愛。她最常來往的那幾個，依我看都是對女孩沒興趣的。」
「我懂了。」
「從她離家去紐約那天我就一直替她擔心。你知道，她是唯一離家的，其他小孩都住在附近。我沒把自己的憂慮表現出來，也沒讓她知道，而且我想華倫也不知道我有多擔心。可是現在她就這樣從地球表面消失了——」
「她也許會突然出現。」我說。
「我一直在想，她是去紐約尋找自己的。她不是想去當演員，這件事似乎對她並不那麼重要，她是去尋找自己的。而我現在的感覺是，她已經迷失了。」

8

我在第八大道的披薩攤子吃午餐，點了一片厚厚的西西里口味披薩，在上頭加了一大堆紅辣椒碎片，就站在櫃檯前面吃了起來，還另外點了一小杯可樂。比起——比方說，走到祝伊城堡，試試他們的「洞中蟾蜍」，要來得方便而可靠。

星期二中午在聖克萊爾醫院有個聚會，我記得艾迪說過他常去。我到那兒的時候已經遲到了，不過還是待到結束，他沒有出現。

我打電話回我住的旅社，問有沒有給我的留話，結果半個都沒有。

我不知道自己為什麼要找他。或許是警察的直覺吧。前一天晚上我也曾期待能在聖保羅的聚會碰到他，可是他沒來。他或許改變想法不想跟我進行第五步驟，或者只是想多花點時間考慮，或者只是暫時不參加聚會，免得在他還沒準備好之前碰到我。或者他只是決定那天晚上要看個電視節目，或去參加另一個聚會，或是去散個步。

他還是一個酒鬼，還是有麻煩，這些情況可能會使他忘記不喝酒的種種美好理由。就算他開了酒戒，我也沒義務要盯著他，人家沒開口你就不該幫忙。而在此之前，我所能做的，就是不要去煩他。

或許我只是厭倦於尋找寶拉・荷特凱的蹤跡，或許我找尋艾迪只是因為我覺得他會比較好找。

8

就算他比較好找，也還是要花點工夫。我知道他住哪條街，可是不知道在哪棟建築，而且我不打算挨家挨戶去查門鈴旁和信箱上的的姓名牌。我查了電話簿，也許他雖然被停了話，但是他的名字還登在上頭，結果沒找到。

我打到查號台，說我是警察，編了一個警徽號碼。這構成了犯罪行為，不過我不認為這有什麼罪不可赦的。我又沒要求她做什麼犯法的事情，只是希望她幫個忙，否則她要是知道我是個普通老百姓，可能就會拒絕。我告訴她我想查的可能是一兩年前的資料。她的電腦查不到，不過她找到一本舊的電話簿，可以幫我查。

我告訴她我要找的人是艾迪·達非，住在西五十一街四〇〇號。她查不到，但查到一個西五十一街五〇七號的P·J·達非，可能往西靠第十大道隔個三四家。聽起來很接近，那是他母親以前住的公寓，他不會費神去申請更改電話登記的名字。

五〇七號就像附近一樣，是舊的建築法規下六層樓高的樓房。電鈴和信箱上有的有姓名牌，有的沒有，不過4C電鈴旁邊有一條細長的硬紙板寫著「達非」。

我按了門鈴，等著。幾分鐘之後我又按了一次，又等了一下。

我按了管理員的鈴，大門有了反應，我推開門進入一個光線黯淡的門廳，空氣很悶，有老鼠和煮包心菜的味道。門廳的盡頭一扇門開著，一個女人走出來。她很高，留著及肩的金色直髮，用橡皮筋紮起來。穿著膝蓋快磨破的藍色牛仔褲，上身一件法蘭絨格子襯衫，袖子捲到手肘，最上頭兩顆釦子沒扣。

「敝姓史卡德，」我告訴她，「我在找一個你的房客，艾德華．達非。」

「喔，是，」她說，「達非先生住四樓，後側的公寓，我想是4C。」

「我按過他的電鈴，沒人回答。」

「那他可能出去了。他在等你嗎？」

「是我在等他。」

她看著我，她遠看比較年輕，近看就可以發現有四十好幾了，保養得相當不錯。前額又高又寬，髮際成尖尖的V字形，下顎很寬，讓人感覺堅強但不刻薄。顴骨很棒，臉部線條很有趣。我跟雕刻家交往過好一陣子，心裡自然就冒出這些字眼，分手沒多久，還沒來得及戒掉這個習慣。

她說：「你想他在樓上，聽到門鈴卻沒有應門？當然門鈴也可能壞掉，如果房客告訴我，我就會去修，可是要是你的訪客不多，你就不會知道門鈴壞掉了。你要不要上去他那兒敲他的門？」

「或許我應該去。」

「你擔心他，」她說，「對不對？」

「我是擔心，可是我沒辦法告訴你為什麼。」

她很快下定決心，「我有鑰匙，」她說，「除非他換過鎖，或者多加了一把鎖。天曉得在這樣的城市裡，換了我就會這麼做。」

她折返自己的公寓，帶了把鑰匙出來，然後把她門上的兩道鎖都鎖上，帶路上樓。樓梯間除了老鼠和包心菜，又有其他的味道混進來。發臭的啤酒味、尿騷味、大麻味，還有拉丁美洲食物的氣味。

「如果他們換了鎖，或加上新的鎖，」她說，「應該要給我一把鑰匙。租約裡其實有這條規定，房東有權利進每一戶。不過沒人理會，屋主不在乎的話，我當然也不在乎。我有一把標示著4C的鑰匙，不過這不代表我就真有辦法把那扇門打開。」

「試試看吧。」

「也只能這樣了。」

「呃，也不見得只能這樣，」我說，「我開鎖的技術還不賴。」

「哦，真的？」她轉頭過來看了我一眼，「這在你那一行一定很有用。你是做什麼的，鎖匠還是小偷？」

「我以前當過警察。」

「現在呢？」

「現在我是個前任警察。」

「真不是蓋的。剛剛你講過你的名字，可是我沒記住。」

我又告訴她一次。在爬樓梯的時候，她告訴我她叫薇拉・羅西特，當大廈管理員已經有大概兩年，她不必付房租以交換薪資。

「不過這對房東來說實在沒花什麼成本，」她說，「因為反正他也不會把這一戶租出去。除了我之外，這棟公寓還有三個空戶，都是不出租的。」

「想要租出去很容易。」

「沒兩下就能租出去了，每個月可以有上千元收入，厲害吧。可是房東寧可空著，他想把這棟建築改成合作公寓，沒租出去的公寓最後都成為支持他的一票，然後他可以賣給任何負擔得起的人。」

「但同時每戶空房子他也損失每個月一千元。」

「我想長期來說對他是划算的。如果改成合作公寓，每一戶鴿子籠他可以賣到十萬元。可是這是紐約，我想這個國家其他任何地方，一整棟樓都賣不到這個價錢。」

「在其他地方，這棟樓都該報廢了。」

「不見得，這棟樓很牢固，已經有百年歷史，老住戶搬進來的時候都是廉價勞工階級。他們不像斜坡公園或柯林頓丘那邊的老居民原來都是有錢人，即使如此，這棟建築還是相當不錯。那就是達非先生的房門了，後側右手邊那戶。」

她走到那扇門前敲門，敲得很用力。沒人應門，她就再敲，更用力。我們看看對方，她聳聳肩，把鑰匙插進鎖孔，轉了兩圈，先轉開鎖門，然後喀嗒一聲打開彈簧鎖。

她一轉開門，我就知道我們會看到什麼，我抓住她的肩膀。

「讓我來，」我說，「你不會想看到這個的。」

「那是什麼味道？」

我搶在她前面往裡走，進去找屍體。

∞

這戶公寓規畫成典型的縱排一列，三個小房間排成一直線。靠走廊的是起居室，有沙發、扶手椅，和桌上型電視機。扶手椅的彈簧露出來，扶手和沙發椅面的布都破了。放電視的餐桌上有個菸灰缸，裡頭有幾個菸蒂。

再過去那個房間是廚房，爐子、水槽和冰箱靠牆排成一排，水槽上方有個窗子朝著通風井，除此之外，還有個老式有腳爪的大浴缸。外表的瓷面剝落了一部分，露出黑色的鑄鐵。上頭罩了塊塗著米白色亮光漆的三夾板，把浴缸變成餐桌。浴缸餐桌上有個空的咖啡杯，還有個髒菸灰缸。水槽裡堆著盤子，滴水籃裡還有些乾淨的。

最後一個房間是臥室，我就是在那兒發現艾迪的。他坐在沒鋪好的床上，往前倒下。身上除了一件白色T恤之外什麼都沒穿。床上他身邊有一堆雜誌，其中一本攤開在他前面的油氈布地板上，是一張跨頁的年輕女郎照片，女郎的手腕和腳踝都被綁住，全身密密麻麻的纏著繩子。她的大胸脯被電線或是類似的東西緊緊的纏住，臉部扭曲，有種虛偽的痛苦和恐懼。

艾迪的脖子上有根繩子，打了活結的塑膠曬衣繩。另一頭繫在天花板的一根管子上。

「我的天！」

薇拉過來看到了，「怎麼了？」她問著，「耶穌啊，他怎麼了？」

我知道他怎麼了。

6

來的警察名叫安卓提，他的搭檔是個不太黑的黑人巡警，待在樓下問薇拉話。安卓提身材壯得像隻熊，一頭蓬鬆的黑髮，兩道濃密的眉毛。他跟著我到三樓去艾迪的公寓。

他說：「你自己也當過警察，所以想必你都照著程序來。你沒有碰過任何東西、或改變過任何東西的位置吧？」

「沒有。」

「他是你的朋友，可是沒出現。這是怎麼回事，你們約好了嗎？」

「我以為昨天會碰到他。」

「是啊。呃，他當然是沒辦法去了。法醫會確定死亡時間，不過我現在可以告訴你，他死亡已經超過二十四小時了。我才不管那些小冊子上有什麼規定，我要開窗子，你去把廚房的窗子也打開吧？」

我照辦了，也順便打開客廳的窗子。我回來後，他說：「他沒出現，然後呢？你打電話給他？」

「他沒有電話。」

「那這是什麼？」那是床邊一個權充床頭櫃的柳橙木箱，上頭有個黑色的轉盤撥號型電話機。

我說電話是不通的。

「真的？」他拿起話筒湊到耳朵上然後又放回去。「原來如此，這是沒接上線還是什麼？不，這電話應該沒壞才對。」

「被停話好一陣子了。」

「他搞什麼鬼，把電話機當藝術品收藏？狗屎，我不應該碰的，任何人都不應該破壞現場。我們馬上要把這個地方封鎖，現在看起來情況很明顯，你不覺得嗎？」

「看起來是這樣。」

「我看過幾次，高中、大學那種年紀的小鬼。我第一次看到時，心想，狗屎，這樣根本不可能自殺成功，因為我們碰上的那個小鬼，是在他自己的衣櫃裡被發現的。你能想像嗎？他就坐在一個倒著放的牛奶箱上頭，那種塑膠牛奶箱，脖子上套著打了結的床單，然後纏在衣櫃上的吊衣槓。你想用這種方法吊死自己的話，其實不可能。因為只要站起來，就會把繩子上或床單上的重量移轉掉。就算身體的重量真的能把繩子拉緊而迅速把自己絞死，也會先把整根槓子拉垮。

「所以我打算排除自殺的可能，猜想是有人把那個小鬼勒死想布置成自殺，卻搞得破綻百出，我當時的搭檔給了我一些提示。他指出的第一點是那個小鬼是光著身子的，他告訴我，那是『窒息式自慰』。

「我沒聽過這個字眼，那是一種新招數的手淫。把自己弄得半窒息呼吸困難，藉此刺激快感。可是要是一個不對，就會像這個可憐小王八蛋一樣，成了一塊死肉。你的家人發現你的時候，你就是這副德行，雙眼凸出，手裡握著你的小雞雞。」

他搖搖頭，「他是你的朋友，」他說，「可是我敢說你沒見過他這副慘相。」

「是沒見過。」

「不會有人知道的。那些高中小鬼常常互相學來學去，要是成年人，屁唷，你能想像一個成年人告訴別人，『嘿，我發現一個很棒的自慰奇招』嗎？所以你發現了就會大吃一驚，以為他不過是心臟病突發之類的，是吧？」

「我只不過是合理的擔心有些事情不對勁。」

「管理員用她的備用鑰匙開了門，門是鎖著的？」

「上了兩道鎖，彈簧鎖和門鎖。」

「所有窗子也都關著，好吧，你要問我的話，我是覺得看起來相當明顯了。他有什麼可以通知的家人嗎？」

「他的父母親都死了，就算有其他家人，他也沒提過。」

「寂寞的人死得寂寞，真夠傷心的了。看看他多瘦，可憐的小王八蛋。」

到了起居室，他說：「你願意正式認屍嗎？既然聯絡不到他的親人，我們必須找個人指認他。」

「他是艾迪・達非。」

「好，」他說，「這樣就夠了。」

8

薇拉．羅西特住1B，是在公寓後方，設計就跟艾迪一樣，但因為是在整棟樓的東側，所以每樣東西的配置都是相反的。不過重新裝潢過了，所以她的廚房裡沒有浴缸，可是靠臥室旁邊的小浴室裡，有個兩呎平方大的淋浴棚。

她坐在她廚房裡一張錫桌面的餐桌旁，問我要不要喝點什麼，我說我想喝杯咖啡。

「我只有即溶的，」她說，「而且是無咖啡因的。你真的不要改喝啤酒嗎？」

「無咖啡因即溶咖啡很好。」

「我想我需要一點東西來讓自己振作一點，看看我抖得多厲害。」她伸出一隻手，掌心向下，就算有抖也看不出來。她從水槽上方的碗碟櫥拿出一瓶兩百毫升小瓶裝的提區爾牌蘇格蘭威士忌，倒了大約兩盎司在一個塑膠的透明果凍杯裡，杯子和酒瓶擺在面前餐桌上，坐下來，拿起杯子，眼睛盯著，一口喝掉一半，接著就咳了起來，全身戰慄著，然後重重歎了口氣。

「這樣好多了。」她說。

我相信。

燒水壺發出笛音，她過去幫我沖那杯根本不算咖啡的咖啡。我攪了攪，把湯匙留在杯子裡，據說這樣咖啡會冷得比較快，其實我滿懷疑的。

她說：「我連奶精都沒得給你。」

「我喝黑咖啡。」
「不過倒是有糖。」
「我不加糖。」
「因為你不想破壞即溶無咖啡因咖啡的真正香味。」
「差不多就這個意思吧。」
她把剩下的威士忌喝光，然後說：「你一聞到那味道就知道怎麼回事了，所以你知道會發現屍體。」
「那種味道你不會忘掉的。」
「我也不指望自己能忘掉。我猜你當警察的時候，一定常常走進這種公寓。」
「如果你指的是裡頭有屍體的公寓，沒錯，恐怕我是見多了。」
「我想你已經習慣了。」
「我不曉得這種事情會不會習慣，通常你會慢慢學會去掩飾自己的感情，不讓別人也不讓自己發現。」
「有意思。那你又是怎麼應付這種事情呢？」
「唔，喝酒很有用。」
「你確定你不想——」
「是，我很確定。除了刻意不讓自己有任何感覺之外，你還能怎樣呢？有些警察對這種事很生氣，或者會對死亡表現得很輕蔑。他們搬運屍體下樓時，幾乎是用拖的，屍體就在一格一格階梯上撞來撞去。要是你是屍袋裡頭那傢伙的朋友，你當然不希望看到這種事情。可是對那些警察或殯儀館的人來說，那是把屍體弄得機械化而不像人類的一種方式。如果你處理起來就像是垃圾一樣，那麼你就不會太苦惱，或者也不會想到這種事可能會發生在自己身上。」

「天哪。」她說，她又倒了點威士忌在杯子裡，臉上有種癡傻的笑容。她蓋上瓶蓋，拿起酒杯。

「你當過幾年警察，馬修？」

「好幾年。」

「你現在的職業呢？要退休也太年輕了。」

「算是私家偵探吧。」

「算是？」

「我沒有執照，沒有辦公室，沒在商用電話簿上頭登記。到目前為止，生意也接得不多，不過時不時會有人跑來，要我幫他們處理一些事情。」

「你也都能處理。」

「只要我辦得到。現在我在替一個住印第安納州的人工作，他女兒來紐約當演員，曾住在離這兒幾個街區的一棟套房公寓，兩個月前失蹤了。」

「她怎麼了？」

「這就是我應該去查出來的。我現在所得到的資料，不會比剛接這樁案子的時候多。」

「這就是你想見艾迪．達非的原因？他跟她交往過嗎？」

「不，他們兩個人沒關係。」

「唔，告訴你我的理論，這個念頭剛剛才閃過我的腦子。他可能曾找她去拍那些雜誌的照片，然後你聽說她演過那種以暴力死亡高潮為收場的色情片，想來這兒查出點什麼。會不會是這樣？」

「暴力死亡高潮為收場的色情片？或許吧，我聽說過這玩意兒。唯一看過的一次，很明顯是在演戲，假得很。」

「你看過真正的這類片子嗎？有人找你去看過嗎？」

「我沒有理由去看。」

「好奇不就構成一個理由嗎？」

「我不認為。我想我對這種影片沒那麼大的好奇心。」

「我也不知道自己會怎麼想，或許看了會希望自己沒看過，也或許沒看卻希望自己看過。她叫什麼名字？」

「那個失蹤的女孩？寶拉．荷特凱。」

「她和艾迪．達非之間沒有任何關聯嗎？」我說沒有。「那你為什麼想見他？」

「我們是朋友。」

「老朋友？」

「最近才認識的。」

「你們兩個都做些什麼，一起去逛街買雜誌？抱歉，講這些實在很沒神經。可憐的傢伙死了。他是你的朋友，而他死掉了。可是你們兩個好像不真的是朋友。」

「警察和罪犯往往也會有很多共同點。」

「他是罪犯？」

「曾經是，混過一小段時間，在大街上成長的人總難免要經過這一關。當然以前這一帶比現在險惡多了。」

「現在變得紳士化、雅痞化了。」

「不過還是保留了過去的痕跡。還是有一些狠角色住在這附近。我最後一次見到艾迪，他告訴我他曾目擊一樁殺人案。」

她皺起眉頭，面露憂色，「哦？」

「有個傢伙曾在一個地下室的火爐房，用棒球棍把另外一個傢伙活生生打死。幾年前發生的，不過用球棒打死人的那傢伙到現在還照樣混得很好，就在幾條街外開了家酒吧。」

她啜著威士忌。她喝起酒來像個酒鬼，沒錯。而且我想這不是她今天第一次喝酒。早先我就從她呼吸的氣息中聞到一股酒味，可能是啤酒。不過這並不代表她喝了很多。一旦你戒了酒，很自然就會對別人身上的酒味變得格外敏感。或許她只是中餐時喝了瓶啤酒，這在現代人來說是稀鬆平常的。

不過，她喝著純淨的威士忌看起來像個老手。難怪我會喜歡她。

「再來杯咖啡吧，馬修？」

「不，謝了。」

「你確定？不麻煩的，水還是熱的。」

「現在還不想喝。」

「咖啡很爛吧？」

「沒那麼糟啦。」

「你不必擔心我會因此難過。我的自尊可不是放在這些咖啡上頭，從罐裡舀咖啡出來，一點也不會傷到我的自尊。有一陣子我都買豆子回來自己磨，你要是那個時候認識我就好了。」

「天注定我現在才認識你。」

她打了個呵欠，雙手伸展高舉過頭，像貓咪伸懶腰。隨著伸展動作，她的胸部往外挺，繃緊了法蘭絨襯衫。過了幾秒鐘，她放下手臂，襯衫又回復鬆垮垮的了，不過我依然盯著她的身體，她告退去洗手間的時候，我看著她離桌走開。她的牛仔褲緊緊包著臀部，兩塊鼓出來的地方磨得幾乎成了白色，我一路盯著她走進浴室。

然後我看著她的空杯子，還有旁邊的酒瓶。

∞

她從浴室出來的時候說：「還是聞得到。」

「味道不在你的房間裡，而是在你的肺裡。要擺脫那個氣味還得一陣子。不過那兒的窗子都打開了，而且公寓裡也很通風。」

「無所謂。反正房東也不會出租那個房間。」

「拿來當倉庫？」

「我想是吧。等會兒我要打電話給他，跟他說他失去了一個房客。」她一隻手抓住瓶子底部，另一隻手旋開瓶蓋。她戴著一個塑膠錶帶的數字顯示錶，手指上面都沒有戒指，也沒有擦指甲油。她的指甲剪短了，其中一個拇指靠近指甲根的地方有塊白點。

她說：「他們把屍體搬走多久了？半個小時了嗎？現在隨時會有人來按我門鈴，問我有沒有空房間可以出租。這個城市的人都像禿鷹。」她倒了一點威士忌在杯子裡，再度傻笑起來，「我乾脆就說已經租出去了。」

「外頭還有很多人睡在地鐵車站裡。」

「還有公園板凳，不過現在太冷了。我知道，到處都看得到那些人，曼哈頓看起來有點像第三世界國家了。可是街上流浪的人卻無法租到公寓，他們付不起每個月一千元的房租。」

「還有些租到房子的人付得更多。有些公益旅社的單人房一個晚上就要五十塊錢。」

「我知道，而且又髒又危險，我指的是那些公益旅社，不是去住的人。」她喝了一口酒，「或許去住的人也一樣吧，看起來是如此。」

「或許吧。」

「又髒又危險的人，」她荒腔走板的唱著，「住在又髒又危險的房間裡。這是八〇年代的城市民謠。」她兩手伸到腦後弄著頭髮的橡皮筋，胸部再度挺出來繃著襯衫，也再度吸引了我的注意力。她拆掉橡皮筋，用手指梳弄著頭髮，晃晃頭，頭髮披散在肩膀上，框住她的臉，使得臉部輪廓的線條變得柔和起來。她的頭髮是層次深淺不同的金色，從極淺的淡金到深棕。

她說：「整件事情太瘋狂了，整個系統都爛掉了。我們總是這麼說，而看起來好像我們一直沒錯——就算解決的方式錯了，至少我們提出的問題是對的。」

「我們？」

「該死，我們總共兩打人哪，耶穌基督。」

∞

沒想到，她有一段往事。二十年前她在芝加哥念大學，參加過民主黨大會的示威活動。當時芝加哥市長戴利派警察鎮壓暴動，她的牙齒被警棍打掉兩顆。她原本就已經是激進學生，這次的意外促使她加入「爭取民主社會學生會」的一個旁支「進步共產黨」。

「出於無意的巧合，」她說，「最後我們的縮寫落得跟『天使之塵』一樣。〔譯註：「天使之塵」是一種強烈迷幻藥的俗稱，又名PCP，而進步共產黨（Progressive Communist Party）的縮寫亦為PCP〕都二十年前了，灰塵畢竟積不了多少重量，不過我們也一樣，全部成員從未超過三十人。我們要展開一場革命，要把這個國家扭轉過來。生產工具國有化，我們要消滅所有年齡、性別、人種的階級界線所造成的差別待遇——我們三十個人將要領導全國走向天堂，我覺得我們也真的相信這一點。」

她為這個運動奉獻了多年的青春。她會搬到某個城鎮，去當女侍或女工，遵從組織的一切命令。「命令不見得要合理，不過無條件遵從組織紀律是我們認可的一部分。你不必去管那些指令合不合理。有時候我們會有兩個人接到命令搬到阿拉巴馬州迪普許鎮，假扮夫妻租個房子住下來。所以兩天後我就跟一個幾乎不認得的人住在一個拖車屋裡，跟他睡在一起，為了誰洗盤子而吵架。我會說如果他希望我去做所有家務，那麼他就是落入了老套性別歧視角色的陷阱；而他會提醒我，我們應該融入環境，而你在這個低階層白人拖車停車場裡，能找到幾個做丈夫的有這麼先進的觀念呢？然後兩個月過去，我們才剛剛步上軌道，上頭又要他去印第安納州蓋瑞城，而我則被派到奧克拉荷馬市。」

有時候她會奉令去跟工人談話，召募新成員。她還曾從事過幾次深入的工廠破壞行動。她常常搬到一個地方，靜候進一步指示，卻沒有任何指示下來，最後她又奉派搬到另一個地方，繼續等。

「我說不出那是怎麼樣一種情況，」她說，「或許我該說，我不大記得那是怎麼樣一種情況了。組織成了你全部的生活，你被隔絕在一切之外，因為你生活在一個謊言中，所以你無法在組織之外建立深入的人際關係。朋友和鄰居和工人都只是你眼前偽裝成全世界的布景、道具和舞台服裝而已。此外，他們只不過是那個歷史的偉大追逐遊戲的小卒子，他們不知道真實世界所發生的事情，這就是我們最重要的麻醉劑——你必須相信你的生命比其他人更不凡。」

五年前她開始真正的醒悟過來，可是想把她生命中這麼大一塊一筆勾消，還得花上好一段時間。就像玩撲克牌一樣——你押了那麼多賭注在上頭，當然不會願意罷手。最後她愛上了一個和運動完全無關的人，便不顧黨內紀律嫁給了他。

他們搬到新墨西哥州，不久後婚姻破裂，「我明白這樁婚姻只不過是脫離共產黨的一個方式，」她說，「如果這是代價，那我已經付出了。所謂天下沒有絕對的壞事。我離了婚，搬到這裡，成為一個公寓管理員，因為我想不出其他住進公寓的方法。你呢？」

「我怎樣？」

「你是怎麼變成現在這個樣子的？是什麼原因造成的？」

我已經問過自己這個天殺的問題有好幾年了。

「我當過警察，當了很久。」我說。

「多久？」

「將近十五年。我有老婆有小孩，以前住在長島市的西歐榭區。」

「我知道那個地方。」

「我不知道自己算不算是醒悟，反正無論如何，原來的生命不再適合我。我辭掉警察的工作，從家裡搬出來，在五十七街租了一個房間，我現在還住在那兒。」

「套房公寓？」

「比那個好一點點，西北旅社。」

「你要不是有錢，就是符合房租管制的保護資格。」

「我並不有錢。」

「你一個人住？」我點點頭。「還沒離婚？」

「幾年前就離了。」

她向前靠，把一隻手放在我的手上。她的氣息有濃濃的蘇格蘭威士忌味兒，我不確定自己喜歡以這種方式聞到，不過比起艾迪公寓裡的味道要容易接受多了。

她說：「那，你覺得呢？」

「覺得什麼？」

「我們一起看到死亡。我們互訴彼此生命中的故事，我們沒辦法一起喝醉，因為兩個人中只有一個人喝酒。你一個人住。有跟誰交往嗎？」

剎那問我憶起珍位於利斯本納德街那層統樓，坐在她沙發上的那種感覺，伴著韋瓦第的室內樂和煮咖啡的香氣。

「沒有，」我說，「沒有跟誰交往。」

她的手按住我的，「那麼，你看怎麼樣，馬修，你想搞嗎？」

7

我從來就沒有菸癮。喝酒的那幾年，偶爾我會一時衝動去買包香菸，一根接一根的連續抽上三四根，剩下的就丟了，然後過上好幾個月才會再碰菸。

珍不抽菸。後來我們決定分手一陣子後，我曾經跟一個抽雲斯頓淡菸的女人約會過幾次。我們沒上過床，不過有天晚上我們接吻，在她嘴裡嚐到菸味真是一大衝擊，我隱隱有種厭惡往上湧，一時卻也對香菸微微思念起來。

薇拉嘴裡威士忌味道的效果更深，這是可想而知的。畢竟，我的菸癮沒到要每天去參加聚會的地步，而且就算我忍不住抽了一根，也不會因此害自己住進醫院。

我們在廚房裡互擁，兩人都站著。她只比我矮一兩吋，兩人身高非常配。在她說那些話之前，在她把手放在我的手上頭之前，我就已經在好奇吻她的滋味會是如何。

威士忌的味道很濃，我以前大半都喝波本，蘇格蘭威士忌只是偶爾，可是也沒差別。召喚我的是酒精，混合了欲望的回憶。

我的感覺複雜極了，交織在一起分不清。有恐懼，還有深深的哀傷，當然還有對酒的渴慕。我興奮起來，那是一種猛烈的興奮，一部分是因為她帶著威士忌味道的嘴，不過還有另外一股吸引力直接來自她本身，她柔軟結實的乳房抵著我的胸，暖熱的腰貼著我的大腿。

我伸手抓緊她臀部牛仔褲磨得很薄的地方，她的手扣緊我的肩膀。

片刻之後，她往後抽離我的懷抱，看著我。我們的目光交接，她的眼睛睜得大大的，一覽無遺。

我說：「我們上床吧。」

「老天，好。」

∞

臥室又小又暗，窗簾拉上了，光線幾乎透不過那扇小窗子。她扭開床頭燈，然後又扭熄，拿起一包火柴。劃了一根想點燃蠟燭，可是燭芯跳閃了兩下，沒點著。她又拆下另一枚火柴，我把火柴和蠟燭從她手上拿過來放在一邊，暗暗的就夠了。

她的床是張雙人床，沒有床架，地上只放了一個木頭箱座，上頭擺了床墊。我們站在床邊，看著對方，脫掉衣服。她腹部右邊有一道割盲腸的手術疤，豐滿的乳房上點點雀斑。

我們上了床，進入彼此。

∞

之後她進廚房帶了一罐淡啤酒回來。她拉開拉環，喝了一大口，「不知道我為什麼會買這個。」她說。

「我可以想出兩個原因。」

「哦？」

「味道棒，還有不容易醉。」

「你好滑稽。味道棒？這喝起來簡直一點味道都沒有。我一向喜歡味道重的，從來就不喜歡任何清淡的東西。我喜歡提區爾牌或白馬牌，重口味蘇格蘭威士忌，我喜歡那些口味重的加拿大麥酒，我抽菸也最受不了有濾嘴的。」

「你以前抽菸？」

「抽得很凶。黨裡頭鼓勵我們抽，這是跟那些工人階級打成一片的方式——你敬我一支菸、我敬你一支菸，點著了，大家抽著抽著就有同生共死的氣氛了。當然一旦革命成功後，抽菸就會像無產階級專政一樣逐漸消失。腐敗的菸草公司將被摧毀，而種植菸草的農人，則會接受再教育，去種植辯證上正確的作物，我想是綠豆吧。而勞動階級則從資本主義壓迫的焦慮中解放出來，他們將再也不需要每隔一陣子就吸尼古丁。」

「講得真像回事。」

「當然囉，我們對任何事情都有一套理論，為什麼不呢？我們有大把時間去建立理論，可是他媽的從來沒有『實踐』過任何事情。」

「所以你是為了革命而抽菸的？」

「完全正確。我抽駱駝牌，每天兩包，或者抽皮卡運牌，不過這牌子很難買到就是了。」

「我根本沒聽說過。」

「喔，這種香菸棒死了。」她說：「一比之下，高盧牌簡直就沒味道。它會扯裂你的喉嚨，讓你連腳趾甲都薰黃。光是在錢包裡面塞一包這種菸都足以致癌。」

「你什麼時候戒掉的？」

「在新墨西哥州那陣子，就是我離婚之後。反正那時候很慘，我想我根本沒注意到自己停止抽菸。這麼消沉實在不應該，不過我後來沒再抽就是了。你現在完全不喝酒嗎？」

「對。」

「以前喝嗎？」

「嗯，喝。」

「據說就是因為喝過，所以才要戒。」

「就是那麼回事吧。」

「我也想過，奇怪我認得的人從來沒有戒什麼能戒得了一輩子的。我和那種人通常都處不來。」

她雙腳交叉坐在床頭，我用一隻手臂撐著身子側躺，另一隻手伸出去撫摸她裸露的大腿，她把手放在我手上。

「我不喝酒會讓你困擾嗎？」

「不會。那我喝會不會困擾你？」

「現在還不曉得。」

「好吧。」

她拿起啤酒喝了一小口，說：「要不要我弄點東西給你喝？我可以沖咖啡什麼的，你要不要？」

「不要。」

「我沒有果汁或汽水之類的，不過跑去轉角商店買很快的，你想要什麼？」

我從她手上取過啤酒罐，放在床旁的桌上，「過來，」我說，把她擺平在床墊上，「我告訴你我想要的。」

∞

八點左右我在黑暗中摸索著找到內褲，她原先睡著了，不過我穿衣服的時候她醒了過來。「我得出去一下。」我告訴她。

「幾點了？」她看看錶，舌頭嘖嘖的發出聲音，「這麼晚了，」她說，「這樣消耗時間真是不錯，你一定餓了。」

「你也一定有一個短暫的回憶。」

她狐媚的笑了起來，「要不要我幫你煮點東西吃，補充營養？」

「我得去個地方。」

「喔。」

「可是大概十點就會結束，你能等到那時候嗎？我們可以出去吃個漢堡什麼的，除非你餓壞了不能等。」

「這樣很好。」

「我大概十點半回來，不會再晚。」

「按我的電鈴就是了，蜜糖。還有，順帶一提，要讓電鈴叫得又響又亮。」

∞

我到聖保羅教堂去，走下通往地下室的入口，那一刻我覺得內心輕鬆起來，好像放下心裡一塊大石頭。

我還記得幾年前，有天醒來想喝酒想得要命，然後就下樓到旅社隔壁的麥高文酒吧去，那家店很早就開了，老闆懂得一早就想喝酒的滋味。我還記得身體裡的那種感覺，純粹是生理上需要喝一杯。我也還記得在喝酒之前，那種需要其實就平息了。當酒倒進杯子，我把手放在玻璃杯上之時，內心的某種緊張就鬆弛下來。而人一鬆弛，種種病態症狀就去掉一半了。

整件事真可笑。我需要去參加聚會，我需要戒酒無名會的夥伴們，我需要聽那些聚會上談的聰明及愚蠢事情。我也需要談談自己的一天，藉以放鬆，也整理自己的種種經驗。

這一切還沒開始，但我現在已經覺得安全了，我在會議室裡，所有事情都會次第發生，所以我已經覺得好多了。

我走到咖啡壺那兒給自己倒了一杯。咖啡並不比我在薇拉那兒喝的即溶無咖啡因好，不過我喝光了，又過去再倒了一杯。

∞

演講人是我們這個團體的會員，慶祝她戒酒滿兩週年，大部分來參加聚會的人都曾聽過她喝酒的經歷，所以她就改談過去兩年來她的生活。她說得相當動人，講完時的掌聲比平常都來得熱烈。

休息時間過後，我舉手發言，談起發現艾迪屍體的事，還有之後一整天我都和一個喝酒的人在一起。我沒說得太詳細，只說我當時的感覺還有現在的感覺。

聚會結束後幾個人來找我問問題，其中一些不太清楚誰是艾迪，想確定是不是他們認得的某個人。他不常來聖保羅，也很少講話，所以知道我在講誰的人並不多。

有幾個人想知道死因，我不知該怎麼回答。如果我說他是吊死的，他們會以為他是自殺。如果我進一步解釋，我就得講些並不情願提到的事情。於是我故意含糊帶過，說死因還未經過正式認定，看起來像是意外死亡。這是事實，至少是一部分的事實。

有個叫法蘭克的傢伙戒酒很久了，他只問了一個問題，艾迪死的時候沒喝酒嗎？

「我想他應該沒喝。」我告訴他，「房間裡沒有任何酒瓶，看不出他破戒。」

「噢，真是感激上帝。」法蘭克說。

感激上帝哪一點？不論喝醉或清醒，反正他都死了不是嗎？

∞

吉姆．法柏在門邊等我，我們一起走出去，他問我要不要去喝杯咖啡，我說我得去見一個人。

「和你共度下午的那個女人？喝酒的那個？」

「我好像沒提過她是女的。」

「你是沒提過，『這個人在喝酒，在當時情況下很自然，沒有理由認為他們喝酒會出問題。』你一下子說這個人、一下又說他們——通常你不會犯這樣子的邏輯錯誤，除非你是想刻意避開不提性別。」

我笑了，「你應該去當警察的。」

「不，這是因為我開印刷店，那會讓你對句子的結構很敏感。你要明白，她喝多少或她喝酒有沒有問題並不重要。重要的是對你有什麼影響。」

「我知道。」

「你以前跟喝酒的女人在一起過嗎？」

「戒酒以後就沒有過了。」

「不會吧。」

「除了珍之外，我沒真正跟其他人交往過。僅有的幾次約會，對象都是戒酒協會的人。」

「你今天下午感覺怎麼樣？」

「跟她相處很愉快。」

「跟酒相處呢？」

我思索著答案，「不曉得從什麼時候開始，酒精對我的影響超過那個女的。我當時既緊張又亢奮，還有些焦躁不安；好在那棟樓到處都有酒，否則我恐怕會更加焦躁不安。」

「你有喝酒的衝動嗎？」

「當然有。不過都沒有付諸行動。」

「你喜歡她嗎？」

「目前是這樣。」

「你現在要去找她嗎？」

「我們要出去吃消夜。」

「不要去火焰餐廳。」

「或許找個更高級一點的地方。」

「好吧，你有我的電話號碼。」

「是，老媽。我有你的電話號碼。」

他笑了，「你知道老法蘭克會怎麼說，馬修，『小子，每條裙子底下都有一樁紕漏。』」

「我相信他會這麼說。而且我也相信他最近沒看過多少裙子底下的東西。你知道他剛剛說什麼嗎？他問我艾迪死的時候是不是沒喝酒，我說是，他就說，『噢，真是感激上帝。』」

「那又怎樣？」

「他都死了，喝不喝又有什麼差別。」

「沒錯，」他說，「不過這一點我和法蘭克想法一樣，假如他非死不可的話，我會很高興他死的時候保持清醒。」

∞

我趕回旅社，匆忙沖澡刮鬍子，穿了件運動夾克，還打了領帶。我按薇拉的電鈴時是十點四十分。

她也換過了衣服。穿了一件淡藍色絲襯衫和一條白色牛仔褲。她的頭髮編成辮子，盤在頭頂上像個皇冠。看起來時髦又高雅，我這麼告訴她。

「你自己看起來也很不錯，」她說，「很高興你來了，我一直在胡思亂想。」

「我來得太晚嗎？真抱歉。」

「只晚了不到十分鐘，我是從四十五分鐘前開始胡思亂想的，所以不關你的事。我只是認定你人太好不願意說實話，而我將不會再看到你。很高興我想錯了。」

出了門，我問她有沒有特別想去什麼地方。「因為這兒離一家我一直想去試試看的餐廳不遠，那裡有一種法國小餐館的氣氛，不過就法國菜來說，他們的價錢跟一般酒吧差不多。」

「聽起來不錯。店名叫什麼？」

「巴黎綠。」

「在第九大道，我以前幾次經過那兒，不過從來沒進去過，我喜歡店名。」

「有種異國情調，法國氣氛，很多植物從天花板上頭垂下來。」

「你不知道巴黎綠是什麼嗎？」

「不知道。」

「是一種毒藥，」她說，「是一種砷的化合物，如果我記得沒錯的話，應該是砷和銅，所以才會變成綠色。」

「沒聽說過。」

「園丁都曉得，這東西常用來當殺蟲劑，可以用來噴在植物上，防止蟲害。昆蟲吃了植物就會死掉。不過現在大家都不太用砷的化合物，所以我想這幾年很少見了。」

「活到老學到老。」

「還沒講完哩，巴黎綠也用來當染色劑，可想而知，可以把東西染綠。主要是用在壁紙，過去幾年有好多人因此送命，大部分是小孩，他們有那種口腔實驗傾向，什麼東西都往嘴裡塞。答應我，不要把綠色的壁紙碎片放進嘴裡。」

「我答應你。」

「很好。」

「我會找其他方法來滿足我的口腔實驗。」

「我相信你會的。」

「你怎麼會知道有關巴黎綠的這些事情？」

「黨裡頭，」她說，「進步共產黨。我們盡可能學習各種毒物的知識。我的意思是，你不會曉得什麼時候某個人會決定，在明尼蘇達某個市區自來水系統下毒是一種正確的策略。」

「老天。」

「喔，其實我們從來沒做過這類事，」她說，「至少我沒做過，而且我也沒聽說誰做過。可是你得做好準備。」

∞

我們進門時，那個高個子的大鬍子酒保站在吧台後頭，他對我微笑招招手，女侍引我們入座。

坐下後，薇拉說：「你不喝酒，也從沒在這兒吃過飯，可是你走進來時，酒保卻像老朋友似的跟你打招呼。」

「沒什麼好奇怪的。我曾來這裡找人問些問題，我跟你講過我正在找一個年輕女孩。」

「那個女演員，你還告訴過我名字，叫寶拉？」

「那酒保認得她，所以我後來又來過，希望他能記起更多事情。他人不錯，很有趣。」

「你稍早就是在忙這些事情嗎？辦你的案子？你管這叫案子嗎？」

「我想你可以這麼稱呼它。」

「可是你不這麼說。」

「我不知道自己怎麼稱呼。一件工作吧，一件我做得並不特別好的工作。」

「今天晚上有進展嗎？」

「沒有，我晚上沒在工作。」

「哦。」

「我去參加聚會。」

「聚會？」

「一個匿名戒酒的聚會。」

「哦。」她說，接著她想繼續說些別的，可是女侍正巧過來幫我們點飲料。我說我要一瓶沛綠雅礦泉水，薇拉想了一下，點了可樂加檸檬片。

「你可以喝口味重一點的東西。」我說。

「我知道，我今天已經喝太多了，醒來時有點頭痛。你早先沒說是去參加戒酒聚會。」

「我很少告訴別人。」

「為什麼？不要把這當成丟臉的事情。」

「我倒不會。不過匿名好像就是整個戒酒過程的一種附屬品；破壞別人的匿名、別人一問起就說某某人有參加戒酒無名會，這樣很不好。至於破壞自己的匿名，那倒比較是個人的事情。我想可以說，我的原則是，該知道的人我就會告訴他們。」

「我算是應該知道的人囉？」

「嗯，我不會把這件事對一個跟我談感情的人保密，那太蠢了。」

「我想是很蠢沒錯。我們是嗎？」

「我們是什麼？」

「談感情。」

「我想是在邊緣吧。」

「邊緣，」她說，「我喜歡。」

8

對於一個以致命毒物為店名的地方來說，這兒的氣氛非常好。我們點了挪威式起司漢堡、薯條，還有沙拉。漢堡應該是用柴薪烤的，不過我吃起來覺得跟炭烤的沒兩樣。薯條是手切的，炸得又脆又黃。沙拉裡面有葵瓜子、嫩豆苗、綠色花菜，以及兩種萵苣，兩種都很新鮮，不是冷凍過的。

吃飯時我們談了很多。她喜歡美式足球，而且喜歡大學比賽勝於職業賽。喜歡籃球，不過今年的比賽看得不多。喜歡鄉村音樂，尤其是那些有紘樂伴奏的古老鄉村音樂。一度迷上科幻小說，看了一大缸。不過現在大半都看英國的謀殺推理小說，就是鄉下別墅裡的書房有具屍體，凶手不知是不是管家。「我其實根本不在乎凶手是誰，」她說，「我只是喜歡進入那樣一個世界，每個人都很有禮貌、講話很有修養，即使暴力都那麼整潔，近乎文雅。而且到最後每件事情都會水落石出。」

「就像生活本身。」

「尤其是五十一街的生活。」

我談了些尋找寶拉．荷特凱的事情，還有我的一般工作。我說我的工作不太像她讀的典型英國推理小說。人們不是那麼有禮，而且並不是每件事情最終都會有解答。有時到最後都不是很清楚。

「我喜歡這個工作，是因為某些技巧已經很熟練了，不過我可能還是沒辦法告訴你到底是怎麼回事。我喜歡挖掘、蒐集情報，直到在一團亂中理出某些模式。」

「你是錯誤中做對事情的人，一個屠龍者。」

「大部分的錯誤從來不會變對。而且想跟龍靠近，近到能殺掉牠們是很困難的。」

「因為牠們會噴火？」

「因為牠們住在城堡裡，」我說，「外頭有護城河環繞，而且吊橋收起來了。」

喝過咖啡後，她問我是不是在戒酒無名會認識艾迪．達非的，然後她用手掩住嘴巴，「算了，」她說：「你已經告訴過我，破壞別的會員的那個什麼鬼是違反規則的。」

「匿名，不過現在無所謂了，死掉就表示沒有匿名這回事了。艾迪在大約一年前開始參加聚會，他過去七個月完全沒碰過酒。」

「你呢？」

「三年，兩個月，又十一天。」

「你每天都數著日子？」

「不，當然不是。不過我知道我戒酒的三週年紀念日是哪一天，要算其他的就簡單了。」

「你們會在戒酒週年慶祝？」

「大部分人當天或那幾天會在聚會上發言。某些團體還會給你一個蛋糕。」

「蛋糕？」

「就像生日蛋糕，他們會送給你，聚會後大家一起分享，除了正在減肥的人。」

「聽起來像——」

「米老鼠。」

「那不是我要說的。」

「你可以這麼說，事實如此。某些團體還會給你一個小銅牌，一面用羅馬數字刻著你戒酒的年數，另一面是平靜禱告詞。」

「平靜禱告詞？」

「『上帝賜我平靜，接受我不能改變的事情，鼓勵我去改變能改變的事情，以及分辨這兩者的智慧。』」

「噢，我聽過這些話。我不知道那是戒酒無名會的禱告詞。」

「我想這個禱告詞不是我們的專利。」

「那你得到什麼？蛋糕還是銅牌？」

「都沒有。只不過得到一輪掌聲，還有很多人叫我記住，一次只要戒一天就好。我想這就是為什麼我會待在這個團體，沒有什麼虛偽，沒有那些多餘的花招。」

「因為你就是一個不玩多餘花招的人。」

「沒錯。」

帳單送來時，她要求各付各的，我說我來付，她沒有跟我搶。餐館外頭變得有點冷，她過馬路時牽起我的手，然後就沒鬆開。

到了她住的公寓後，她問我要不要進去坐一下，我說我想直接回家，第二天我打算早起。

她站在玄關把鑰匙插進鎖孔，然後轉身對著我。我們吻別，這回她的氣息裡沒有酒味了。
我一路吹著口哨走路回家，我以前很少這樣。
沿路每個跟我要錢的人，我都給他們一張一元鈔票。

8

第二天早上起床，我嘴裡有股酸味。我刷了牙出門吃早餐，我得逼自己吃點東西，咖啡裡有金屬味。

或許是砷毒吧，我心想。或許昨天晚上的沙拉裡頭有綠色壁紙的碎片。

我的第二杯咖啡味道嚐起來不比第一杯好，不過我還是喝了，邊喝邊看報紙。大都會隊昨天贏球，一個剛從二軍升上來的菜鳥四個打數都擊出安打。洋基隊也贏了，克勞岱爾・華盛頓在第九局擊出勝利全壘打。至於美式足球，巨人隊在這場比賽中失去了他們最好的線衛，他的尿液中測出違禁藥物，被禁賽三十天。

哈林區發生了一樁路過車輛朝著街角開槍的事件，報紙循往例判斷是毒販幹的。兩個流浪漢在東城ＩＲＴ路線的地鐵月台打架，車子即將進站時，一個把另外一個推下車軌，結果可想而知。在布魯克林區，一個住布萊頓海灘的人由於謀殺他的前妻和她前一次婚姻的三個小孩而遭到逮捕。

沒有任何艾迪・達非的消息，照理講也不會有，除非新聞太清淡。

8

早餐後我出去散步，以驅走倦怠感和睡意。天空陰雲密布，氣象預測說下雨的機率是百分之四十，不知道這是什麼意思。「如果下雨的話別怪我們，」好像是在說，「沒下雨的話也別怪我們。」我沒太注意自己往哪裡走，最後來到中央公園，我看到一個空板凳就坐了下來。對面右邊坐著一個穿著廉價外套的女人，正從一個袋子裡掏麵包屑出來餵鴿子，她身上和周圍地上都停滿了鴿子，一定有個兩百隻。

據說鴿子是愈餵愈餓，不過我也沒立場去叫她不要餵。只要我還繼續給路上來討錢的人鈔票，我就不該去說。

她終於把麵包屑餵完，鴿子飛走了，她也走了。我還留在那兒，想著艾迪・達非和寶拉・荷特凱。然後我想到薇拉・羅西特，明白為什麼我醒來後感覺這麼糟。

我沒有時間對艾迪的死做出反應，而是跟薇拉在一起，當我可能對他的死感到悲傷之時，卻因薇拉和我之間滋生的一切而感到興奮和刺激。另外一方面，我對寶拉的事情也是如此，只是沒那麼戲劇化，我已經得到一些關於她電話的互相矛盾的資料，然後我什麼也沒做，只為了一場浪漫的邂逅。

這也沒什麼錯，不過艾迪和寶拉都已經被收進標示著「未完成事件」的檔案裡。如果我不去查明，那麼我嘴巴裡就還會繼續有酸味，我喝的咖啡也還會有金屬味。

我站起來離開那兒，到了哥倫布圓環那邊的出口時，一個穿著斜紋布衣服的大眼睛男人跟我要錢，我拒絕了他，繼續往前走。

8

她在七月六日付了房租，到了十三日應該再付，可是她沒有出現。到了十五日，佛蘿倫絲．艾德琳去敲門收房租，她沒有應門。十六日佛蘿倫絲開門進去，房間是空的，除了寢具之外東西都帶走了。十七日她父母打電話來，在答錄機裡面留了話，同一天喬琪亞租下了那個剛空出來的房間，第二天就搬進去住了。兩天之後，寶拉打電話給電話公司，要他們停話。

昨天曾跟我談過的那個電話公司女職員是卡迪歐太太，之前我們合作得還挺愉快的，這回去找她，她立刻記起我來。「我實在不願意一直麻煩你，」我說，「不過我從不同的來源得到了一些不一致的資料。我知道她是七月二十日打電話來停話的，不過我想查出，她是從哪裡打電話過來的。」

「恐怕我們沒有留下記錄，」她說，遲疑了一下，「其實我們一開始就不知道，事實上——」

「怎麼樣？」

「坦白說，我的記錄並沒有顯示她是打電話還是寫信來要求停話的。這種事幾乎每個人都是打電話，不過她也可能是用寫信的。某些人會這樣，尤其是他們想結清帳戶的時候。不過當時我們沒有收到她的付款。」

我從沒想到她可能是用寫信要求停話的，一時之間一切似乎很清楚了。她可能早在二十日之前就寫了信，根據目前的郵務狀況，信可能要寄很久才會到。

不過這無法解釋她父母在十七日還打電話給她。

我說：「她從家裡打出去的所有電話號碼會不會有記錄？」

「有，可是——」

「可不可以告訴我她最後一通打出去的電話是在哪一天、什麼時間？這樣會很有幫助。」

「對不起，」她說，「我真的沒辦法。我自己不能去調這些資料，而且這樣做是違反規定的。」

「我想我應該可以拿到法院命令，」我說，「不過我不想讓我的客戶惹這些麻煩、花這些費用，而且這是浪費每個人的時間。如果你可以用自己的方式設法幫忙我，我保證不會說出去的。」

「真的很抱歉，如果可以的話，我可以犯點小規，可是我沒有密碼。如果你真的需要她市內電話的記錄，恐怕得拿到法院命令才能查。」

我差點漏掉了，她講到一半我才想起來。我說：「市內電話，如果她打長途電話——」

「她的帳單上會有記錄。」

「你查得到嗎？」

「我不該查的。」我什麼都沒說，等了一下，然後她說：「好吧，找到記錄了，看看能查到什麼。七月份一直都沒有長途電話記錄——」

「至少試過了。」

「我還沒講完。」

「對不起。」

「七月一直沒有長途電話，直到十八日才有。十八日有兩通，十九日有一通。」

「二十日那天沒有嗎？」

「沒有，只有這三通。你想知道她這三通電話的號碼嗎？」

「想，」我說，「非常想。」

8

有兩個號碼，有一個號碼兩天各打一通，另外一個只在十九日打過。區域號碼都一樣，九〇四，我查了電話簿，發現不是印第安納州，而是在北佛羅里達。

我找了家銀行換了十元的兩毛五銅板，到公用電話撥了那個她打過兩次的號碼。一個錄音告訴我要再投多少錢，我照辦了，電話響了四聲後，一個女人來接，我告訴她我叫史卡德，我想跟寶拉·荷特凱聯絡。

「你大概是打錯了。」她說。

「不要掛斷，我是從紐約打來的。我相信有個叫寶拉·荷特凱的女人曾在上上個月打過兩次電話來這裡，我想知道她之後的行蹤。」

她沉默了一下，然後說：「呃，我不太清楚這是怎麼回事，這裡是私人住家，而且我沒聽過你講的名字。」

「這裡是九〇四—五五五—一九〇四嗎？」

「不是，這裡的電話是——等一下，你剛剛說的是幾號？」

我又重複唸了一次。

「那是我先生的店，」她說，「那是普萊薩基五金行的電話。」

「對不起，」我說，我剛剛看錯了筆記本上的號碼，誤唸成她只打過一次的那個，「你的電話應該是八二八—九一七七。」

「你怎麼拿到另一個電話號碼的？」

「她兩個號碼都打過。」

「真的嗎，你剛剛說她叫什麼名字？」

「寶拉·荷特凱。」

「她打過這個電話和店裡的電話？」

「我大概記錯了。」我說，掛斷電話時，她還在繼續追問。

8

我到五十四街的套房公寓，半路碰到一個穿牛仔褲滿臉鬍渣的小鬼跟我討零錢，他看起來一副消耗過度的殘相，某些嗑藥的人看起來就是這樣。我把我剩下的兩毛五都給了他。「嘿，謝了！」他在我身後喊著，「你真是美呆了，老兄。」

佛蘿倫絲來應門時，我跟她道歉說又來麻煩她了，她說不麻煩。我問她喬琪亞．普萊思在不在。

「我不知道，」她說，「你還沒跟她談過嗎？不過我不知道她能幫得上什麼忙，要不是寶拉搬走，我也不可能把房間租給她，所以她怎麼會認得她呢？」

「我跟她講過話，想再跟她談一談。」

她朝樓梯擺擺手。我爬了一層樓梯，停在以前寶拉住過的房間前面。

裡頭有音樂的聲音傳出，帶著強烈的節奏。我敲門，不過我不確定她在音樂聲中能聽到，她開門的時候，我正打算再敲一次。

喬琪亞．普萊思穿著一件舞者的緊身衣，前額汗水溼亮。我猜她剛剛在跳舞，練習舞步之類的。她看著我，讓我進去的時候眼睛睜得很大。她不情願的往後退，我跟著走進她房間。她說著些什麼，然後停下來，關掉音樂。她轉身過來面對我，看起來很害怕很罪惡的樣子，我想她沒理由有這兩種感覺，不過我決定施加壓力。

我說：「你是從佛羅里達的首府塔拉哈西市來的，對不對？」

「就在市外。」

「普萊思是藝名，你原來姓普萊薩基。」

「你怎麼——」

「你搬進來的時候這裡有個電話，當時還沒停話。」

「我不知道我不能使用。我以為電話是跟著房間一起出租，就像旅社之類的。那時候我沒搞清楚。」

「所以你就打回家，還打到你父親的店裡去找他。」

她點點頭。她看起來年輕得要命，而且怕得要死。「我會付那些電話費的，」她說，「我不曉得，我以為會收到帳單什麼的。當時我找不到人馬上來裝機，他們要到星期一才能來，所以我就等到星期一才把原來的電話停掉。裝機的人只是來接上原來的電話，可是他們換了號碼，這樣我才不會接到任何找她的電話。我發誓我不是故意做錯事的。」

「你沒做錯任何事。」我說。

「我很樂意付那些電話費。」

「別擔心那些電話。要求停話的人就是你？」

「是，我做錯了嗎？我是說，既然她已經不住在這兒了，所以——」

「你這麼做是對的，」我告訴她，「我不在乎你打過幾通免費電話，我只是想找尋一個失蹤的女孩。」

「我知道，可是——」

「所以你不必怕什麼，你不會惹上麻煩的。」

「我倒不是真的以為會惹上麻煩，可是——」

「電話上有沒有連著一個答錄機，喬琪亞？電話答錄機？」

她的眼睛不由自主的掃向床頭桌，上頭的電話旁邊有個答錄機。

「你來之前我就應該把它還回去的，」她說，「可是我忘了。你上次只是匆匆問我幾個問題，問我房間裡有沒有發現什麼東西、我認不認識寶拉、她搬走後有沒有人來找過她，你走後我才想起答錄機的事情。我不是故意留著不還的，只是不留著又能怎樣，它本來就在這兒。」

「沒關係。」

「所以我就拿來用了。我本來就打算要去買的，結果這裡已經有了一個。我只是想先用著，等有錢再自己買一個。我想要那種可以從外頭打回來聽留話的，這個答錄機沒有那種功能，可是暫時用著也還可以。你想帶走嗎？拆下來很快的。」

「我不想要那個答錄機，」我說，「我不是來這裡拿答錄機，也不是來跟你收塔拉哈西的長途電話費的。」

「對不起。」

「我只是想問你幾個有關電話和答錄機的問題，就這樣。」

「好。」

「你是十八日搬進來，電話則是二十日才停話。這段時間有沒有人打電話來找寶拉？」

「沒有。」

「電話沒響過嗎？」

「響了一兩次，不過是找我的。我之前打過電話給我一個朋友，告訴他們這裡的電話，然後她週末打過一兩次電話給我。那是市區電話，所以也沒花到什麼錢，頂多兩毛五。」

「就算你打到阿拉斯加我也不在乎，」我告訴她，「讓你放心好了，你打的電話沒花到任何人的錢。寶拉的押金超過她最後一筆費用，所以電話費會從應該退給她的款項之內扣掉，可是反正她也不在，不會去領退款了。」

「我知道我這樣很蠢。」她說。

「沒關係。唯一打進來的幾通電話都是找你的，那你出去的時候呢？她的答錄機裡面有留話嗎？」

「我搬進來之後就沒有了。我知道是因為最後一通留話是她媽媽打來的，說他們要出城什麼的，那通留話在我搬進來之前一定有一兩天了。我一知道那是她的電話，沒有跟著房間一起出租，我就把答錄機拆下來。然後大概一個星期後，我想她不會回來拿了，那我應該可以用，因為我需要一個答錄機。我把答錄機接上重新設定之前，聽過一次裡面的留言。」

「除了她父母之外，還有別人的留話嗎？」

「有幾通。」

「還留著嗎？」

「洗掉了。」

「你還記得那些留言的內容嗎?」

「天哪,不記得了。有幾通根本就直接掛掉。我把留言播放一遍,只是為了想摸清楚該怎麼洗掉舊的。」

「那寶拉原來錄的話呢,就是說現在沒人在家,請對方留話的那個?答錄機裡面應該有寶拉這段留話。」

「有。」

「你洗掉了嗎?」

「錄新的留話時,舊的就會自動洗掉。我使用這個機器時,為了要改成我自己的聲音,就重新錄過了。」她咬著嘴唇,「這樣錯了嗎?」

「沒有。」

「那段留話很重要嗎?聽起來很平常,『你好,我是寶拉,現在我沒辦法接聽電話,不過你可以在訊號聲之後留言。』這類的,我不是每個字都記得。」

「那不重要。」我說。的確不重要,我只是希望有機會聽聽她的聲音。

9

「想不到你還在追這個案子。」德肯說，「你做了些什麼？打電話去印第安納州，再去多搖幾下那棵搖錢樹？」

「沒有。說不定我應該這麼做。我花了一大堆時間，可是沒得到太多結果。我想她的失蹤是一樁犯罪事件。」

「是什麼讓你這麼想的？」

「她一直沒正式搬出去，有一天她付了房租，十天後女管理員開門進去，房間是空的。」

「這也沒什麼稀罕的。」

「我知道。那個房間是空的，除了三樣東西。去收拾的人不管是誰，都留下了電話、答錄機，還有寢具。」

「這告訴了你什麼？」

「另有其人替寶拉去收拾東西帶走。很多出租公寓會提供寢具，這個卻沒有。寶拉·荷特凱是用自己的寢具，所以她離開時會曉得要一起帶走。可是要是換了不曉得的人，可能就會以為應該把寢具留在那個房間裡。」

「你就查出了這個？」

「不。答錄機也留下了，而且還開著繼續接電話，叫打來的人留言。如果她是自己離開的話，她會打電話去電話公司申請停話才對。」

「要是她走得匆忙的話就不會了。」

「那她離開了也還是可以從別的地方打電話回來啊。不過就算她沒有打電話好了，假設她忘光了，為什麼又要留下答錄機？」

「一樣的道理，她忘了。」

「房間收空了，抽屜裡沒有衣服，櫃子裡也沒有東西。房間並沒有一片凌亂讓人容易拿漏東西。只留下寢具、電話、答錄機，她不可能沒注意到的。」

「她當然可能沒注意。很多人搬家時會留下電話，我想除非那是自己買的，否則你就會留下來。反正，很多人都不會把電話機帶走。另外她也留下了答錄機，那個答錄機——放在哪兒，就在電話旁邊，對不對？」

「對。」

「所以她四處看看，沒看到什麼散落的東西。答錄機，家電用品，讓你跟朋友們保持聯絡，使你不必擔心沒接到電話，滴答滴答滴答，她把它看成電話的一部分了。」

「那她發現忘了帶的時候，為什麼沒有回去拿？」

「因為她已經在格陵蘭了，」他說，「買個新的比搭飛機跑回來要省錢。」

「我不知道，喬。」

「我也不知道，可是我告訴你，這比看著一個電話和答錄機和兩張床單和一條毯子，就想藉此編出一宗綁架案同樣有道理。」

「不要忘了還有床罩。」

「是啊，沒錯。或許她搬到一個用不著那床罩的地方了，那是什麼尺寸的，單人床嗎？」

「比較大，介於單人床和雙人床之間，我想一般稱之為四分之三。」

「所以她跟著一個擁有超大雙人水床和十二吋老二的帥哥騙子跑了，誰還需要那些舊床單和枕頭套？照這樣講，如果她今後可以整天躺著蹺腳的話，還要那個電話機幹嘛？」

「我想是有人去幫她把東西搬走的，」我說，「我想是有人拿了她的鑰匙，收拾了她的東西溜出那棟公寓。我想——」

「有人曾看到陌生人提著行李箱，從那棟公寓離開嗎？」

「他們連彼此都見不著面了，誰還會注意到陌生人？」

「那陣子有人看到過任何人拖著袋子嗎？」

「你也知道，事情發生太久了。我問過跟她住同一層樓的房客，可是你怎麼想得起兩個月前發生的芝麻小事？」

「這就是重點，馬修。就算有線索，現在也消失光光了。」他拿起一個塑膠玻璃的相框，用手把相框轉過來看著裡面的兩個小孩和一隻狗，三者都朝著鏡頭微笑。「我們繼續你的理論，」他說：「有人搬走了她的東西。他留下寢具是因為他不知道寢具是她的。那他為什麼也把答錄機留下？」

「這樣打電話來的人就不會知道她已經走了。」

「那為什麼他不乾脆什麼都不要搬，這樣連女管理員都不會知道她已經走了。」

「因為這樣管理員會知道她沒有回來，然後可能就會去報警。清理房間會消滅掉可能的線索，留下答錄機是為了多爭取一點時間，製造假象，讓某些外地的人以為她還在那兒，而且也無法得知她搬走的確切時間。她是在六日付房租，十天後她的房間才被發現已經搬空，所以我頂多只能把她失蹤的時間縮小到這十天的範圍內，就是因為答錄機還留在那兒。」

「怎麼說？」

「她父母打過兩次電話，而且都留了話。如果答錄機沒開，他們就會一直打電話，直到聯絡到她為止。無論他們是什麼時候打電話，要是聯絡不到她，他們就會警覺，想到她可能出了什麼事。那麼她父親可能兩個月前就會來找你了。」

「嗯，我懂你的意思。」

「要在當時，線索就還不會消失光光了。」

「我還是不確定警方該管這件事。」

「或許是，或許不是。但如果他早在七月中就請個私家偵探——」

「不用說，你辦起來就會輕鬆多了。」他想了一會兒，「說不定她留下答錄機不是因為忘記，而是有原因的。」

「什麼原因？」

「她搬出去了，可是她不希望某人知道她已經走了，比方說她的父母，或者是某個她想躲的人。」

「她可以保留那個房間，繼續付房租，換個地方住就是了。」

「好吧，說不定她想搬出城，可是還希望能聽到電話留言，她可以——」

「她沒辦法從外頭打回去聽留話。」

「她當然有辦法。不是有個玩意兒，只要找個按鍵電話打回去，按了密碼，就可以聽答錄機裡頭的留言。」

「不是所有答錄機都有這個功能，她的就沒有。」

「你怎麼知道？喔，對了，你看過那個答錄機了，還放在她房裡嘛。」他伸伸手指頭，「好吧，我們一直重複假設來假設去，到底重點是什麼？你當過很久的警察，站在我的立場想想看。」

「我只是想——」

「站在我他媽的立場想想看，可以嗎？你就坐在這張桌子前面，帶著寢具和電話答錄機的故事跑來。沒有證據顯示有罪案發生，失蹤的人是個心智健全的成人，已經有兩個月都沒人見過她了。那現在我應該怎麼做？」

我沒吭聲。

「你會怎麼做？站在我的立場想想看。」

「盡你的責任。」

「廢話。」

「如果是市長的女兒呢？」

「市長沒有女兒。市長的老二這輩子都沒有勃起過，哪來的女兒？」他把椅子往後推，「如果是市長的女兒，那當然另當別論。我們會派一百個人成立專案小組，限時破案。但這不是必要的程序，反正靠你這麼一點點線索是不可能的。好吧，最大的恐懼是什麼？不會是她跑去迪士尼樂園卡在摩天輪的最頂端下不來。你和她父母真正恐懼的是什麼？」

「怕她死了。」

「或許她已經死了。這個城市隨時有人死掉。如果她還活著的話，早晚會打電話回家，等她錢用光了，或者恢復記憶了，隨便什麼。如果她已經死了，你我或任何人也沒辦法幫她什麼忙。」

「我想你是對的。」

「我當然是對的。你的問題就出在你像條追著骨頭不放的狗。打電話給她父親，告訴他查不出什麼，他應該在兩個月前就來找你的。」

「是啊，增加他的罪惡感。」

「好吧，你可以講得婉轉一點。老天，你已經比大部分人都付出更多時間，也查到這個地步了。你甚至還發現一些不錯的線索，電話單什麼的，還有答錄機。麻煩是這些線索都沒有進一步的聯繫。你把線拉出來看，結果都是斷掉的。」

「我知道。」

「所以就這麼辦吧，你不會想再多花時間的，到頭來又討不到錢。」

我剛要開口，他的電話響了起來。他講了一會兒，掛斷電話後，他對我說：「在古柯鹼出現之前，我們有什麼案子可辦？」

「總之我們是一路撐過來了。」

「是嗎？想必如此。」

∞

我逛了幾個小時，大約一點半開始下起小雨。賣雨傘的小販幾乎立刻就出現在每個街角。讓你覺得他們之前就以種子的形式存在，一滴水就可以奇蹟式的讓他們冒出生命來。

我沒買傘。雨還沒大到要花錢買傘。我走進一家書店，什麼都沒買，消磨一些時間，出來的時候，雨還是不比霧大多少。

我回到旅社，詢問櫃檯，沒有留話，唯一的信是封信用卡廣告函。「你已經被批准了！」上頭的廣告詞很醒目，可是我就是很懷疑。

我上樓打電話給華倫·荷特凱。我手上拿著筆記本，迅速的簡報了一下我調查了哪些方向，而目前得到的消息又是少得無法判斷任何事情，「我花了很多時間，」我說，「不過我不認為我比當初剛開始時更清楚她的動向。我不認為自己有什麼成果。」

「你還需要錢嗎？」

「不，我是不知道該怎麼去賺。」

「你想她會出了什麼事？我知道你沒有任何具體證據，可是你沒感覺到什麼事情發生了嗎？」

「只有一個模糊的感覺，我也不知道這有什麼價值。我想她和某個人扯上關係，這個人一開始可能讓人覺得很刺激，但到頭來會有危險。」

「你是不是覺得——」

他不想說出來，不能怪他。「她也許還活著，」我說，「或許她出國了，或許介入了某些非法的事情。這可以解釋為什麼她無法跟你們聯絡。」

「很難想像寶拉會跟罪犯交往。」

「或許她只覺得這是個冒險奇遇。」

「我想這是可能的，」他歎了口氣，「你沒給我們太多希望。」

「是沒有，但我也不認為事情到絕望的地步。恐怕你唯一能做的就是等待。」

「我一開始就在等。太……太難了。」

「我相信很難。」

「好吧，」他說，「我要謝謝你的努力，還有你的坦白。如果你覺得有任何線索值得再多花一點時間，我會很樂意再多寄一點錢給你。」

「不用了，」我說，「無論如何，我或許會再花幾天查查看，以防萬一漏掉了什麼，如果有查到什麼，我會通知你的。」

∞

「我不想再拿他的錢，」我告訴薇拉，「一開始的一千元，已經讓我背上超過我所願意負的責任。如果我再接受他的錢，我下半輩子就得被他女兒的事情勒著脖子了。」

「可是你做的工作超過他所付的錢，為什麼不接受報酬？」

「我已經拿到報酬了，可是我回報了他什麼？」

「你做了工作（work）。」

「是嗎？高中物理學教過我們如何衡量『功』（work），公式是力量乘以距離，比方一個東西重二十磅，搬了六呎，你就做了一百二十呎磅的功。」

「呎磅？」

「那是一個衡量的單位。可是如果你站著推一面牆，推了一整天卻無法移動它，你就沒有做任何『功』，因為你把牆移動的距離是零。華倫・荷特凱付了我一千元，而我唯一做的就是去推牆壁。」

「你移動了一點點。」

「可是微不足道。」

「哦，我不知道，」她說，「愛迪生製造他的電燈泡時，有人看他沒有任何進展，就認為他一定會失敗。愛迪生說他已經大有進展，因為現在他知道有兩萬種物質不能用來做燈絲。」

「愛迪生的態度比我好。」

「做出來的東西也比你好，否則我們就都得生活在黑暗中了。」

我們身處黑暗中，好像也沒什麼不好。我們待在她的臥室，躺在床上伸長了四肢，廚房裡播放著鄉村音樂女歌手芮芭．麥肯泰的錄音帶，透過臥室的窗子，可以聽到後頭那棟建築傳來的吵架聲，用西班牙語很大聲的吵著。

我本來沒打算來找她。打完給荷特凱先生的電話後我出來散步，經過了一家花店，一時興起想送花給她，等花店老闆寫好送貨單之後，我才知道他們要到第二天才能送，所以我就自己送來了。她把花插進水瓶，我們坐在廚房裡，中間隔著擺了花的餐桌。她沖了咖啡，即溶的，不過裝咖啡的罐子是新的，上頭有個醒目的商標，而且也不是無咖啡因的。

然後，我們兩人很有默契的轉進了臥房。進臥房的時候，芮芭．麥肯泰還在不停唱著，可是那些歌我們已經聽過好幾次。錄音機會自動換面，如果不去管它的話，就一遍又一遍重複播放。

過了一會兒，她說：「你餓了嗎？我可以煮點東西。」

「你喜歡的話就做。」

「可以告訴你一個祕密嗎？我從來沒喜歡過做菜。我做得不好，而且你也看過廚房了。」

「我們可以出去吃。」

「雨下得好大，你沒聽到雨打在通風板上面的聲音嗎？」

「稍早雨下得很小。我的愛爾蘭姑媽總說，這樣的天氣很溫柔。」

「雨變大了，聽聲音就曉得。要不要叫外賣的中國菜？他們不在乎天氣怎麼樣，必要的時候，他們會跳上神風特攻隊腳踏車，闖過冰雹。『無論下雨飄雪，也無論是大太陽或昏暗的夜晚，你都可以享用蘑菇雞片。』只不過我不要吃蘑菇雞片，我要——你想知道我要什麼嗎？」

「想。」

「我想要麻醬麵和豬肉炒飯，還有腰果雞丁和四味蝦仁。怎麼樣？」

「好像夠一個軍隊吃的了。」

「我打賭你可以全部吃掉。糟糕。」

「怎麼了？」

「你還有時間嗎？現在七點四十分了，等到他們送來的時候，你就該去參加聚會了。」

「我今天不去沒關係。」

「你確定？」

「對。不過我有個問題，什麼是四味蝦仁？」

「你沒聽過四味蝦仁？」

「沒有。」

「噢，可憐。」她說：「那我就非請你不可了。」

∞

我們在廚房的錫面餐桌上吃飯，我想把花移開，讓出一點空間，可是她不准。「我要它們放在我可以看到的地方，」她說，「現在空間很大了。」

早上她出去買過東西，除了咖啡之外，她還買了果汁和汽水。我喝可樂，她拿了瓶貝克啤酒出來給自己，可是開瓶之前，她先問我會不會覺得困擾。

「當然不會。」我說。

「因為再沒有比啤酒更配中國菜的了。馬修，我這麼說沒關係嗎？」

「什麼？啤酒跟中國菜很配？噢，這有待商榷，我想有些葡萄酒商會不表贊同。不過又怎樣？」

「我不確定。」

「打開你的啤酒吧，」我說，「坐下來吃飯。」

每樣菜都很好吃，蝦仁果然就像她保證的那麼棒。她用隨著食物附送的免洗筷子吃，我一直不會用，便還是用叉子。我告訴她，她筷子用得很好。

「很容易的，」她說，「只是需要練習，來，試試看。」

我試了，可是手指不靈光，筷子老是交叉，我沒辦法把食物送進嘴裡，「這可以讓節食的人使用，」我說，「讓你覺得使用這種工具吃飯的人，一定發明了叉子，他們還會發明其他東西，義大利麵、冰淇淋，還有火藥。」

「還有棒球。」

「我還以為是俄羅斯人發明的。」

就像她預言的，我們吃得精光。她清理桌子，打開第二瓶貝克啤酒，「我得習慣新的規則，」她說，「在你面前喝酒讓我覺得有點滑稽。」

「我會讓你不自在嗎？」

「不會，可是我怕是我會讓你不自在。我不知道談論啤酒配中國菜有多棒是否妥當，喔，我不知道。這樣談喝酒沒關係嗎？」

「你以為我們在聚會都在幹什麼？全都在談喝酒。有些人花在談酒的時間，比我們以前花在喝酒的時間還要多。」

「可是你們不會告訴自己那有多可怕嗎？」

「有時候會。有時候我們也會告訴彼此以前喝酒有多棒。」

「真想不到。」

「這很平常，而且大家還會當成笑話講，他們會談論發生在自己身上最倒楣的事情，大家聽了就爆笑。」

「真沒想到他們會談這個，還拿來開玩笑了。我猜這就像是對著一屋子等著被吊死的人提起繩索吧。」

「如果真是一屋子等著被吊死的人，」我說，「這說不定就是他們談話的主題吧。」

8

稍後她說：「我一直想把那束花拿進來。真是瘋了，這兒根本沒地方擺，最好還是留在廚房。」

「反正明天早上還會在那兒。」

「我真像個小孩，對不對？我可以跟你說一件事情嗎？」

「當然可以。」

「老天，不知道該不該告訴你。好吧，這樣我就非說不可了，對不對？從來沒有人送過花給我。」

「真是難以相信。」

「怎麼會難以相信？我花了二十年，把自己的心和靈魂奉獻給政治革命。激進的革命分子不會送花給彼此的。我的意思是，談到你們這些多愁善感的中產階級，你們這些墮落的後資本主義者。毛澤東說過百花齊放，但那不表示你就應該摘一把花，帶回家給你的甜心，你甚至連甜心都不該有。如果這段感情不能為黨服務，那你就不該去經營。」

「可是你好幾年前就脫離那個組織，跑去結婚了。」

「嫁給一個老嬉皮。長頭髮，衣服上鑲著麂皮流蘇，還有珠子。他牆上應該掛個一九六七年的日曆。他被困在六〇年代了，從來不曉得那個時代已經終結了。」她搖搖頭，「他從不帶花回家。會帶花尖，但不會帶花。」

「花尖？」

「整株大麻藥性最強的部分。如果你想知道的話，正式的名字應該是印度大麻。你抽大麻嗎？」

「不。」

「我好幾年沒抽了，因為我怕那會導致我又回頭去抽菸。好笑吧？一般都是恐嚇說抽大麻會導致你去吸海洛因，我怕的卻是會導致我去抽香菸。不過我從來就不那麼喜歡大麻，我從來就不喜歡失控的感覺。」

∞

早上，花還在那兒。

我原來沒打算留在那兒過夜的，可是一開始我也就沒打算要闖去找她。時間就這麼從我們之間流逝，我們談談話，或者分享寧靜，聽聽音樂、聽聽雨。

我先醒了。我做了個喝醉的夢，這沒什麼好稀奇，只不過我已經好一陣子沒做這樣的夢了。細節在眼睛張開的那一刻便已忘光，可是記得夢裡有人給我一瓶啤酒，我想都沒想就拿來喝，等到想起自己不能喝酒時，人已經醉了一半了。

我醒來時不確定那只是個夢，也不完全確定自己身在何處。時間是清晨六點，雖然還可以倒頭回去睡，可是我不想，因為怕又回到那個夢境裡。我起床穿衣服，沒沖澡，免得吵醒她。正在綁鞋帶時，覺得有人在看我，轉頭看到她正盯著我。

「還早，」我說，「再睡一下，我晚點再打電話給你。」

我回到旅社，櫃檯那邊有個我的留言。吉姆．法柏打過電話來，不過現在回電太早了。我上樓沖澡刮鬍子，然後在床上躺了一分鐘，竟打起瞌睡來。我根本不累，可是結果就睡了三個小時，才頭昏腦脹的醒來。

我又沖了個澡讓自己清醒點，然後打電話到吉姆的店裡找他。

「我昨天晚上沒看到你，」他說，「只是想知道你怎麼了。」

「我很好。」

「那就好。你錯過了一個很棒的聚會。」

「哦？」

「有個從中城的團體來的傢伙，見證時講了些很好笑的事情。他曾有一陣子一直嘗試要自殺，但就是不成功。他完全不會游泳，於是就租了個平底划艇，划了好幾哩。最後，他站起來，說，『再見，殘酷世界。』然後從船邊跳下去。」

「然後呢？」
「結果他停船的地方正好是一個沙洲，底下的水只有兩呎深。」
「有時候你就是怎麼樣都做不成一件事。」
「是啊，每個人都會碰上這樣一段日子。」
「我昨天晚上夢到喝醉酒。」我說。
「哦？」
「我喝了半瓶啤酒，才明白自己在做什麼。明白過來後，我覺得很可怕，然後把剩下半瓶也喝掉了。」
「在哪裡？」
「細節我不記得了。」
「不，我是問你在哪兒過夜的？」
「你這混帳鼻子真靈。我待在薇拉家。」
「她的名字叫薇拉？那個管理員？」
「沒錯。」
「她喝了酒嗎？」
「沒影響。」
「對誰沒影響？」

「耶穌基督，」我說，「我跟她待在一起八小時，還不算睡覺的時間，這整段時間裡她喝了兩瓶啤酒，一瓶配晚餐，一瓶飯後喝。這樣就會讓她變成酒鬼？」

「問題不在這裡。問題是這樣會讓你不舒服嗎？」

「記憶所及，再沒有比那一夜更舒服的了。」

「她喝哪個牌子的啤酒？」

「貝克。有什麼差別？」

「你夢裡喝的是什麼？」

「不記得了。」

「什麼味道？」

「我不記得味道了，根本沒注意。」

「還真是有夠淒慘。既然都夢到在喝酒了，那你也好歹細細品嚐、滿足一下。我們一起吃中飯吧？」

「不行，我得去辦件事。」

「那或許晚上會見到你。」

「或許吧。」

我掛上電話，很氣。我覺得自己好像被當成一個小孩似的，而我的反應則是轉成孩子氣的憤怒。我夢裡喝什麼酒有什麼差別？

我到派出所的時候，安卓提不在，到市中心的法院出庭作證去了。他的搭檔比爾．貝勒密無法理解，為什麼我想看驗屍報告。

「你當時也在，」他說，「一切再明顯不過，根據現場人員說，死亡時間大概是星期六深夜或星期天凌晨。所有的現場證據，都支持窒息式自慰導致意外死亡的判定。每件事情——春宮圖片、屍體位置、全身赤裸，一切一切都指向這個結論。當時我們都看到了，史卡德。」

「我知道。」

「那麼你或許也知道，這件事情最好別鬧開來，否則報紙上會怎麼炒作這個脖子上繞根繩子手淫而死亡的案子？而且死者還不是青春期的小鬼。去年我們碰過一個案子，死者已婚，而且發現屍體的就是他太太。都是些體面的人，住在西緣大道的一戶公寓，結婚十五年了！可憐的女人不明白怎麼會這樣，她就是不明白。她連她老公手淫都不肯相信，更別說手淫時還喜歡勒著自己脖子了。」

「我可以了解那種情形。」

「那你感興趣的是什麼？難道你是保險公司的人，如果法庭裁決客戶是自殺的話，就不能拿到錢？」

「我不做保險業，而且我也懷疑他會有保險。」

「因為我記得曾經有個保險調查員跑來查西緣大道那個紳士，他也保了全額保險，可能有個一百萬吧。」

「保險公司不想付錢？」

「他們已經打算付錢了。自殺不理賠的條款只適用於某個期限，以防止有些人決定自殺才去投保。而那位先生已經投保很久了，所以自殺也沒影響。那麼問題出在哪裡？」他皺皺眉頭，然後眼睛一亮，「啊，對了。還有個意外死亡加倍理賠的條款。我得說這實在不合邏輯，我的意思是，死就是死，管你是心臟病突發還是出車禍，又有什麼兩樣？你老婆的生活費還是一樣，你的小孩讀大學也還是得花相同的學費。我從來就沒搞懂過。」

「保險公司不願意接受意外死亡的說法？」

「答對了。他們說把繩子繞在自己脖子上吊死，要算自殺。那個太太找了個好律師，要保險公司全額理賠。死者是故意吊著自己沒錯，可是他沒打算把自己弄死，這就是意外死亡和自殺的差別。」他笑了起來，好像他自己就是法官，回憶著自己審理過的案子，「不過你不是為保險的事情來的。」

「是啊，而且我很確定他沒有保任何險。他是我的一個朋友。」

「一個有趣的朋友。結果證明他身上的床單比他的老二要長。」

「他的案底，大部分都是些小罪小案，不是嗎？」

「從他被逮過的前科來看是這樣沒錯。至於沒被逮到的，誰曉得？搞不好林白的小孩就是被他綁架撕票的（譯註：林白是首位駕駛飛機橫越大西洋的美國飛行英雄，一九三二年他襁褓中的小兒子遭綁架殺害，成為轟動一時的案件。事後數月凶嫌被捕並速審速決處死，但由於調查、審判過程疑點甚多，許多人相信凶手其實另有其人），他卻逍遙法外。」

「我想他還沒老到能犯下那麼古早的案子。他以前的生活我略有所知，細節不曉得就是了。不過過去一年，他都沒喝過酒。」

「你是說他以前是酒鬼？」

「可是他戒酒了。」

「然後呢？」

「我想知道他死的時候有沒有碰酒。」

「那有什麼差別呢？」

「這很難解釋。」

「我有個舅舅以前喝酒喝好凶，他現在戒掉了，而且完全變了一個人。」

「有時候會這樣的。」

「你以前簡直不希望自己認得他，現在他可成了個善良公民，定期上教堂、有份正當職業、待人有禮。你的朋友看起來不像喝過酒，而且現場四周也沒發現酒瓶。」

「是沒有，可是他也可能在別處喝過酒，也可能嗑了藥。」
「你是指海洛因一類的？」
「我想有可能。」
「因為我看不出任何跡象。不過毒品的種類多得超乎你想像。」
「任何毒品，」我說，「他們會做整套的驗屍吧？」
「一定會，法律規定的。」
「呃，那你拿到驗屍報告後，可以讓我看看嗎？」
「只為了確定他死前有沒有喝酒？」他歎了口氣，「這是我的想法啦。可是又有什麼影響呢？難道有什麼規則，規定他死前不能破戒喝酒，不然就不讓他葬在墓園裡某個特定的好地方嗎？」
「我不曉得自己有沒有辦法解釋。」
「試試看哪。」
「他沒過過什麼好日子，」我說，「也不是死得很風光。過去一年，他試著一天戒一次酒，剛開始很困難，對他來說一點也不輕鬆，可是他熬過去了。他從不曾有過什麼成就，我只是想知道這件事他做到了沒有。」
「你電話號碼給我，」貝勒密說：「等報告出來了，我會通知你的。」

8

我曾在格林威治村一個戒酒聚會中聽一個澳洲人發言，「讓我戒酒的不是我的腦袋，」他說，「我的腦袋只會給我惹麻煩。帶著我戒酒的是我的腳，它們帶我來參加聚會，而我的爛腦袋除了遵命之外別無選擇。我擁有的，是一雙聰明的腳。」

我的腳帶領我去葛洛根開放屋，我只是走著，轉來轉去，想著艾迪．達非和寶拉．荷特凱，沒留意自己走到哪兒，最後抬頭一看，發現自己站在第十大道和第五十街的轉角，葛洛根開放屋就在對面。

艾迪曾經穿越馬路以免經過那個地方，而我現在卻穿越馬路要進去。

那兒並不時髦。進門左手邊到底是個吧台，右邊是幾個暗色木頭的火車座，中間放了幾張桌子。老式的瓷磚地板，天花板是錫的，有些破爛了。

顧客全是男的，兩個老頭坐在前方的火車座，安安靜靜的讓他們的啤酒冒著氣。後頭隔兩個座位是一個穿著滑雪毛衣的年輕人，正在看報紙。房間盡頭的牆上有個射飛鏢的靶子，有個穿T恤戴棒球帽的傢伙自己在玩。

吧台前方有兩個人坐在電視前面，都沒怎麼專心看螢光幕，他們兩人中間有張空凳子，再裡面一點，酒保正在看一份小型報紙，就是那種告訴你貓王和希特勒其實沒死，還有洋芋片可以治療癌症的小報。

我走到吧台前，一隻腳踏在銅欄杆上。酒保好好看了我一眼才走過來。我點了可樂，他又好好看了我一眼，藍色的眼珠莫測高深，臉上沒有表情。他有張窄窄的三角臉，很蒼白，像是很久沒曬過太陽似的。

他拿個玻璃杯裝了冰塊，然後把可樂倒進去。我在吧台上放了十元，他收進收銀機，敲了鍵盤兩下，找了我八個一元和兩個兩毛五。我把零錢留在面前的吧台上，喝著我的可樂。

電視上正在播埃洛．佛林和奧麗薇．哈弗蘭主演的老電影《聖塔菲之路》。佛林演傑伯．史都華，當時年輕得不像話的前總統隆納．雷根飾演喬治．阿姆斯壯．卡司特。電影是黑白的，中間穿插著彩色的廣告。

我啜著可樂，看著電影，播廣告時，我轉開凳子看看後頭射飛鏢的那個傢伙。他腳尖抵著線，身體前傾得很厲害，我一直想著他會失去平衡，但顯然他很清楚自己在幹什麼，飛鏢也都射中了靶子。

我進去大概二十分鐘後，一個穿著工作服的黑人進來，問迪威特．柯林頓高中在哪兒。酒保說他不知道，這不太可能。我可以告訴他，不過我沒吭聲。周圍也沒人說話。

「應該是在這附近，」那個人說，「我有個快遞要送去，客戶給的地址不對，我就進來喝杯啤酒。」

「啤酒筒的機器故障了，只壓得出泡沫。」

「瓶裝啤酒也行。」

「我們只有桶裝的。」

「坐火車座那傢伙在喝瓶裝啤酒。」

「那一定是他自己帶來的。」

意思很明白了，「好吧，狗屎。」那個司機說，「我還以為這裡是史托克酒吧那種花俏地方，你們對顧客一定很挑。」他狠狠瞪了酒保一眼，酒保看回去，照樣面無表情。然後他轉身低垂著頭快步走出去，門在他身後盪回去關上了。

過了一會兒，那個射飛鏢的人晃過來，酒保壓了一品脫的桶裝啤酒給他，又黑又濃的健力士，上頭浮著厚厚的泡沫。他說：「謝啦，湯姆。」他喝了一大口，然後用袖子揩掉嘴邊的泡沫，「操他媽黑鬼，」他說，「硬要闖來不歡迎他們的地方。」

酒保沒搭腔，只管收錢找錢。射飛鏢的人又喝了一大口，然後又用袖子揩嘴。他的T恤上頭印著一家叫「農家小子酒館」的廣告，在布朗克斯區福德漢路。他的棒球帽子上則是老密爾瓦基啤酒的廣告。

他朝著我說：「要不要射飛鏢，不賭錢，這個我太在行了，只是打發時間而已。」

「我根本不會玩。」

「只要想辦法把飛鏢射中靶子就行。」

「我可能會射中那條魚。」飛鏢靶上方掛著一條魚，旁邊還有個鹿頭。吧台後方還有另外一條比較大的魚，是那種嘴巴很長的，不是旗魚就是馬林魚。

「反正打發時間嘛。」他說。

我已經記不起上回射飛鏢是什麼時候了，反正我從來就射不好，再練也沒用。我們玩了起來，儘管他故意表現得很爛，還是沒能讓我看起來好一點。他贏了之後，沒提自己，還說：「你射得很不錯，你知道。」

「喔，拜託。」

「你很有慧根。你從沒玩過，瞄準也不行，不過你的腕力運用得很好，我請你喝杯啤酒吧。」

「我喝可口可樂。」

「這就是為什麼你會瞄不準。啤酒會讓你鬆弛，只想把飛鏢射中靶子。健力士黑啤酒最棒了，它能讓你的心就像磨亮的銀器，把污垢完全去除。你該喝一杯的，或者你要喝瓶豎琴牌麥酒？」

「謝了，我還是只喝可樂。」

他付錢讓我續杯，又買了一品脫黑啤酒給自己。他說他叫安迪．巴克利。我告訴他我的名字，然後我們又比了一盤射飛鏢，他的腳有幾次越線，故意表現出他剛剛練習時所沒有的笨拙。他重施故技時，我看了他一眼，他笑了，「我知道騙不了你，馬修，」他說，「你知道這是什麼嗎？習慣使然。」

他很快贏了這一盤，我說不想再玩，他沒再好言央求。這回輪我買飲料了，我不想再喝可樂，就幫他買了一杯健力士，給自己買了杯蘇打水。酒保按了收銀機的鍵，拿走了我留下的零錢。

巴克利在我旁邊的凳子上坐下來，螢光幕上，埃洛．佛林贏得哈弗蘭的芳心，而雷根很有風度的接受失敗。「他以前真是個英俊的小混蛋。」巴克利說。

「雷根嗎？」

「佛林。我喜歡佛林，他只要看一眼，就可以讓壞蛋尿溼褲子。我以前沒在這兒看過你，馬修。」

「我不常來。」

「你住附近嗎？」

「不遠。你呢？」

「也不遠。這兒很安靜，你知道吧？啤酒也很好，而且我喜歡他們的飛鏢靶。」

幾分鐘之後，他又回去射飛鏢了，我坐在原來的位置上。一會兒酒保湯姆悄悄走過來，沒問我就把我的玻璃杯加滿蘇打水，也沒收我的錢。

兩個人走了。有個人進來，低聲跟湯姆講話，然後又出去了。一個穿西裝打領帶的人進來，要了雙份伏特加，一口喝盡，又要了一杯，又當場喝掉，在吧台上放了張十元鈔票，然後走出去。整個過程中，他和酒保都沒多講半個字。

電視上，佛林和雷根在哈波碼頭聯合對付雷蒙·馬謝飾演的約翰·布朗。惡棍凡·賀夫林失去了他原有的機會，惡有惡報。

電影播完後我站起來，掏出零錢，放了幾塊錢在吧台上給湯姆，然後離開那兒。

∞

走到外頭，我自問，我去那兒到底想做什麼。早先我想到艾迪，然後我抬頭看看，發現自己就站在他曾經害怕接近的地方。或許我進去是為了想知道，他在認識我之前是什麼個樣子。或許我是希望能偷看到「屠夫小子」本人，那個惡名在外的米基．巴魯。

然而我只見識到一個尋常酒吧，我能做的，也只是在裡頭泡一泡。

好怪。

∞

我從自己房間打電話給薇拉。「我正看著你的花。」她說。

「那是你的花，」我說，「我已經送給你了。」

「沒有附帶條件，嗯？」

「沒有條件。我只是在想，不曉得你想不想去看電影。」

「什麼電影？」

「不知道，我六點左右去接你好不好？我們可以去百老匯看電影，看完再去吃點東西。」

「我有個條件。」

「什麼條件？」

「我請客。」

「你昨天晚上請過了。」

「昨天晚上幹嘛了？喔，我們吃了中國菜。是我付錢的嗎？」

「當時你堅持要付。」

「喔，狗屎。那今天晚餐可以讓你請。」

「我就是打算這樣。」

「可是看電影我出錢。」

「電影我們各付各的。」

「等你來再說吧，你說什麼時候？六點嗎？」

「六點左右。」

∞

她又穿了那件寬鬆的藍色絲襯衫，下身則是鬆鬆的卡其工作褲，褲腳束緊了。她的頭髮紮成兩束麻花辮，像個印第安少女。我抓起她的辮子，放在兩旁，「每次都不一樣。」我說。

「我留長髮大概嫌太老了。」

「這種說法太可笑了。」

「是嗎？管他，反正我根本不在乎。我留了好幾年短髮了，能夠留長髮真好玩。」

我們互吻對方，我從她的氣息裡聞到蘇格蘭威士忌的味道。這回不那麼震撼了，一旦習慣了，聞起來還挺不錯的。

我們又吻，我的嘴移到她的耳旁，然後滑到她的頸項。她擁緊了我，熱氣從她的腰和胸傳來。

她說：「幾點的電影？」

「我們幾點到就看幾點的。」

「那我們不必趕時間，對不對？」

∞

我們到時代廣場的首輪電影院，哈里遜·福特戰勝巴勒斯坦恐怖分子。他比不上埃洛·佛林，不過比雷根強一點。

看完電影我們又去巴黎綠。她試了比目魚排，覺得不錯，我還是老樣子，起司漢堡和薯條、沙拉。

她點了白酒佐餐，只喝了一杯，然後餐後的咖啡裡加了白蘭地。

我們談了些關於她的婚姻，然後再談談我的。喝著咖啡，我發現我在談珍，還有我們之間是怎麼不對勁起來。

「還好你留著旅社的房間，」她說，「如果你退租之後還想再搬回去，得花多少錢？」

「一定租不起，住旅社太貴了，他們最便宜的房間一晚上要六十五元。那一個月是多少？兩千元？」

「差不多。」

「當然包租的算法不一樣，不過至少也要一千多。如果我搬走的話，就不可能再搬回去了。我得去別處找個公寓，而且可能負擔不起曼哈頓的房租，」我思索著，「除非我認真一點，去找份真正的工作。」

「你有辦法嗎？」

「不知道，一年多以前，有個傢伙想找我跟他合夥，正式開家偵探社。他認為我們可以接到很多企業界的業務，查緝商標盜用、防止員工監守自盜這類事情。」

「你沒興趣？」

「我動了心。那是個挑戰，積極點做事情。不過我喜歡我現在所創造的生活空間，我喜歡能夠隨時去參加戒酒聚會，或者在公園散散步，坐下來看看報。而且我喜歡我住的地方，那兒是個垃圾堆，不過很適合我。」

「你住在原來的地方，也還是可以開個真正的偵探社。」

我搖搖頭，「可是我不知道那樣適不適合我。成功的人總是會落入一個成功陷阱，辯駁說自己必須投入那麼多的時間。他們花太多錢了，而且習慣了之後，也需要那麼多錢。我喜歡自己不需要太多錢的事實，我的房租便宜，我真的很喜歡這樣。」

「真滑稽。」

「什麼事情滑稽？」

「這個城市。不管你一開始的話題是什麼，最後都會談到房地產。」

「我知道。」

「根本無法避免。我在門鈴旁邊貼了個牌子『目前無空屋』。」

「我看過。」

「可是還是有三個人來按我門鈴，確定一下沒有房子要租。」

「以防萬一。」

「他們以為我只是一直貼著那個牌子，免得太多人來詢問。而且有一兩個還知道我剛失去了一個房客，所以他大概猜想，我忘了去把那個牌子取下來。今天《時報》登了個消息，有個房地產大亨宣布，要在第十一大道西邊蓋兩個給中等收入人士的建案，提供給全家年收入低於五萬元以下的人。天曉得這真的很需要，可是我不認為這樣能改變什麼。」

「你說對了，一開始我們在談男女關係，現在我們在談房子。」

她把手放在我的手上，「今天星期幾？星期四嗎？」

「再過一個多小時吧？」

「我什麼時候碰到你的？星期二下午？好像很不可思議。」

「我知道。」

「我不想太急，可是我也不想踩煞車。無論我們之間怎麼樣——」

「唔？」

「保留你旅社的房間。」

∞

我剛戒酒的時候，第三十街和萊辛頓大道之間的馬拉文教堂有個午夜聚會。後來那個聚會搬到艾樂儂屋舉行，艾樂儂屋是個類似戒酒無名會聚會中心的地方，就在時代廣場邊，有一個大辦公室。

我送薇拉回家，然後往時代廣場走，去參加那個聚會。我不常去，那兒參加的人都很年輕，而且大部分人看起來以前嗑藥，問題比喝酒嚴重多了。

不過我也不能挑，星期二晚上之後我就沒參加過聚會，我已經連續錯過了我家附近的聚會兩次，這對我來說很不尋常，而且我也沒有去參加任何白天的聚會讓自己振作。更重要的是，過去五十六個小時我有一大塊時間跟酒精作伴。我跟一個喝酒的女人睡覺，又在酒吧泡了一下午，還是那種頗有種族歧視的酒吧。我應該做的，就是去參加聚會，把這些事情說出來。

我去到那兒，聚會正要開始，我只來得及抓杯咖啡坐下來。發言人戒酒快六個月了，還處在我們所謂的滑稽期——混亂、困惑、沒有重心。要把他的話聽進去很困難，我的思緒飛馳，在自己的軌道上徘徊。

他發言之後，我卻沒有勇氣舉手要求講講話，我以前碰過很多一副「吾比汝聖潔」的傢伙給我一大堆我根本不想也不要的忠告，比方說，我已經知道從吉姆．法柏和法蘭克那兒會聽到什麼建議。「如果你不想墮落，就別去會讓你墮落的地方。沒有事不要進酒吧，酒吧是喝酒的地方。你想看電視，就弄一台放自己房間；你想射飛鏢，就去買個飛鏢靶。」

老天，我知道任何一個戒酒幾年的人會跟我講些什麼。那是換了我也一樣會講的建議。「打電話給你的輔導員，密切參與戒酒階段課程，加倍參加聚會，早上起床時，祈禱上帝讓你保持清醒，晚上上床時謝謝祂。如果沒辦法參加聚會，就讀一讀《戒酒大書》和《十二階段與十二傳統》這兩本戒酒無名會的書，打電話給某個人。不要獨處，因為當你只跟自己在一起時，你就是一個糟糕的同伴。還有記住這個：你是個酒鬼，你現在並沒有更好。你永遠不會痊癒。你現在只不過是一個不會喝醉的人罷了。」

我不想聽這些廢話。

∞

休息時我走掉了。我很少這樣，可是現在很晚了，而且我也累了。反正我在那個房間覺得很不自在。我比較喜歡以前的午夜聚會，即使得搭計程車去參加。

走回家的路上，我想著那個想找我開偵探社的喬治．波漢。我是幾年前在布魯克林認識他的，我剛升警探時跟他搭檔辦案過一陣子，他退休後替一個全國性偵探社工作，學到了這一行的所需知識，而且也拿到了私家偵探的執照。

機會來叩門的時候，我沒有回應。不過或許現在是時候了。或許我已經習慣某個固定模式，陷入老套了。是很舒服沒錯，可是不知不覺時間就這麼匆匆溜走了。我真的想成為一個住在一家旅社的孤單老頭子，等著領食物兌換券，再去老人中心排隊領食物嗎？

老天，這種想法真恐怖。

我往北走上百老匯大道，碰到乞討的人，對方還沒開口我就搖搖手把他們趕開。如果我真的開了偵探社，我心想，或許我可以讓客戶的錢花得更值得，或許我不會像四〇年代電影裡那些逃難的流民一樣到處亂竄，可以更有效率、更管用。比方說，如果碰到寶拉．荷特凱出國，我可以打長途電話找華盛頓特區的偵探社，查出她是否使用護照。我可以在她老爸能負擔的範圍內僱很多助手，花幾個星期清查她失蹤期間的飛機旅客名單。我可以——

要命，我可以做的事情太多了。

或許都沒用，或許任何尋找寶拉的額外努力都是浪費時間和金錢。若是如此，我可以放棄這個案子，去辦另一個案子。

事實是，我一直想著這個該死的案子，是因為沒有其他事情可做。德肯曾說我像隻追著骨頭不放的狗，他說對了，不過不單是因為這樣。我是一隻只有一根骨頭的狗，一旦失去了那根骨頭，除了盡力去追回之外，我別無選擇。

這樣過日子的方式真蠢，過濾一切蛛絲馬跡，想要找到那個失蹤的女孩。為一個死去的朋友夜不成眠，想確定他死時處於沒喝酒的美好狀態，或許是因為他生前我沒能替他做什麼事。

而且，如果我沒做這兩件事的話，我就沒有理由不去參加戒酒聚會。

戒酒會裡的人說，戒酒計畫是一個生活的橋梁。或許對某些人適用，對我來說，那是隧道的另外一個出口，原來出口的盡頭，還是另外一個聚會等著我。

他們說，參加聚會永遠不嫌多。他們說，參加愈多聚會，你就會愈快、愈容易復原。

但那是對剛戒酒的人而言。大部分戒酒兩三年以上的人，都會逐漸減少參加聚會。我們有些人一開始整天都去參加，一天去個四五次，可是沒有人能一直持續下去。他們以前曾經靠參加戒酒聚會而活，但現在他們開始靠自己而活。

看在老天份上，我還期望在聚會上聽到什麼新鮮話呢？我已經參加三年多了，同樣的話我已經聽過太多遍，最後根本是左耳進右耳出。如果我有自己的生活，如果我曾經打算有的話，靠自己而活是遲早的事。

我可以把這些話告訴吉姆，可是現在打電話給他太晚了。何況我所得到的回答，永遠就是那些老詞兒。「放輕鬆，戒酒很簡單，一天戒一次，其他順其自然、交給上帝，活著好好過日子。」

操他媽老人的智慧。

我可以在聚會上發言，這就是聚會存在的目的，而且我確定那些二十來歲的臭小鬼們，可以從我這裡聽到一大堆有用的忠告。

老天，談起如何培養盆栽植物，我也一樣可以講得很好。

我什麼都沒做，只是走到百老匯大道上，自言自語。

∞

走到第五十街，等著綠燈時，我忽然想到去看看葛洛根晚上的樣子應該很好玩。現在還不到一點鐘，夠我打烊前過去喝杯可樂。

該死，我曾經是個進了酒吧才覺得回家的人，我不必喝酒，也照樣可以享受那兒的氣氛。

為什麼不？

11

「血液酒精濃度零。」貝勒密說，「我不知道這個城市有哪個人是血液酒精濃度零的。」

我可以告訴他幾百個這樣的人，第一個就是我。當然如果我昨天一時衝動，跑去葛洛根開放屋的話，第一個就是別人了。當時內心裡的聲音告訴我，去那兒完全有理由而且合邏輯，而我則努力和這個想法拉扯。我只是一直往北走，不做選擇，然後在五十七街往左轉，走到旅社，我就上樓睡覺。貝勒密早上打電話來，告訴我艾迪的血液酒精濃度時，我正在刷牙。

我問他驗屍報告上還說了些什麼，其中有一項勾起了我的興趣。我要求他再唸一遍，又問了兩個問題。一個小時後，我坐在東二十街一家醫院的自助餐廳，喝著咖啡，那咖啡比薇拉家的好，不過好不了太多。

負責驗屍的助理驗屍官麥可·史特林跟艾迪差不多年紀，有一張圓臉，形狀剛好和那副玳瑁框使他看起來有點像貓頭鷹的眼鏡相輝映。他頭禿了，還故意把旁邊的頭髮梳過來蓋住中間禿掉的部分，禿得更明顯。

「他體內的水合氯醛含量不多，」他告訴我，「我必須說，其實含量很少。」

「他戒酒了。」

「這表示他沒有吃任何興奮劑，甚至連安眠藥都不吃？」他喝口咖啡，扮了個鬼臉，「或許他沒戒掉吃這些藥。我可以跟你保證，根據他體內血液的低含量來講，吃這些分量的藥不可能讓他達到高潮。水合氯醛無論如何不會毒害身體，它不像巴比妥酸鹽或其他鎮定劑。有人吃高劑量的巴比妥藥物保持清醒，這種藥物對於提神和增強體力有神效。但如果你吃高劑量的水合氯醛，只會讓你倒下去失去知覺。」

「可是他沒有吃那麼多？」

「吃得很少。他的血液濃度顯示，他只吃了大約一千毫克，這樣的劑量只會讓你睡覺，會讓你昏昏沉沉，開始打瞌睡。而且如果他睡不著的話，吃這個劑量可以幫助他入睡。」

「這會是他致死的原因嗎？」

「我不認為。根據我從教科書上學到有關窒息式自慰的案例，我猜想他死前不久才剛吃了安眠藥。或許他想馬上睡覺，然後又改變心意，想要趁睡前自己玩玩單人性遊戲。或者他也可能習慣上先吃顆安眠藥，這樣玩過高興夠了後，就可以馬上倒頭睡覺。無論是哪一種，我想水合氯醛都不會造成任何實質效果，你知道這種窒息式自慰是怎麼造成的嗎？」

「知道一點。」

「玩火者必自焚。」他說，「他們因此達到高潮，很爽，所以就常常做。即使他們知道危險性，可是因為都沒出事，好像就證明了他們的做法沒有錯。」

他摘下眼鏡，用他實驗室制服外套的衣角擦了擦。「事實是，」他說：「做這個根本就不對，早晚你的運氣會用光。你知道，只要在頸動脈施加一點點壓力，」——他伸手過來，摸著我脖子側邊——「自然會引起心跳減慢的反射動作，這會加速高潮的來臨，可是也會使你失去知覺，根本是你無法控制的。這個時候，地心引力會拉緊繩套，可是因為你失去知覺，所以你根本不知道發生了什麼事，也就無法做出反應。要一個人在做這種事情時小心，就像要他謹慎的玩俄羅斯輪盤一樣。無論你以前成功過多少次，下一次你失敗的機率是一樣的，唯一小心的方式，就是根本別做。」

∞

我去見史特林是搭計程車去的，回來時我換了兩班公車，到薇拉家時，她正要出門。她穿著一件我沒見過的牛仔褲，有油漆的斑點，褲腳刷成鬚鬚。她的頭髮夾起來，塞在毛呢頭巾裡面。上身穿了一件領尖有釦子扣住的男式白襯衫，領口磨得舊舊的，藍色球鞋和牛仔褲一樣也濺了些油漆。她帶著一個灰色金屬工具箱，鉸鏈和鎖都生銹了。

「我就猜到你會來，」她說，「所以我才換了衣服。我得去對街修水管，很急。」

「他們那兒沒有管理員嗎？」

「當然有，就是我。除了這一棟，我還有三棟公寓要管。這樣我就不會只有一個地方可住，還有別的地方可以去。」她把工作箱換手，「我不能跟你多聊了，他們那兒水管正在大漏水。你要跟著一起去看看，還是自己進去弄杯咖啡等我？」

我說我進去等她，她跟著我一起進去，讓我進她房裡。我跟她要艾迪的鑰匙。

「你想上去？為什麼？」

「只是看一看。」

她把艾迪的鑰匙從鑰匙圈上拆下來，然後也把她公寓的鑰匙給了我。「這樣你回來的時候才進得去，」她說，「是上頭的鑰匙，那個鎖關門時會自動鎖上。去樓上看完後，別忘了要鎖兩道鎖。」

∞

艾迪的公寓裡窗子大開，上次我跟安卓提打開後就沒關上過。空氣裡仍然有死亡的氣味，不過淡多了，而且除非你知道那是什麼氣味，否則不會真的讓你不舒服。

要除去殘餘的氣味很簡單，只要把窗簾和床具搬走，把家具、衣服和各種私人物品丟到街上的垃圾堆，大概就什麼都聞不到了。然後地板拖一拖，四處噴點消毒藥水，最後一點痕跡就消失了。每天都有人死掉，房東會清理房子，新房客會在下個月一號搬進來。

日子照樣要過下去。

我尋找水合氯醛，可是我不知道他放在哪兒。那兒沒有醫藥櫃，浴室外頭的廁所只有一個小小的洗臉台而已。他的牙刷掛在廚房水槽上的掛鉤，還有一條半滿的牙膏，尾端整整齊齊的捲起來，放在旁邊的窗台上。我在離水槽最近的碗碟櫥找到了兩把塑膠刮鬍刀，一罐刮鬍霜，一瓶阿斯匹靈，還有一個裝安納辛牌止痛藥的袖珍錫盒子。我打開那瓶阿斯匹靈，把裡面的東西倒在手掌上，只有五粒阿斯匹靈藥片。我把藥倒回去，扭開那個安納辛錫盒，按照指示壓著後方，光是把它打開就足以引起頭痛，可是打開後，只發現廣告詞上所說的一堆白色藥片。

艾迪床邊倒置的柳橙木條箱上面，放著一堆戒酒無名會的書——《戒酒大書》、《十二階段與十二傳統》，幾本小冊子，還有一本薄薄的書，叫做《清醒的過日子》，還有一本《聖經》，上面寫著這是一本獻給瑪麗·史坎蘭的聖禮，另一頁有個家族表，說明瑪麗·史坎蘭嫁給了彼得·約翰·達非，而他們的兒子艾德華·湯瑪斯·達非在他們結婚後一年四個月降生。

我翻著《聖經》，書在第二章打開來，艾迪在那兒藏了兩張二十元鈔票。我不知道該拿它們怎麼辦，我不想把這些錢拿走，可是留下又怪怪的。我考慮好久，花的時間大概都值四十塊錢了，然後把鈔票夾回《聖經》裡，再把《聖經》放回我原來發現的地方。

他的衣櫃上頭有一個小錫盒，裡面有幾個OK繃，一條鞋帶，一個空的菸盒，四十三分零錢，還有兩個地鐵代幣。衣櫃上方的抽屜裡面大半是襪子，不過還有一雙手套，羊毛做的，掌心處是皮革，另外有一個柯爾特點四五銅製手槍皮帶扣，一個絨盒子，好像是袖釦盒，盒子裡面有一個鑲藍色石頭的高中畢業戒指，一個鍍金的領帶夾，還有一個袖釦，上頭嵌了三顆小石榴石，原來應該有四顆的，不過掉了一顆。

裝內衣的抽屜裡塞得滿滿的，裡頭大半是短褲和T恤，還有個手錶，錶帶缺了一半。色情雜誌都不見了，我猜想跟著證據一起被收走了，而且大概永遠都會放在哪個地方的倉庫。

我沒找到其他任何色情雜誌或性玩具。

我在他褲子的口袋裡發現他的皮夾。裡頭有三十二元現金，一個保險套，還有一個時代廣場附近那種廉價商店出售的身分證明卡。通常買這種卡片的都是一些想捏造假身分的人，其實根本騙不了任何人。艾迪倒是老老實實的都填上了他的真實姓名和地址，生日也跟家族聖經上頭寫的一樣，還有身高、體重、髮色、眼珠顏色等等。這好像是他唯一的身分證明，他沒有駕駛執照、沒有社會安全卡，就算他在綠天監獄領到過一張，大概也早丟了。

我又找了衣櫥裡的其他抽屜，檢查了冰箱，冰箱裡有些餿掉的牛奶，我倒掉了，裡頭還有一條麵包，一罐花生醬和果凍。我站在一張椅子上，檢查廁所上方的架子，發現了一些舊報紙，一個鐵定是他小時候用過的棒球手套，還有一盒沒拆開的教堂奉獻蠟燭，放在一個乾淨的玻璃盒裡。廁所的衣服袋子裡沒發現任何東西，地板上的兩雙鞋子或橡膠室內鞋裡面也是空的。

過了一會兒，我拿了一個塑膠購物袋把《聖經》、戒酒無名會的書、還有他的皮夾一起裝進去，其他東西都沒動，然後離開那兒。

∞

我鎖門時聽到了一個聲音，有個人在我背後清喉嚨。我轉身看到一個女人站在樓梯口，她個子很小，一頭灰髮，眼睛在厚眼鏡後頭顯得奇大。她問我是誰，我告訴她我的名字，說我是偵探。

「可憐的達非，」她說，「我知道他和他父母親以前過的是什麼日子。」她跟我一樣提著一個裝滿雜物的購物袋。她把袋子放下，在皮包裡翻鑰匙，「他們殺了他。」她沉痛的說。

「他們？」

「啊，他們會殺了我們所有人。可憐的葛洛德太太就住在樓上，他們從火災逃生口爬進去，割斷了她的喉嚨。」

「什麼時候的事情？」

「還有懷特先生，」她說，「死於癌症，臨終前又蒼老又黃，你會以為他是中國人。我們很快就都會死掉，」她說，雙手戰慄著、甚至帶著點喜悅的扭著，「一個都逃不掉。」

∞

薇拉回來時，我已經泡了一杯咖啡，正坐在廚房餐桌旁。她走進來，放下工具箱，說：「不要吻我，我一塌糊塗。老天，真是個骯髒活兒。我得打開浴室的天花板，結果一大堆垃圾就掉下來。」

「你怎麼學會修水管的？」

「我沒真的學會。我很會修東西，過去幾年斷斷續續學會了幾種技能。我不是水管工人，不過我知道要先關掉總開關，找出漏水的地方，我也會補破洞，而且也真能補好——至少可以撐一陣子不會再漏。」她打開冰箱拿了一瓶貝克啤酒，「這工作會讓人口渴，石膏粉末都跑進你喉嚨，我想這一定會致癌。」

「幾乎每樣東西都會致癌。」

她打開啤酒，就著瓶口灌了一大口，然後從滴水籃裡拿了個玻璃杯把啤酒倒滿。她說：「我得沖個澡，不過首先我要坐下來休息兩分鐘。你等了很久嗎？」

「只有幾分鐘。」

「你一定在樓上花了很多時間。」

「我想一定是。然後我又花了一兩分鐘做一場奇怪的對話。」我詳細敘述碰到那個灰髮老婦人的經過，她點點頭表示認得。

「那一定是曼根太太，」她說，「我們都會在墳墓裡腐朽，死亡女神在地獄裡哭號。」

「你學得很像。」

「我的模仿本領不如修水管來得有用。她是這裡住得最久的住戶，一直就住這裡，我想她可能還是在這棟公寓裡出生的，已經八十多歲了，你看呢？」

「我不太會猜人家的年紀。」

「唔，如果她要買敬老票看電影的話，你會跟她要年齡證明嗎？她認識每個鄰居，每個老人，這表示她總是去參加葬禮。」她喝乾了杯中的啤酒，又把瓶裡剩下的倒進去。「跟你講一件事，」她說：「我不想永遠活著不死。」

「離永遠還早呢。」

「我是說真的，馬修。活太久不是件好事。在艾迪・達非這樣的年紀死掉是個悲劇，或者像你那個寶拉，前頭還有大把美好人生等著她。可是等你活到曼根太太那個年紀，又一個人活著，所有的老朋友都走了——」

「葛洛德太太是怎麼死的？」

「我想想那是什麼時候。一年多前吧，因為當時天氣很暖。一個小偷殺了她，小偷從窗子進來。每戶公寓都有火災逃生口，不過不是每個房客都會使用。」

「艾迪的臥室窗子也有個逃生口，開向火災逃生梯。不過沒打開。」

「很多人都開著，因為開開關關很麻煩。顯然有人從屋頂爬進來，從防火梯爬進葛洛德太太的公寓，她當時在床上，一定醒來嚇到小偷了，於是小偷就刺死她。」她喝了口啤酒，「你找到你想找的東西了嗎？你到底在找什麼？」

「藥丸。」

「藥丸？」

「可是沒找到比阿斯匹靈藥效更強的東西。」我解釋了史特林的發現，以及所代表的意義，「我知道怎麼搜查一戶公寓，而且也學會該怎麼徹底搜查。我沒撬開地板或拆開家具，不過我做了個很有系統的搜查，如果那兒有水合氯醛，我早就找到了。」

「或許他把最後一顆吃掉了。」

「那應該會有空瓶子。」

「或許他丟掉了。」

「他的垃圾桶裡面沒有，廚房水槽下面的垃圾堆裡也沒有。他還能丟到哪兒？」

「或許有人給了他一兩顆藥。『睡不著嗎？來，拿一顆，很有效。』如果是這樣的話，你不是說他有那種混街頭的小聰明嗎？這附近要買藥不見得都要找藥劑師，街上隨處都可以買到藥。如果你在街上能買到那個水綠圈圈的話，我也不會吃驚的。」

「是水合氯醛。」

「好嘛，水合氯醛。聽起來像個好媽媽會給她小孩取的小名，『小綠圈，別再惹你弟弟了！』你怎麼了？」

「沒事。」

「你好像心情不好。」

「有嗎？或許是在樓上引起的，還有你說有些人活太久。我昨天晚上正在想，我不想到頭來變成一個孤單住在旅社房間的老頭子。現在，我也快成了那樣了。」

「好個老頭子。」

她去沖澡時，我心情陰鬱的坐在那兒。她出來時，我說：「我一定是在找藥丸以外的東西，因為就算找到藥丸，對我又有什麼好處？」

「這一點我也很好奇。」

「我只是想知道他想告訴我什麼。他有心事，剛打算要說出來，可是我告訴他不要急、想清楚。我當時應該坐下來聽他講的。」

「這樣他就不會死了嗎？」

「不，但是——」

「馬修，他不是因為他說出來或沒說出來的事情而死的。他死，是因為他做了些愚蠢而危險的事情，而他的運氣又用光了。」

「我知道。」

「你沒有少做什麼事情。而現在你也沒辦法為他做什麼。」

「我知道，他沒有——」

「沒有什麼？」

「沒有跟你說過什麼嗎？」

「我不太認得他，馬修。我不記得上回跟他講話是什麼時候了。我不知道除了『天氣不錯吧？』和『這是房租』之外，我是不是還跟他講過別的。」

「他有心事，」我說，「真希望我知道那是什麼。」

12

下午四五點，我跑去葛洛根開放屋，沒有人在擲飛鏢，也沒看到安迪．巴克利，不過顧客看起來還是一樣。湯姆坐在吧台後面，久久才放下手中的雜誌給我倒了杯可樂。一個戴著布面棒球帽的老頭正在談大都會隊，哀悼一樁十五年前的球員交易，「他們換來了吉姆．福瑞格西，」他輕蔑的說：「而換走了諾蘭．萊恩。諾蘭．萊恩吶！」

電視螢幕上，約翰．韋恩正打斷某個人的話，我試著想像他推開酒吧的門，靠在吧台上，告訴酒保給他一杯可樂加水合氯醛。

我抓著可樂，慢慢的喝。快喝光的時候，我向湯姆勾勾手指，他過來伸手要拿我的杯子，可是我用手蓋住了杯口。他看著我，臉上依然沒有表情，我問他米基．巴魯有沒有來過。

「這裡人來人往的，」他說，「他們叫什麼名字我都不知道。」

他講話有北愛爾蘭口音，以前我沒發現。「你認得他的，」我說，「他不是老闆嗎？」

「店名叫葛洛根，老闆不是應該叫葛洛根嗎？」

「他才是老大，」我說，「他有時會穿一件屠夫圍裙。」

「我六點就下班了，或許他是晚上來的。」

「或許吧，我想留話給他。」

「哦？」

「我想跟他談談。你會告訴他吧？」

「我不認識他，我也不知道你的名字，要怎麼跟他講呢？」

「我是史卡德，馬修．史卡德。我想跟他談談艾迪．達非。」

「我可能會忘記，」他說，眼神坦然，語調平靜，「我不太會記人家的名字。」

8

我離開那裡，四處走一走，大約六點半又跑去葛洛根開放屋。人多了一點，吧台上有半打下班後來喝酒的人。湯姆不在了，接班的是一個高個兒，有一頭深棕色的捲髮，他穿了一件沒釦子的牛皮背心，裡面是黑紅色夾雜的法蘭絨襯衫。

我問他米基．巴魯來了沒。

「沒看到他，」他說，「我才剛接班，你是誰？」

「史卡德。」我說。

「我會跟他講的。」

我離開那兒，到火焰餐廳吃了個三明治，然後趕去聖保羅。這是星期五晚上，表示有一個進階課程聚會，這個星期是第六階段，在這個階段，要準備進入自己的內心，改掉自己的性格缺點。我只知道，這個階段實在沒什麼特別的收穫，也許對別人有效，但對我來說沒有用。

聚會中我一直很不耐煩，不過總算強迫自己待到最後。休息時間我把吉姆．法柏拉到一旁，告訴他我不確定艾迪死前是否清醒，法醫驗屍時在他的血管裡發現了水合氯醛。

「在酒裡摻藥的事情以前很常聽說，」他說，「現在不了，現在毒品發展太快了。我只聽說過有個酒鬼吃水合氯醛是為了調劑一下，她有一陣子自己喝酒，喝得很節制，每天晚上吃一劑水合氯醛，可能是藥丸也可能是藥水，我不記得了，然後再喝兩瓶啤酒。這樣她才能倒下去睡個八小時或十小時。」

「結果她怎麼樣了？」

「不是水合氯醛對她沒用，就是她買不到了吧，總之她就改喝傑克．丹尼爾波本威士忌。到了她每天要喝一夸脫半時，她就知道自己有酒癮的問題了。我不認為艾迪吃水合氯醛吃得很凶，馬修，這跟他戒酒戒了這麼久不太符合，可是他吃多少反正也已經不是問題了，一切都已經成定局了。」

∞

聚會後我推掉了去火焰餐廳的邀約，直接趕去葛洛根開放屋。一進門就看到巴魯，他沒穿他的白圍裙，可是我照樣認得出他。

很難不去注意他，他站著身高超過六呎，骨架很大，肌肉發達。腦袋像一顆大鵝卵石，又大又硬，看起來有如復活節島上的風化岩頭。

他站在吧台前，一腳踏在銅欄杆上，彎著身子跟酒保講話，酒保還是我幾個小時前看到那個穿無釦皮背心的傢伙。顧客變少了，有兩三個老頭坐在火車座，兩個人在吧台遠端那兒獨飲，後方有兩個人在射飛鏢，其中一個是安迪．巴克利。

我走向吧台，和巴魯隔著三個凳子。我從吧台後方的鏡子觀察他，然後他轉頭過來直視著我。他打量我一下，然後轉頭過去跟酒保說了幾句。

我走向他，他頭轉過來對著我，他的臉上坑坑洞洞，像是飽經風吹雨打的花崗岩，顴骨上數道血疤，有的還橫過鼻梁。他的眼睛出奇的綠，眼睛周圍有很多疤痕。

「你是史卡德。」他說。

「是的。」

「我不認識你，不過我見過你，你也見過我。」

「是的。」

「你在找我，現在我人在這裡了。」他的嘴唇很薄，扭曲著好像要擠出一個笑容。他說：「你喝什麼，老兄？」

他面前的吧台放了一瓶詹森牌愛爾蘭威士忌，十二年份的，旁邊的一個玻璃杯裡，兩塊冰角在琥珀色的液體裡浮沉。我說如果有的話，我喝咖啡。巴魯看看那個酒保，酒保搖搖頭。

「這裡的桶裝健力士是東岸最好的，」巴魯說，「我不喝瓶裝的，濃得像糖漿似的。」

「我喝可樂。」

「你不喝酒。」他說。

「今天不喝。」

「你一點都不喝，還是你不跟我喝？」

「我一點都不喝。」

「一點都不喝，」他問，「那是什麼滋味？」

「還好。」

「很難熬嗎？」

「有時候，不過有時候喝酒也很難熬。」

「啊，」他說，「那是他媽的真理。」他看看酒保，酒保便替我倒了杯可樂。他把可樂放在我面前，人就走開了。

巴魯拿起酒杯，透過酒杯上方看著我，他說：「以前摩里西兄弟還在那個街角經營夜間酒吧的時候，我在那兒看過你。」

「我記得。」

「那時候，你連兩手都醉透了。」

「那是那時候。」

「而這是現在，嗯？」他放下玻璃杯，看著自己的手，在襯衫上擦了擦，然後伸向我。我們的握手有一種奇怪的鄭重，他的手很大，握得很用力，不過沒有侵略性。我們握了手，然後他喝他的威士忌，我喝我的可樂。

他說：「你跟艾迪・達非之間有什麼牽扯不清的嗎？」他舉起杯子，看進裡面，「喝酒能改變一個人，真他媽的。不過我要說，艾迪從來就不能控制，那個可憐的混蛋。他喝醉的時候你認得他嗎？」

「不認得。」

「他喝醉就沒腦袋了。然後我聽說他戒了酒，現在他跑去吊死自己了。」

「他死前一兩天，」我說，「我們談過。」

「你就是為這個來的？」

「有一些事情讓他很難受，他想講出來，可是又害怕告訴我。」

「什麼事情？」

「我就是希望你能回答。」

「我不懂你的意思。」

「他知道什麼危險的事情嗎？他做過什麼良心不安的事情嗎？」

那顆大腦袋搖過來又搖過去，「他是我從小長大的鄰居。他當過小偷，喝醉時會亂講話，因此闖過一點小禍。也不過就是這樣。」

「他說他以前常來這兒。」

「這兒？葛洛根？」他聳聳肩，「這是公共場所，任何人都可以進來，喝喝啤酒或威士忌，消磨時光，然後繼續過他們的日子。有些人會點葡萄酒，或可口可樂，就這樣。」

「艾迪說他以前常常泡在這裡，有天晚上我們經過，他還穿越馬路跑去對街，以避免經過這裡。」

他的綠眼睛睜大了，「真的嗎？為什麼？」

「因為他喝酒時大半是在這兒。我猜想他是害怕經過的話，會不由自主被拉進去。」

「老天，」他說。他扭開瓶蓋，添了一些酒，那兩塊冰角融化了，不過他好像不在意沒有冰塊。他拿起酒杯，專心瞪著，然後說：「艾迪是我兄弟的朋友，你認識我兄弟丹尼斯嗎？」

「不認識。」

「丹尼斯跟我很不一樣。長得像我媽媽，她是愛爾蘭人。我老爸是法國人，來自離馬賽半個小時的一個小漁村。我回去過一次，一兩年前，只是想看看那是什麼個樣子。我可以了解他當時為什麼會離開，那兒什麼都沒有。」他從胸前口袋掏出一包香菸，點燃一根，吐出煙霧。

「我長得就像我老爸，」他說，「除了眼睛，丹尼斯和我都遺傳了我媽的眼睛。」

「艾迪說丹尼斯在越南戰死了。」

他的綠眼睛轉向我，「我不懂他為什麼要去。要把他弄出來一點也不難，我告訴他，『丹尼斯，看在老天份上，我只要打個電話就搞定了。』他就是不肯。」他把菸從嘴裡抽出來，在菸灰缸裡按熄。「所以他就去了，」他說：「結果他們把他的屁股都轟掉了，那個蠢貨。」

我什麼都沒說，兩人都靜靜的。有一度我覺得房間裡充滿了死人——艾迪、丹尼斯、巴魯的父母，還有幾個是我這邊的鬼魂，所有那些已經死掉但仍隱隱讓你良心不安的鬼魂。我想，如果我迅速轉過頭去，我會看到佩姬舅媽，或者我死掉的父母親。

「丹尼斯是個紳士，」他說，「也許這就是為什麼他會去，去證明他所沒有的強悍。他是艾迪的朋友，艾迪以前幫他做事。他死了之後，艾迪有時候會跑來，我沒什麼事情給他做。」

「他告訴過我，有天晚上他看見你把一個人活活打死。」

他瞪著我，雙眼露出驚奇之色。我不知道讓他驚奇的是艾迪告訴我這些，還是我居然會把這些事情說出來。他說：「他告訴你這件事，是嗎？」

「他說是在這附近的一個地下室。他說你在一個火爐室，用曬衣繩把一個傢伙綁在柱子上，然後你用棒球棍把他打死。」

「把誰打死？」

「他沒說。」

「那是什麼時候的事？」

「幾年前吧，他沒特別說。」

「他當時在場嗎？」

「他是這麼說的。」

「你不覺得他只是在編故事嗎？」他拿起杯子，卻沒喝，「只不過我不認為這是編來的，你說呢？一個男人用根球棒把另一個人活活打死，是很殘忍，但是不夠精采，這種故事可沒辦法拿來當下酒菜。」

「有一個比較棒的故事，幾年前大家在傳。」

「哦？」

「有個人失蹤了，一個叫費樂里的傢伙。」

「佩第．費樂里，」他說，「這傢伙難搞。」

「據說他給你惹了麻煩，然後他就失蹤了。」

「大家是這麼說的嗎？」

「大家還說，你帶著一個保齡球袋走遍第九和第十大道半數的酒吧，逢人就打開球袋給每個人看費樂里的腦袋。」

他喝了一口威士忌，「他們可真會編故事。」

「那件事發生時，艾迪在場嗎？」

他盯著我，現在我們附近一個人都沒有。酒保在吧台尾端，坐我們附近的人都走了。「這裡天殺的好暖，」他說，「你還穿著夾克幹嘛？」

他自己也穿著夾克，斜紋軟呢質料的，比我的還厚。「我覺得很好啊。」我說。

「脫掉。」

我看著他，把夾克脫掉，掛在我旁邊的那張凳子上。

「襯衫也脫掉。」他說。

我脫了，然後是內衣。「好傢伙，」他說，「老天在上，趁你還沒感冒前快把衣服穿上。這種事得小心點，有人會跑進來跟你談一些陳年舊事，結果都被錄了音，他身上藏了他媽的竊聽器。你剛剛說佩第．費樂里的腦袋？我外祖父來自北愛爾蘭思利哥鎮，他總是說全世界最困難的事情，就是在都柏林找一個復活節起義當天沒在郵政總局的活人。他說，二十個勇士走進郵局，結果引起三萬人走上街頭（譯註：復活節起義，愛爾蘭獨立史上重要事件之一，因獨立分子企圖占領郵政總局而引發衝突，後遭到血腥鎮壓）。好吧，在第十大道要找一個沒看過我帶著可憐費樂里的血淋淋人頭的龜兒子，也就有這麼難。」

「你是說，這件事情沒發生過？」

「喔，耶穌啊，」他說，「什麼事發生過、什麼事情沒發生過？或許我從沒打開過那個操他媽的保齡球袋，或許裡面裝的只是個操他媽的保齡球。你知道，大家都喜歡那個故事。大家喜歡聽，喜歡講，喜歡肩胛骨之間小小的顫抖。愛爾蘭人這一點最糟了，尤其是操他媽的這個區的愛爾蘭人。」他喝了口酒，放下酒杯。「這塊土地上很肥沃，你知道。撒一顆種子，一個故事就像雜草一樣長得到處都是。」

「費樂里怎麼了？」

「我怎麼會知道？或許他跑去大溪地，邊喝椰奶邊操褐皮膚的小姑娘。有人發現他的屍體？或者那顆操他媽傳奇的腦袋嗎？」

「艾迪知道些什麼讓他危險的事情？」

「沒有，他什麼鬼都不知道。他對我不危險。」

「他可能對誰構成危險嗎？」

「我想不到任何人。他做過什麼？還不就偷了點東西。他曾跟幾個小鬼跑去二十七街的一個統樓，偷了一堆皮草，這是我所記得他幹過最大條的事情，但也沒什麼大不了的。當時一切都事先安排好了，老闆給了他們鑰匙，想騙保險賠償金。那是好幾年前，好幾年前了。他能對誰構成危險？老天，他不是上吊死了嗎？所以他不是只對自己有危險嗎？」

∞

我們之間有一種什麼，難以解釋，甚至也很難理解。談完了關於艾迪・達非的事情之後，我們靜默了幾分鐘。然後他告訴我關於他弟弟丹尼斯的一件往事，說他小時候如何替弟弟頂罪，然後我告訴他以前我在格林威治村第六分局當警察的一些故事。

某些理由或某些事情把我們連在一起。談了一陣子，他走到吧台尾端，繞進去裡頭。他把冰塊裝進兩個玻璃杯中，兩杯都加滿可口可樂，然後交給坐在吧台這邊的我。接著又從吧台後頭拿了一瓶新的十二年份詹森牌愛爾蘭威士忌，在一個乾淨的玻璃杯裡放了幾個冰塊。然後折回吧台前，帶我到角落的一張火車座。我把兩杯可樂放在面前的桌上，他把威士忌開了封，倒滿他的杯子，之後我們就坐在那兒大約一個小時，有一搭沒一搭的互訴往事。

以前我喝酒時，這種事情很少發生，其實一直就很少。我想我們兩個不能說成了朋友，友誼是不太一樣的。那就好像我們兩個各自心裡一直存在的一個結，現在一下子都解開了。好像是某種休戰宣告，假日期間暫停對立。那個小時裡，我們兩個之間相處得比老朋友、比兄弟還要輕鬆不費力。而這個小時過去後，我們之間的種種就不會再持續，但卻並不減損這一切的真實性。

中間他一度說：「老天在上，我真希望你喝酒。」

「有時候我自己也希望。不過大部分時間我都很高興自己不喝。」

「你一定很想念酒。」

「偶爾。」

「換了我一定想死了。我不知道少了酒我還能不能活得下去。」

「我喝酒的話會更麻煩，」我說，「我最後一次喝酒，結果大病一場。我倒在街邊，醒來時是在醫院，完全不曉得之前我去過哪裡，也不知道自己是怎麼被送來的。」

「天哪，」他說，搖了搖頭。「不過直到當時為止，」他說，「你也度過了很長一段飲酒好時光。」

「的確是。」

「那也沒什麼好抱怨的了，」他說，「我們兩個都不能抱怨，不是嗎？」

∞

大概午夜時分，我們漸漸沒話可說，我開始覺得自己在那兒待太久了。於是我站起來，告訴巴魯我得回家。

「你走回去沒問題吧？要不要我替你打電話叫車？」他發現自己說錯話，笑了起來。「老天，你喝的不過是可口可樂，自己走回家怎麼會有問題呢？」

「我很好。」

他掙扎著站起來。「現在你知道我在哪裡了，」他說，「再回來看我。」

「我會的。」

「很高興跟你聊，史卡德。」他伸手搭著我的肩膀，「你不錯。」

「你也不錯。」

「艾迪的事情真是讓人難過。他有任何家人嗎？有沒有人替他守靈？你知道嗎？」

「我不知道。下葬前市政府會保管屍體。」

「這樣結束真是要命。」他歎氣，然後聲音又恢復原狀，「以後再聊吧，我們兩個。」

「我很樂意。」

「晚上我大半都在這兒，進進出出的。不然他們也知道怎麼能找到我。」

「你們早班的酒保根本不承認他知道你是誰。」

他笑了，「那是湯姆，他嘴巴很緊，對吧？不過他傳話給我了，尼爾也講了。這兒不管誰站在吧台後面，都可以找他們傳話。」

我從皮夾裡面拿出一張名片，「我住在西北旅社，」我說，「上頭有電話號碼，我不常在，他們會幫我留話。」

「這是什麼？」

「我的電話號碼。」

「這個，」他說，我看了一眼，他把名片轉過來，看著寶拉．荷特凱的照片。「這個女孩，」他說，「她是誰？」

「她叫寶拉．荷特凱。來自印第安納，夏天時失蹤了。她以前就住在這一帶，在附近幾個餐廳工作過。她父親僱我來找她。」

「你給我她的相片幹嘛？」

「這是我手上唯一有我名字和電話的東西。幹嘛？你認識她嗎？」

他仔細看看寶拉的照片，然後抬起他的綠色眼睛看著我，「不，」他說，「我從來沒見過她。」

13

電話鈴聲把我從睡夢中吵醒，我坐在床上，抓起電話，湊到耳朵邊。一個聲音近乎耳語的說，

「史卡德嗎？」

「你是誰？」

「忘掉那個女孩。」

夢裡的確有個女孩，可是那個夢早已經如同陽光下的雪融化殆盡，我怎麼樣都想不起她的長相。還沒搞清楚夢在哪裡結束，電話就響了。我說：「什麼女孩？我不知道你在講什麼。」

「忘掉寶拉。你永遠找不到她，你不可能帶她回來。」

「從哪裡帶回來？她怎麼了？」

「別再找她，別再到處發她的照片。丟掉整件事情。」

「你是誰？」

我聽到一聲咔嗒。我又喂了幾聲，可是徒勞無功，他掛斷了。

我扭開床頭燈，找我的錶。差十五分鐘就五點了，我關燈時已經兩點多，所以大概睡了不到三小時。我坐在床邊，在心裡重新想一遍我們的對話，試著找出話裡的含義，努力回憶那個聲音。

我覺得以前聽過那個聲音，可是卻想不起是在哪裡。

我到浴室，看著洗手台上頭鏡子裡的自己。過去的種種往事在後頭注視著我，我可以感覺到它們的重量壓在我的肩膀上。我扭開熱水，站在蓮蓬頭下面良久，然後出來，用毛巾擦乾，回到床上。

「你永遠找不到她。你不可能帶她回來。」

現在太晚了，或者該說太早，找不到人打電話講一講。我認識的人裡頭，唯一可能還沒睡的是米基·巴魯，可是他現在大概已經醉得差不多了，而且我也沒有他的電話。何況，我該跟他講什麼？

「忘掉那個女孩。」

我夢到的是寶拉嗎？我閉上眼睛，試圖勾勒出她的影像。

∞

再度醒來時已經是十點了，陽光亮眼。我起床穿衣服穿到一半，想起那個電話，一開始還不太確定整件事是不是真的發生過。我沖澡後用過的毛巾扔在椅子上，還有點溼，提供了具體的證據。我不是在做夢，有人打電話給我，逼我退出這個我已經放棄得差不多的案子。

我正在綁鞋帶時，電話又響了起來。我警戒的喂了一聲，然後聽到薇拉說：「馬修嗎？」

「喔，嗨。」我說。

「我吵醒你了嗎？聽起來聲音不像你。」

「我剛剛是在提防。」

「你說什麼？」

「我半夜被一個電話吵醒，叫我別再尋找寶拉．荷特凱。剛剛電話響起時，我還以為會是同一個人打來的。」

「之前不是我打的。」

「我知道，那是個男的。」

「不過我承認我昨天晚上在想你，我以為會見到你。」

「我有點事情，忙到很晚，整夜有一半時間跑去參加一個戒酒聚會，剩下的泡在一家酒館裡。」

「很不錯的平衡。」

「是嗎？結果離開酒館後，要打電話又太晚了。」

「你查到困擾艾迪的事情了嗎？」

「沒有，不過突然間，另一個案子又起死回生了。」

「另一個案子？你是指寶拉？」

「對。」

「只因為有人打電話叫你放棄？那就給了你一個重新拾回這個案子的理由嗎？」

「那只是一部分原因而已。」

8

德肯說：「老天，米基．巴魯，那個屠夫小子。他是怎麼扯進來的？」

「我不知道，我昨天晚上跟他泡了一兩個小時。」

「真的？你這陣子真是改變太多了。你做了些什麼，找他出來共進晚餐，看他用兩隻手吃飯？」

「我們在一個叫葛洛根的酒吧。」

「離這裡幾個街區而已，對吧？我知道那個酒吧，是個黑幫小酒館，據說是他開的。」

「我想也是。」

「不過當然表面上他不能開，因為州政府不喜歡讓重罪前科犯登記酒吧執照，所以一定要找個人頭。你們兩個做了些什麼，玩撲克牌？」

「喝東西和撒謊。他喝愛爾蘭威士忌。」

「你喝咖啡。」

「可樂，他們沒有咖啡。」

「那種豬窩，他們還有可樂算你走運了。他跟寶莉有什麼關係？不是寶莉，寶拉，他和她有什麼關聯？」

「我不確定，」我說，「不過他看到寶拉的相片時，表情微微一震，然後幾個小時後，有人打電話吵醒我，叫我放棄這個案子。」

「巴魯打的？」

「不，不是他的聲音。我不知道是誰，猜到幾個可能的人選，不過都不確定。喬，告訴我關於巴魯的事情。」

「講什麼？」

「據你所知，他是個什麼樣的人？」

「我知道他是個禽獸，我知道他屬於他媽的籠子。」

「那為什麼他沒被關進去呢？」

「最壞的壞蛋永遠逃得過，沒有確實的證據可以釘牢他們。你連個證人都找不到，就算找到了也得了健忘症，不然就是失蹤，他們失蹤的方式很好笑。你聽過那個故事嗎？巴魯帶著一個傢伙的腦袋在城裡到處招搖？」

「我知道那個故事。」

「那個人頭或屍體從來沒被找到過。不見了，沒有線索，完畢。」

「他怎麼賺錢？」

「不會是開酒吧。剛開始他幫一些義大利人辦事，他塊頭大得像一棟房子似的，而且他一向是個凶悍的混蛋，他也喜歡這種工作。那些西區地獄廚房出身的凶悍愛爾蘭人，向來都是去替人當打手。我猜巴魯這上頭很行。比方說你跟一個放高利貸的借錢，結果拖了幾個星期沒還，這個大塊頭就會穿件沾血的圍裙走向你，手上揮舞著屠刀。你該怎麼辦？告訴他下星期再來，還是會拿現金出來給他？」

「你說他曾經是重罪前科犯，到底是什麼罪名？」

「傷害。那是好早以前了，我想他還不到二十歲吧。我非常確定他只被逮過這一次，我可以找找資料。」

「不重要，他一直就在當打手嗎？」

他身子往後靠，「我不認為他現在還會去替人當打手，」他說，「你打電話給他，告訴他如何如何所以要打斷某人的腿，我不認為巴魯會抓起一根大鐵棒自己去辦。不過他可能會派個人。他還做了些什麼事？我想他從街上弄了點錢，賺點小外快。很多酒吧他也都有投資，不過這些聽說來的狗屎永遠不知道該信哪個。他的名字跟一大堆事情扯上關係，比方搶劫運鈔車，幾樁持槍搶劫。你記不記得幾年前，五個持槍的蒙面客搶走富國銀行三百萬？」

「不是逮到一個涉案的人嗎？」

「對，可是還沒等到有人問對他問題，他就意外死了，然後他老婆也死了，他有個女朋友也有關係，你永遠猜不到她怎麼了。」

「死了嗎？」

「失蹤了。還有其他幾個人也失蹤了，另外有兩個，出現在甘迺迪機場外頭停車場的汽車行李箱裡。我們聽說過誰誰誰是搶劫富國銀行的蒙面客，不過在我們找到他們之前，就接到通知，說他在甘迺迪機場自己那輛雪佛蘭車的後行李箱被發現。」

「那巴魯——」

「應該是主謀，不過只是傳說，沒人敢大聲講出來，因為你最後可能跟你的朋友親戚一起死在機場的停車場。但據說，整件事情是巴魯設計運作的，而且他可能獨吞了那三百萬，因為沒有一個活人分到。」

「他跟販毒有關嗎？」

「我沒聽說過。」

「賣淫呢？他是人口販子嗎？」

「那不是他的作風。」他打了個呵欠，用手梳了梳頭髮，「還有個傢伙也叫屠夫的。如果我沒記錯的話，是布魯克林的一個混混。」

「屠夫唐姆。」

「就是那個。」

「混班森賀特一帶的那個。」

「對，如果我沒記錯的話，是卡羅幫的人。大家叫他屠夫是因為他名義上是在屠宰工會做些幕後工作，他就是這麼賺錢的，叫多明尼克什麼的，我忘了姓什麼，是個義大利的姓。」

「真的假的。」

「兩年前被開槍打死了。在他這行，這樣叫做自然死亡。重點是，大家雖然是因為他表面的工作而叫他屠夫，但不管怎麼叫都一樣，他就是個殘忍的混蛋。曾經有個故事，有幾個小孩去搶教堂，他活剝了他們的皮。」

「教他們點規矩。」

「是啊，他一定是個信仰虔誠的人。馬修，我的結論就是，要是你碰到一個綽號叫屠夫，或屠夫小子，或操他媽什麼的，那就是個該關進籠子裡的禽獸，是個吃生肉當早餐的傢伙。」

「我明白。」

「如果我是你，」他說，「我會找出我所能找到最大的槍，立刻跑去朝著他後腦袋轟，不然，我就他媽的離他遠一點。」

∞

大都會隊回到紐約主場跟匹茲堡海盜隊打週末三連戰，昨天晚上贏了，而且看起來戰績遙遙領先。我打電話給薇拉，可是她家裡有些雜事要做，對棒球也沒有迷到要放下一切跑去看球。吉姆．法柏在他的店裡，答應六點前要趕東西給一個客戶。我翻著我的電話本子，又打電話給兩個在聖保羅認識的朋友，可是一個不在家，另外一個沒興趣去謝伊球場看球。

我可以待在家裡看電視轉播，國家廣播公司挑了這場球當他們的本週球賽，可是我不想整天坐在家裡。我有事情卻不能去辦，有些得等到天黑，有些得等過完星期天，而且我想出門去別的地方，而不是坐在家裡看錶。我努力思索可以找誰去看球，卻只能想到兩個人。

第一個是巴魯，我怎麼會想到他，真是可笑。我沒有他的電話，就算有也不會打，他或許不喜歡棒球，就算他喜歡，我也無法想像我們兩個坐在球場，吃著熱狗，對著裁判的判決大噓特噓。這只不過顯示我們兩個度過前一晚之後，讓我對兩人之間的交情產生了什麼樣的幻想，才會立刻想到他。

另一個人是珍．肯恩。我不用查她的電話號碼，撥了號之後響兩聲，在她本人或答錄機接電話之前，我就掛斷了。我搭地鐵到時代廣場，轉了法拉盛線直達謝伊球場。門票賣光了，不過有一堆小孩站在門口賣黃牛票，奧賀達投出了一場三支安打的完封，他的隊友幫他得了幾分。天氣如常。新人傑佛瑞五個打數四支安打，包括一支二壘安打和一支全壘打，而且在左外野還接殺了一個凡．史來克所擊出飛得很低的平飛球，讓奧賀達保持完封戰果。

坐我右邊那傢伙說，他曾在威利．梅斯的新人球季去馬球球場看過他打球，至今講起來還很激動。他也是一個人來看球，九局從頭到尾一直講個不停，不過總比坐在家裡看那些永遠播不完的廣告要好。坐我左邊的人則是每局喝一瓶啤酒，一直喝到第七局球場販賣店不賣為止。他在第四局多喝了一瓶，補償他潑在他鞋子和我鞋子上的那半瓶。坐在那兒聞著啤酒味很煩，然後我提醒自己，我有個平常身上不是蘇格蘭威士忌就是啤酒味的女朋友，而且我前一天晚上自願跑到一個黑幫酒吧去聞走味的啤酒，還在那兒待了挺久的。所以如果我的鄰座看到主場球隊得分而喝點啤酒，我實在沒有理由生氣。

我自己吃了兩個熱狗，喝了一瓶沙士，開場唱國歌和第七局伸懶腰時都站起來（譯註：美國棒球賽慣例到第七局會休息片刻，播放棒球代表歌〈帶我去看球〉，讓觀眾舒展筋骨），而且當奧賀達以一個很低的外角曲球讓海盜隊最後一個打者揮棒落空時，我也振臂歡呼。「他們在季後賽會橫掃道奇隊，」我的新朋友跟我保證，「不過碰上奧克蘭就很難講了。」

8

我稍早和薇拉約了吃晚飯，我回旅社刮鬍子換衣服，然後去她那兒。她又把頭髮編起來了，盤過前額，像個皇冠，我告訴她看起來很漂亮。

她廚房裡還是放著那瓶花，花已經開盡了，有幾朵花瓣都已凋謝。我告訴她，她說她想把花再多留一天。「把它們丟掉好像很殘忍。」她說。

我吻她的時候，嚐到她嘴裡的酒味，我們在決定要去哪兒的時候，她喝了點蘇格蘭威士忌。我們兩個都想吃肉，所以我建議去「石瓦」，那是在第十大道的一家牛排館，中城北區和約翰傑學院的很多警察都去那兒。

我們走去那兒，坐在靠近吧台的一張桌子旁。我沒看到認識的人，不過有幾張面孔好像有點印象，而且餐廳裡的每個人看起來都像在值勤。如果有人笨到要來搶這個地方，一定會被一堆帶左輪手槍的包圍，我想這裡至少有一半的顧客帶槍。

我把這個想法告訴薇拉，她開始計算我們在雙方交火時被射中的機率。「換了幾年前，」她說，「我就不會坐在這種地方。」

「因為怕被流彈射中？」

「因為怕被故意射中。到現在我還很難相信，自己居然跟一個當過警察的人約會。」

「你跟警察有過很多不愉快嗎？」

「這個嘛，我掉了兩顆牙齒，」她說，指指那兩顆在芝加哥被打掉而換過的上門牙，「而且我們老是跟警察起衝突。我們被當成間諜組織，可是我們老認為組織裡有聯邦調查局的人混進來。此外，我數不清有多少次，有聯邦調查局的幹員跑來盤查我，或者去找鄰居長談。」

「那種方式一定活得很痛苦。」

「根本就瘋掉了，可是離開組織又讓我痛苦得要死。」

「他們不讓你走？」

「不，不是那麼回事。而是這麼多年來，進步共產黨給了我生命的全部意義，離開它，就好像承認那些年都浪費掉了。而且第一個我就會懷疑自己的行動，我會覺得進步共產黨是對的，我只是想逃避，失去改變世界的機會。你會一直想一直想，那是一個看到你自己成為重要一分子的機會，你將會站在新歷史的最前端。」

8

我們悠閒的吃著晚餐，她點了沙朗牛排和烤馬鈴薯，我點了綜合烤肉，我們還分享了一份凱撒沙拉。她一開始點了一杯蘇格蘭威士忌，然後喝紅酒佐餐，我點了杯咖啡，又續杯。她叫咖啡的時候要求配一小杯阿瑪涅白蘭地，女侍去問了吧台說沒有，於是她改成干邑白蘭地。想必不會太糟，因為她喝完又點了一杯。

帳單上的數字有點嚇人，她要各付各的，我沒有太努力勸她打消念頭。「其實，」她看著帳單上的細目，「我應該付三分之二左右，還要更多，我喝好多酒，而你只喝了一杯咖啡。」

「算了吧。」

「我的主菜也比你的貴。」

我叫她別再爭了，然後我們平分了餐費和小費。出了餐廳，她想散步清醒一下。時間很晚了，街上乞丐不多，不過還是有幾個。我給掉了幾塊錢。那個罩著披肩眼神狂野的女人也拿到了一塊。她手裡還抱著嬰兒，不過沒看到她其他小孩，我盡量不要去想那些小孩哪兒去了。

我們往市中心走了幾個街區，我問薇拉是否介意在巴黎綠停一下。她看著我，開起玩笑來，「對一個不喝酒的人來說，」她說，「你實在逛了不少酒館。」

「我想找個人講點事情。」

我們穿過第九大道，走進巴黎綠，在吧台坐下。那個有鳥巢大鬍子的酒保不在，當班的人我不認得。他很年輕，一頭茂密的捲髮，神情有點恍惚。他說他不知道該怎麼聯絡其他酒保，我走進去找經理，跟他形容我想找的那個酒保。

「那是蓋瑞，」他說，「他今天晚上休假。明天再來，我想他明天晚上有班。」

我問他有沒有蓋瑞的電話號碼，他說他不能給。我又問他可否替我打個電話給蓋瑞，看他願不願意接我的電話。

「我真的沒時間做這些事，」他說，「我在這裡忙著經營餐廳。」

要是我還有警徽的話，他就會乖乖給我電話號碼。如果我是米基．巴魯，我就帶兩個朋友回來，讓他看看我們怎麼把他餐廳的桌子椅子扔到街上。還有一個方法，我可以給他五塊十塊補償他損失的時間，可是我不喜歡這樣。

我說：「幫我打那個電話。」

「我剛剛說過——」

「我知道你剛剛說過些什麼，要不你就幫我打電話，要不你就把那個操他媽的電話號碼給我。」

要是他拒絕的話，我真不知自己會怎麼樣，不過我的聲音或表情一定讓他改變心意了。他說：「等一下，」然後走到後頭去，我走到薇拉旁邊，她正在喝白蘭地，她問我事情進行得怎麼樣，我說一切都沒問題。

那個經理再度出現的時候，我走過去。「電話沒人接，」他說，「這是電話號碼，不信的話，你可以自己打打看。」

我接過他遞給我的紙條，「幹嘛不信呢？我當然相信。」

他看看我，眼神警戒著。

「對不起，」我說，「我有點過分了，我道歉。這兩天不太好受。」

他揮揮手走開，「嘿，沒什麼，」他說，「別在意。」

「這個城市。」我說，好像這樣就可以解釋一切。他點點頭，好像的確如此。

∞

後來他請我們喝一杯，我們從彼此敵意的緊張氣氛中一起解脫出來，因而好像忘記當初的對立是我們自己製造的。我其實並不真想再喝一瓶沛綠雅礦泉水，可是薇拉又趁空喝起另一杯白蘭地了。

我們剛走到外頭，新鮮空氣一吹，幾乎讓她當場倒下。她抓住我的手臂保持平衡，「我感覺得到最後那杯白蘭地的酒力。」她說。

「不是蓋的。」

「你什麼意思？」

「沒事。」

她掙脫我，鼻孔閃亮著，臉色一沉，「我好得很，」她說，「我自己可以走回家。」

「放輕鬆，薇拉。」

「不要叫我放輕鬆，吾比汝聖潔先生，戒酒先生。」

她大步走下街道，我跟上去，什麼都沒說。

「對不起。」

「沒什麼。」

「你沒生氣？」

「沒有，當然沒有。」

回家的路上，她沒再說些什麼。到了她的公寓，她抓起廚房桌上那把枯萎的花，然後在地板上與花共舞。她低低哼著歌，可是我聽不出音調，轉了幾圈後，她停下來開始哭，我把那束花從她手上拿開，放回桌上，我擁著她，她仍在抽泣。哭泣停止後，我放開她，她往後頭走，開始脫衣服，然後把脫下來的衣服都丟在地板上。她脫得一乾二淨，然後直接往後走到床邊躺下來。

「對不起，」她說，「對不起，對不起，對不起。」

「沒關係。」

「不要離開我。」

我待到確定她已經沉睡，然後出門回家。

14

早上我試了蓋瑞的電話，響了很久沒人接，也沒有答錄機。早餐後又試了一次，結果還是一樣。我出去散步老半天，回旅館又試了第三次。我把電視打開，可是所有節目不是經濟學家在談貿易赤字，就是福音節目在談末日審判。我把電視關掉，然後電話響了起來。

是薇拉。「我應該早點打電話給你的，」她說，「可是我想先確定自己還能活下去。」

「今天早上很難受吧？」

「老天，我昨天晚上很離譜吧？」

「沒那麼糟。」

「你怎麼說都沒關係，而且我也不能證明你是錯的。我已經不記得後來怎麼樣了。」

「呃，後來你有一點意識不清。」

「我記得在巴黎綠喝了第二杯白蘭地，我記得當時還告訴自己，不必因為酒是免費的就非喝不可。那個經理招待我們一杯飲料，是吧？」

「是這樣沒錯。」

「搞不好他在裡頭放了砒霜。我簡直希望他真的放了。之後的事情我就不記得了。我是怎麼回家的？」

「用走的。」

「我變得很討人厭嗎？」

「別擔心那個了，」我說，「當時你喝醉了，而且失去記憶。你沒有吐，也沒有打人，或說什麼不該說的話。」

「你確定嗎？」

「確定。」

「我恨我自己失去記憶，我恨我自己失去控制。」

「我知道。」

∞

我以前一直很喜歡星期天下午在蘇活區的一個戒酒聚會，可是我已經好幾個月沒去過了。以前我會和珍共度星期六，我們會一起逛畫廊，出去吃晚餐，然後我在她那兒過夜，次日早上，她會做一頓豐盛的早午餐。我們四處走走，逛逛街，時間一到，我們就一起去參加那個戒酒聚會。

我們不再見面之後，我也沒再去過那個聚會。

我搭地鐵到市中心，在春日街和西百老匯大道逛了一大堆商店。蘇活區大部分的畫廊星期天都沒開門，不過有幾家照常開放，有個展覽我喜歡，是寫實風景畫，全都是中央公園。大部分畫都只有草、樹和公園長椅，背景裡沒有模糊的建築物，然而無論畫面表現得多麼寧靜、多麼綠意盎然，你還是看得出明顯的城市環境。這位畫家不知怎地能把城市頑強的能量滲透到那些油畫裡，我永遠猜不透他是怎麼辦到的。

我到了聚會的地方，珍在那兒。我努力把注意力集中在見證上頭。到了休息時間，我坐到她旁邊的位子。

「真滑稽，」她說，「我今天早上才想到你。」

「我昨天差點打電話給你。」

「哦？」

「想問你要不要去謝伊球場。」

「可真好玩，我看了那場比賽。」

「你去球場了？」

「看電視轉播，你真的差點打電話給我？」

「其實我打了。」

「什麼時候？我一整天都在家。」

「響兩聲我就掛斷了。」

「我記得那通電話，我還在奇怪是誰打來的，事實上——」

「你猜到可能會是我？」

「嗯，有閃過那個念頭，」她眼睛盯著放在膝蓋上的手。「我想我不會去的。」

「去看球？」

她點點頭，「不過很難說，不是嗎？我不曉得我會怎麼回答你。你會怎麼說？我又會怎麼答？」

「聚會後要不要一起去喝杯咖啡？」

她看著我，然後目光移開。「喔，我不知道，馬修，」她說，「我不知道。」

我開始說著一些事情，但主席拿著一個玻璃菸灰缸敲敲桌子，表示聚會要重新開始了，我回到原來的座位。聚會最後，我舉手，被叫到後，我說，「我名叫馬修，我是個酒鬼。過去兩個星期，我花了很多時間和喝酒的人在一起。有些是因為工作需要，有些是社交需要，至於哪個是哪個就不太容易說清楚了。前幾天晚上我花了一兩個小時在一個酒吧裡，和一個人閒聊，就跟以前一樣，唯一不同的是我喝的是可樂。」

我又講了一兩分鐘，想到什麼就講什麼。然後有人又舉手被叫到，談起她住的那棟建築要變成合作公寓了，而她看不出來自己哪裡有辦法供得起現在住的那戶公寓。

祈禱完，我們把椅子放回角落堆起來，然後我問珍要不要去喝咖啡。「我們幾個人要去街角一家店，」她說，「你要不要一起來？」

「我以為只有我們兩個。」

「這樣不太好吧。」

我說我陪她走到那兒，我們可以在路上談。可是走到外頭下了階梯，我又想不起原先想跟她講什麼，於是我們靜靜的走了一段路。

「我想念你。」我在心裡說了幾回，最後我終於大聲說出來。

「是嗎？有時我也會想念你，有時我會想到我們兩個，覺得很傷心。」

「是啊。」

「你有跟別人交往嗎？」

「一直沒興趣，一直到大概上個星期。」

「然後？」

「我陷進去了。不是刻意的，我想事情就是那樣發生了。」

「她不是戒酒會裡的人？」

「難喔。」

「意思是，她應該參加囉？」

「我不知道誰該參加。反正不重要，反正我們也不會有結果。」

過了一會兒，她說：「我想我會害怕花很多時間跟一個喝酒的人在一起。」

「這樣的害怕或許是健康的。」

「你認識湯姆嗎？」我們試圖搜尋回憶，她一直在跟我描述一個市中心戒酒無名會的長期會員，我卻始終想不起來。「總之，」她說，「他戒酒二十二年了，一直參加聚會，當一大堆人的輔導員，諸如此類的。結果他去巴黎度假三個星期，有天走在街上，和一個很漂亮的法國女孩聊起天來，她說：『想不想喝杯葡萄酒？』」

「他怎麼說？」

「他說：『有何不可？』」

「就是這樣。」

「就是這樣，戒了二十二年，參加過天曉得幾千次聚會。『有何不可？』」

「他後來恢復戒酒了嗎？」

「好像辦不到。他戒了兩三天，然後又跑出去喝酒。他現在看起來好可怕，他也醉不了多久，因為他的身體禁不起這樣喝，兩三天後，他就進了醫院。可是他沒辦法戒掉，後來他來參加聚會，我根本不敢看他，我想他搞不好快死了。」

「潮流最前端。」我說。

「什麼意思？」

「只是某個人說過的某件事。」

我們轉到街角，到了她和朋友約好要碰面的咖啡店。她說：「你不進來一起喝杯咖啡嗎？」我說不要了，她也沒有試圖說服我。

我說：「我希望——」

「我知道，」她說，她伸手握住我的，「事實上，」她說，「我想我們將來或許能相處得更輕鬆一些，但是現在太快了。」

「顯然如此。」

「那一段太傷心了，」她說，「傷害太深了。」

她轉身走進咖啡店。我站在那兒，看她進門。然後開始散步，沒注意我走到哪兒，也不在乎去哪兒。

∞

我一從沉湎的情緒中回過神來，就立刻找了個公共電話打給蓋瑞，沒人接電話。我搭了地鐵往上城，走到巴黎綠，發現他在吧台後面。吧台是空的，不過旁邊有幾桌客人在吃遲來的早午餐。我看著他調了兩杯「血腥瑪麗」，然後又在兩個鬱金香形的高腳杯裡，加了一半柳橙汁和一半香檳。

「這是『含羞草』，」他告訴我，「完全不配，加起來的味道不如分開喝。要我的話，要嘛就喝柳橙汁，要嘛就喝香檳，可是不要兩樣加在同一個杯子裡。」他拿出一塊抹布擦擦我前面的吧台，「喝什麼？」

「有沒有咖啡？」

他叫了一個侍者送杯咖啡到吧台來。然後湊近我，「布來斯說你在找我。」

「那是昨天晚上。之後還打過幾次電話去你家。」

「喔，」他說，「我恐怕得告訴你，昨天晚上我根本沒回家過夜。感謝上帝，這世界上還有女人願意把一個可憐的酒保當成浪漫偷情的對象。」他鬍子後面的嘴巴露出一個大大的笑容。「如果你找到我的話，你會說什麼？」

我把心裡的想法告訴他。他聽著，點點頭，「沒問題，」他說，「我可以去做。不過，我今天的班是到晚上八點，還有好久，可是現在找不到代班的人。除非——」

「除非怎樣？」

「你要不要客串酒保？」

「不了，」我說，「我八點左右再來找你。」

∞

我回到旅社，試著看接近尾聲的美式足球賽，可是卻坐不住。我出門逛逛，走著走著才發現自己早餐後就沒吃過東西，然後在一個披薩攤子停下來，加了一大堆碎辣椒，希望吃了能讓自己振作一點。

離八點還有幾分鐘的時候，我回到巴黎綠，邊喝可樂邊等蓋瑞清點現金和支票辦理交班。我們一起走出去，他又問了我一次那個地方的店名，我告訴了他，他說沒聽過。「不過我很少去第十大道，」他說，「葛洛根開放屋？聽起來像個典型愛爾蘭酒吧。」

「差不多。」

我們複習一遍我要他做的事，然後我待在對街，他緩步走向葛洛根的前門，走進去。我站在人行道上等著，時間慢慢過去，我開始擔心有什麼不對勁，說不定我把他推進了一個危險的情況，如果換了我自己去會不會更糟。正想到一半，店門推開了，他走出來。他把手插在褲口袋裡，慢悠悠的走著，看起來簡直快活得像假的。

我配合著他的速度走了半個街區，然後過馬路到他那一邊。他說：「我認識你嗎？暗號是什麼？」

「認出什麼人了嗎？」

「嗯，沒問題，」他說：「之前我不確定還能認得他，可是看一眼我就認出來了。而且他也認得我。」

「他說什麼？」

「沒說什麼，只是站在我面前等我點酒。我沒表示我認得他。」

「很好。」

「可是，你聽我說，他也沒表示他認得我，但我看得出來。他偷偷望向我這邊的樣子。哈！做賊心虛，是這麼說沒錯吧？」

「一般是這麼說。」

「那家小店不錯，我喜歡他們的瓷磚地板還有暗色木頭，我喝了一瓶豎琴牌麥酒，然後邊喝第二瓶，邊看兩個傢伙射飛鏢。其中有一個，我敢說他一定大半輩子都在當比薩斜塔，我老想著他快摔到地板上了，可是他沒有。」

「我知道你在講誰。」

「他喝健力士啤酒。那種味道對我來說太重了。我想可以摻點柳丁汁喝。」他打了個寒顫，「不曉得待在那種地方是什麼個樣子，唯一的調酒就是蘇格蘭威士忌加水，偶爾調杯伏特加摻通寧水。一輩子可能都不會聽到有人點杯『含羞草』，或者『哈維撞牆』，或者『西克利．迪克利．戴克利』〔譯註：「哈維撞牆」和「戴克利」均為雞尾酒名〕隨便什麼的。」

「那是什麼鬼？」

「你不會想知道的。」他又打了個寒顫。我問他在那兒有沒有認出其他人。「沒有，」他說，「只有那個酒保。」

「他就是你提過以前跟寶拉在一起的那個人。」

「用葛洛根那些傢伙的話來說，『就是那小夥子本人』，」他又再度沉思起來，想像待在一個簡單、誠實的酒吧裡工作的歡欣，那兒沒有羊齒植物盆景裝飾，也沒有正經八百的雅痞。「當然啦，」他提醒自己，「那裡的小費很少。」

這也提醒了我，我頭先已經準備好一張紙鈔，這會兒我掏出來，遞給他。

他怎麼都不肯拿。「你給我的生命帶來一點點小刺激，」他說，「我付出了多少？十分鐘和兩瓶啤酒的錢？哪一天我們坐下來，你就可以告訴我整件事情的結果，甚至連啤酒都可以讓你請，夠公平吧？」

「夠公平。可是事情不見得都有結果，有時候就是成了懸案。」

「我願意賭一下。」他說。

8

我晃蕩了十五分鐘，然後獨自回葛洛根。我沒看到米基．巴魯，安迪．巴克利在店後頭射飛鏢，尼爾站在吧台後。他穿得跟星期五晚上一樣，黑紅法蘭絨襯衫外罩皮背心。

我站在吧台前，點了一杯不加味的蘇打水。他端來的時候，我問他巴魯有沒有來。「他早些時候來過，」他說，「稍晚可能會來。你要我跟他說你在找他嗎？」

我說沒關係。

他走到吧台尾端，我喝一兩口蘇打水，不時朝他那兒看一眼。做賊心虛，這是蓋瑞的說法，看起來是如此。原先很難確定是他的聲音，前兩天凌晨打來的那個人啞著嗓子，接近耳語，可是我猜出是他。

我不知道自己還能挖出多少，或者就目前所知道的，又能做些什麼。

我站在那兒一定有個半小時了，他就一直待在吧台尾端。我離開時，那杯蘇打水還很滿，離杯口不超過半吋。他之前忘了要跟我收錢，我也沒留小費給他。

8

祝伊城堡的經理說：「喔，對，尼爾，尼爾‧提曼，沒錯。他怎麼了？」

「他在這裡工作過？」

「工作了大概六個月，大概是春天時離開的吧。」

「所以他曾和寶拉一起在這兒工作？」

「我想是吧，不過沒查過我不敢說。資料在老闆辦公室，現在鎖著。」

「他為什麼會離開？」

他猶豫了一下。「這裡的人來來去去，」他說，「我們的員工汰換率很驚人。」

「你們為什麼會請他走路？」

「我沒說是我們開除他的。」

「可是事實如此，不是嗎？」

他不自在的說：「我不想談。」

「他有什麼問題？他私生活有問題嗎？還是偷吧台的錢？」

「我真的覺得不該談。如果你明天白天來，或許可以問問老闆。可是——」

「他可能是個嫌疑犯，」我說，「可能是一宗殺人案。」

「她死了嗎？」

「現在看起來有點像了。」

他眉頭緊鎖，「我真的什麼都不該說的。」

「你的談話不會列入記錄。只是我自己調查而已。」

「信用卡，」他說，「沒有確實的證據，這就是為什麼我不肯說。不過看起來好像是他偽造顧客的信用卡消費記錄。我不知道他動了什麼手腳、怎麼動的，不過事情不太對勁。」

「你們開除他的時候怎麼跟他說？」

「不是我開除的，是老闆。他告訴尼爾，他不適合在這兒工作，尼爾也沒有爭。看起來很像是承認有罪，你不覺得嗎？他在這兒做了這麼久，不會沒有原因就開除他的，可是他沒問原因。」

「寶拉是怎麼扯進來的？」

「寶拉有介入嗎？我不知道她也有份。她是自己要走的，沒人開除她，而且我很確定我們開除尼爾後，她還在這兒繼續做。如果她曾經和他共事——呃，他們可能共事過，不過不是走得很近，沒看過他們在角落說悄悄話之類的，反正我從沒想過他們兩個在交往。沒有人說閒話，我當然也不會刻意去打聽。」

接近午夜時，我帶著兩杯咖啡隔著馬路守在葛洛根對面。我找到一個門口坐下來，喝著咖啡，看著對面。我想我在那兒不會太醒目，很多門口都有人，有些站著，有些躺著，我比大部分人都穿得好，不過不是比每一個都好。

比起站在那兒等蓋瑞的時候，現在時間走得快一些。我的心緒漂蕩，努力想解開一個謎團。十來分鐘過了，我還是牢牢盯著葛洛根門口。監視時，你必須讓自己的思緒漫遊，否則會無聊得發瘋，可是你又得學著收束心思，這樣當你看到應該注意的事情時，才能讓心緒回到原點。偶爾有人進出葛洛根酒吧，都會把我從白日夢中拖回來，去注意進出的是些什麼人。

有幾個人同時離開，幾分鐘之後，門打開了，又有四五個人走出來。這兩批人裡頭，我唯一認得出的只有安迪．巴克利。第二批人走掉之後，門又關了起來，過了幾秒鐘，店裡的頂燈都熄了，只剩下昏暗的光影。

我過了街，正對著那兒，現在可以看得更清楚了，不過也靠店門口更近，要躲著就更困難了。看起來尼爾在裡面忙，做些關門前該做的事。當門打開時，我往後縮一點，他拖著一個大垃圾袋走到街上，丟進一個綠色的垃圾拖車箱。然後他回到店裡，我聽到上鎖的聲音，聲音很模糊，不過就算隔著一條街，只要留心還是聽得見。

時間又慢吞吞的過去了一點，門再度打開，他走了出來。他把鐵門拉下來鎖住。店裡依然有模糊的光影，顯然那些燈是為了安全起見而整夜開著。

他把所有掛鎖都鎖上之後，我站起身，準備跟在他後面。如果他招計程車，那我就不跟了；如果他去搭地鐵，那我大概也算了；可是我猜他很有可能是住在附近，而他如果是走路回家，要跟蹤他就不會太難了。我之前在曼哈頓的電話簿上沒查到他的名字，所以想知道他住在哪裡，最簡單的方法就是讓他帶我去。

我不確定找到他住的地方該怎麼辦，或許靠耳朵吧。說不定我可以在他公寓門口攔下他，看他會不會說出什麼來；說不定我可以等到他不在的時候，想辦法進他公寓裡。不過首先，我得跟蹤他，看看他住在哪兒。

沒想到他哪兒都沒去，就站在那兒，跟我一樣躲在門口，冷得肩膀縮著，兩手圈住嘴哈著氣。我沒那麼冷，不過他只穿了背心和襯衫。

他點了一根菸，抽到一半就扔了，菸滾到人行道邊，拉出幾星火花。火熄了之後，第十大道上一輛往上城方向的汽車右轉，停在葛洛根門口，擋住了我的視線。那是一輛加長型的銀色凱迪拉克。車子的玻璃都是暗的，我看不到開車的人，也不知道裡面坐了幾個人。

有一會兒我以為會聽到槍聲大作，我以為槍響之後，車子會飛快開走，然後我會看到尼爾抱著肚子倒在人行道上。可是這一切都沒有發生，他跑到車旁，乘客座旁邊的車門打開，他上了車，關上車門。

凱迪拉克開走了，只剩下我一個。

15

我淋浴時就覺得聽到了電話鈴響，出來時又響了。我在腰際圍了一條浴巾跑去接。

「史卡德嗎？我是米基．巴魯，我吵醒你了嗎？」

「我已經起床了。」

「好傢伙。現在很早，可是我得見你。十分鐘之內行嗎？就在你旅社門口怎麼樣？」

「最好是二十分鐘。」

「你就盡早吧，」他說，「我們可別遲到了。」

遲到什麼？我迅速刮鬍子、穿上西裝。我一夜沒睡好，一直在做夢，夢裡都是監視門口和路過的汽車朝外開槍。現在是早晨七點半，而屠夫小子約我見面。為什麼？做什麼？

我打好領帶，抓了鑰匙和皮夾。樓下大廳沒有人在等，我走到外頭，看到車子停在街邊，就在旅社門口的消防栓前面，是那輛銀色的大凱迪拉克。車窗都是暗色玻璃，可是這回我可以看見他坐在方向盤後面，因為他把乘客位置旁的車窗搖了下來，身子探過來向我招手。

我穿過人行道，打開車門，他穿了一件白色的屠夫圍裙，脖子以下都遮住了。白色棉布上有鐵銹色的污漬，有些還很鮮豔，有些漂白過已經褪色了。我發現自己不太確定跟一個穿這種圍裙的人同車是否明智，不過他的態度讓我沒有理由害怕。他伸出手來，我跟他握了一下，然後上車，把門關上。

他把車子駛離路邊，開向第九大道的街角，停下來等綠燈。他又問一次是不是吵醒了我，我說沒有。「原先你們櫃檯的人說電話沒人接，」他說，「可是我叫他再接上去試試看。」

「我在洗澡。」

「你已經睡醒了？」

「只睡了幾小時。」

「我還沒上床哩。」他說。綠燈亮了，他搶在車陣間很快的左轉，然後到了第五十六街又不得不在紅燈前面停下來。今天是陰天，空氣中感覺得出來快下雨了，透過暗色車窗，天空看起來更陰晦。

我問他要去哪兒。

「屠夫彌撒。」他說。

我腦袋冒出一些怪邪的異教儀式，人們穿著沾血的圍裙，揮舞著屠刀，獻祭一頭小羊。

「在聖本納德教堂，你知道那個地方嗎？」

「第十四街？」

他點點頭，「那兒的禮拜堂每天早上七點鐘有個望彌撒的儀式。然後八點時左邊小房間有另外一個彌撒，只有幾個人參加。以前我父親每天早上工作前都會去，有時也帶著我。他是個屠夫，在那兒的市場工作，這件就是他的圍裙。」

綠燈亮了，我們又轉了個彎上了大道。有時候綠燈閃了，他就放慢速度，看看左邊，再看看右邊，然後闖過去。中途碰上往林肯隧道的交叉路口，不得不停下來。之後便一路順暢開到第十四街左轉。聖本納德教堂在北側第三個街區，他停下來一會兒，然後把車停在一家葬儀社的店前，那兒的人行道前面有營業時間禁止停車的標誌。

我們下了車，巴魯朝葬儀社裡面某人揮揮手。招牌上寫著「塔美父子」，所以我猜塔美或他的某個兒子也在揮手。我跟著巴魯走上石階，通過大門進入教堂。

他帶著我從一個側廊進入左邊一個小房間，那兒有十來個望彌撒的人占據了前面三排折疊椅。他在最後一排坐了下來，指指旁邊的位子要我坐下。

接下來幾分鐘，又有五六個人進來。房間裡有幾個老修女，兩個老太太，兩個穿西裝、一個穿橄欖綠工作服的男子，還有四個跟巴魯一樣穿著屠夫圍裙的男子。

到了八點，神父進來了，他看起來像菲律賓人，講英文有輕微的口音。巴魯替我打開一本書，告訴我如何跟著儀式進行。我跟著其他人一起站起來，一起坐下，一起跪著。中間唸了一段《以賽亞書》，一段《路加福音》。

領聖餐的時候，我沒有離開位置，巴魯也是。其他除了一名修女和一個屠夫之外，每個人都吃了聖餐的小圓餅。

整個儀式沒有花太多時間，結束後，巴魯大步走出房間，一路走到教堂外，我跟在後面。

到了人行道上，他點了根菸，說：「我父親以前每天早上去工作前都會來。」

8

「你提過。」

「以前是用拉丁文的，現在改講英文，就沒那種神祕感了。不曉得他從望彌撒中得到些什麼。」

「你又得到些什麼？」

「我不知道，我不常來。一年或許來個十次、十二次，我會連續來個三天，然後又一兩個月沒來。」他又深深吸了一口菸，然後把菸蒂丟在地上。「我不會去告解，也不領聖餐，不祈禱。你相信上帝嗎？」

「有時候。」

「有時候，那就不錯了。」他抓住我的手臂，「來，」他說，「車子停在那兒沒問題，塔美會看著，不會讓人拖走，也不會被開罰單。他認識我，也認識那部車。」

「我也認得那部車。」

「怎麼會？」

「我昨天晚上看過，還記得車號，本來打算今天去查的，現在不用了。」

「反正也查不到什麼，」他說，「我不是車主，登記的是另外一個人的名字。」

「葛洛根的執照又是登記另外一個人的名字。」

「沒錯。你在哪兒看到這部車的？」

「昨天一點多在第十五街。尼爾・提曼上車後，你就開走了。」

「當時你在哪裡？」

「在對街。」

「在監視？」

「沒錯。」

我們在第十四街往西走，穿過哈德遜街和格林威治大道後，我問他要去哪裡。「我整夜沒睡，」他說，「我得喝一杯。屠夫彌撒之後，除了屠夫酒吧之外，還能去哪裡？」他看著我，綠色眼珠裡閃過一抹什麼。「你可能會是那裡唯一穿西裝的。生意人也會去那兒，可是不會這麼早。不過沒關係，切肉的販子心胸寬大，不會有人拿這個來為難你的。」

「很高興聽到你這麼說。」

現在我們走到了肉類販賣區，馬路兩旁都是市場和包裝工廠，許多和巴魯一樣穿著屠夫圍裙的人從大卡車上把屠體搬下來，吊在頭頂的掛鉤上。空氣中死肉的腥臭味很濃，把卡車排出的廢氣味都蓋過去了。朝街道的盡頭望去，可以看到烏雲籠罩著哈德遜河，還有對岸新澤西州高聳的公寓。可是整個景象給人的感覺，就好像那種老時代的延續一樣，那些卡車如果改成馬車的話，就跟十九世紀沒有差別。

他帶我去的那家店在第十三街和華盛頓街的街角。招牌只寫著「酒吧」，如果以前還有別的字，也無從得知了。那是個小房間，地板上到處撒著鋸木屑。牆上掛著一張三明治菜單，還有一壺煮好的咖啡。看到咖啡讓我很高興，現在喝可口可樂有點嫌早了。

酒保是個壯漢，留著平頭，還有濃密的小鬍子。有三個人站在吧台，其中兩個穿著屠夫圍裙，上面都有很多血跡。店裡還有六張暗色木頭的方桌，都是空的。巴魯跟吧台要了一杯威士忌和一杯黑咖啡，然後帶我到離門最遠的那張桌子。我坐下，他也坐下，然後看看自己的杯子，覺得酒太少了，又返回吧台，帶著整瓶酒回來。那是詹森牌愛爾蘭威士忌，不過不是他在自己店裡喝的那種陳年的。

他的大手掌包著杯子，然後拿高離桌子幾吋，做了一個無言的舉杯手勢。我會意後也舉高我的咖啡杯。他喝了半杯威士忌，對他來說，那效果一定就像喝水一樣。

他說：「我們得談談。」

「好啊。」

「我在看那個女孩的照片時，你就知道了，對吧？」

「我知道了一些事。」

「想擊中我的要害，那可真辦到了。你跑進來跟我談可憐的艾迪．達菲，然後我們又聊了一堆該死的事情。對吧？」

「沒錯。」

「我本來覺得你真是個陰險的混蛋，跟我兜了一大圈，然後把她的照片丟在桌上。但不是那麼回事，是吧？」

「嗯。我根本沒把她跟你或尼爾連在一起。我只是想知道艾迪心裡到底有什麼事情。」

「我沒理由隱瞞。我不知道操他媽艾迪的任何事，或者他心裡在想什麼，或者他做過什麼。」他把剩下的威士忌喝完，然後把杯子放在桌上。「馬修，我得這麼辦，我們進廁所，讓我確定你沒戴竊聽器。」

「老天。」我說。

「我不想拐彎抹角，我想把心裡的話痛痛快快說出來，可是除非知道你沒搞鬼，我是不會說的。」

廁所又小又溼又臭，兩個人一起進去太擠了，所以他站在外頭，讓門開著。我脫掉外套、襯衫和領帶，然後把褲子鬆開放低，他一直為這一切的無禮而道歉。我穿衣服時，他替我拿著外套，我慢吞吞的把領帶打好，然後從他手中接過外套來穿上。我們回到桌邊坐下，他又在酒杯裡倒了些威士忌。

「那個女孩死了。」他說。

我心裡有點什麼落實了下來。我已經知道她死了，已經感覺到也推測到，可是事實上，一部分的我又抱著期望。

我說：「什麼時候？」

「七月，我不知道日期。」他抓住杯子，可是沒有舉起來，「尼爾來我那兒工作前，在一家觀光客餐廳當酒保。」

「祝伊城堡。」

「你當然會知道那個地方。他在那兒搞過鬼。」

「信用卡。」

他點點頭，「他來找過我，我讓他去跟另外一個人聯絡。那些小小的塑膠卡很有賺頭，不過不是我喜歡的生意。都是些虛無飄渺的數字，你根本沒法下手。不過從各方面來講，那都是個不錯的生意。後來他被餐廳抓到，他們要他走路。」

「他就是在那兒遇見寶拉。」

他點點頭，「她也跟他一起牽涉在裡面。她把信用卡拿去收銀機那邊時，會在她自己的機器上先留下印子，或者餐廳會把作廢的副本交給她撕掉，她就留下來交給尼爾。尼爾被炒魷魚之後，她還待在那兒，替他弄信用卡的副本，他找了幾個女孩在不同的地方替他辦這事。可是後來她辭職了，她不想再端盤子了。」

他端起酒杯喝了一口，「她搬去跟他住在一起，保留著原來的房間，這樣她父母就不知道她去哪兒。他工作的時候，她偶爾也會來酒吧找他，不過通常她會等到下班再來接他。他不單純是酒保而已。」

「他還在弄信用卡的勾當？」

「沒了，他四處晃，你知道，可以找很多事情做。你可以告訴他某個車的廠牌和車款，他就會幫你偷一輛來。他跟一些小鬼偷過幾次車，也很有賺頭。」

「這些細節不重要，他做那些事情做得還不錯，你知道，可是他跟她在一起，我就不放心了。」

「我相信是。」

「為什麼？」

「因為她不是那塊料。她跟在旁邊，可是她不屬於這個圈子。她父親是做什麼的？」

「賣日本車。」

「不是贓車吧？」

「我想不是。」

他打開瓶蓋，舉起來，問我還要不要添咖啡。

「我不用。」我說。

「我也應該喝咖啡。不過要是這麼久沒睡覺，威士忌對我來說就跟咖啡一樣，可以提神，讓我保持清醒。」他倒滿酒杯，「她是個來自印第安納州新教徒家庭的好女孩，」他說，「她偷過東西，可是只是為了刺激。這做不得準，那幾乎就跟一個男人為了尋求刺激而殺人一樣。好小偷不會為了刺激而偷，他是為了錢而偷。而最好的小偷則只因為他是個小偷而偷。」

「寶拉怎麼了？」

「她聽到了一些她不該聽的事情。」

「什麼事？」

「你不必知道，噢，這又有什麼差別？曾經有些拉丁美洲的混蛋成包成包走私海洛因來賣，然後有個人開槍把這些傢伙操他媽的全打死，搶走他們的錢。報上登過，其實消息都錯了，可是或許你還記得。」

「我記得。」

「他安排她去農場，我在歐斯特郡有個農場，登記的是別人的名字，不過那是我的，就像車子和葛洛根都是我的一樣。」他喝了口酒，又說：「我操他媽的什麼都不擁有，你相信嗎？有個傢伙讓我開他的車，另一個讓我住在他登記租來的公寓裡。還有一對夫婦，祖先來自愛爾蘭的西密斯郡，他一向喜歡鄉下，他和老婆住在那兒，房地產契約也是登記他的名字，他在那兒擠牛奶、餵豬，他老婆在那兒養雞、撿蛋，可是我隨時高興就可以跑去住。如果有國稅局的混蛋想知道我的錢從哪裡來，為什麼，什麼錢？我擁有什麼得用錢買的東西嗎？」

「尼爾和寶拉在那個農場。」我打斷他。

「每個人都放鬆了，講話沒有顧忌，於是她聽到太多要命的事情。而且她不會保密，你知道。如果任何人去問她問題，她就會當個來自印第安納傳統保守的新教徒女孩，然後你知道的，她會告訴對方一切。所以我就告訴尼爾得擺脫她。」

「你命令他殺掉她？」

「我見了鬼才會下這種命令！」他把酒杯砰的一聲放在桌上，一開始我還以為他是因為我所提的問題而生氣。「我從沒叫他殺她，」他說，「我說他應該讓她離開紐約，如果她不在這兒，就不會構成威脅。她回印第安納的話，就不會有人去問她問題，警察和那些操他媽的義大利佬也不會去找她。可是要是她待在這兒，你知道，總有一天會出問題。」

「可是他搞錯了你的意思？」

「沒有。因為他後來告訴我一切都搞定了，她已經搭飛機回印第安納波里斯，我們再也不會看到她。她已經辦好手續退掉那個房間，正在回家的途中，而且一切都清理乾淨，不必再擔心她了。」他再度拿起他的酒杯，又放下，然後往前推了幾吋。「前幾天晚上，」他說，「當我把你給我的名片翻過來，看到她的照片，我才改變原來的想法。因為既然她已經回家了，怎麼會有人受她父母之託到處在找她呢？」

「怎麼回事？」

「我就是這麼問他的。『怎麼回事，尼爾？如果你已經把那個妞兒送回家，她父母怎麼會僱人來找她？』他說她已經回印第安納了，可是沒留在那兒。她馬上又搭上往洛杉磯的飛機，去好萊塢碰運氣。我問他，那她難道都沒打電話給她父母嗎？好啦，他說，或許她在那兒出了什麼事，或許她嗑藥，或者墮落了。總之，她在這裡就想找尋刺激的生活，所以她可能在那兒也是如此。我知道他在撒謊。」

「嗯。」

「可是我也就算了。」

「他打過電話給我，」我說，「應該是星期六凌晨吧，很早，或許就在葛洛根打烊後幾小時。」

「我那天晚上跟他談過。我們鎖上門關了燈，喝著威士忌，然後他告訴我，她去好萊塢想當電影明星。後來他又打電話給你嗎？他說了什麼？」

「叫我不要再找她了，我只是在浪費時間。」

「蠢小子，打什麼白癡電話。這只不過是讓你知道你有點收穫了，對不對？」

「我已經知道了。」

他點點頭，「全是我不打自招的，對吧？但我壓根不曉得我說溜了什麼，還真以為她回印第安納老家了。那個城市叫什麼名字來著？」

「蒙西。」

「蒙西，就是那兒。」他看著手上的威士忌，然後喝了一口。我很少喝愛爾蘭威士忌，但此刻我忽然回憶起那種味道了，不像蘇格蘭威士忌那麼衝，也不像波本那麼順。我喝光杯裡的咖啡，好像在服解藥似的一口吞下。

他說：「我知道他在撒謊。我給他一點時間解除他的緊張，然後昨天晚上，我載他往城北方向走了好遠，然後把事情全給問清楚了。我們到艾倫威爾那個農莊去，他就是把她帶到那兒的。」

「什麼時候？」

「七月的什麼時候吧。他說，他帶她去那兒一個星期，想在她回老家之前好好招待她一下。他說，他給了她一點古柯鹼，結果她的心跳就停止了。他說，她沒吸食那麼多，可是古柯鹼很難講，偶爾不小心就可能會送你上西天。」

「她就是這樣死的？」

「不是，因為這個混蛋還在撒謊。然後他又改變說法，說他帶她去農場，告訴她為什麼她必須回家。結果她拒絕了，當時她喝醉了，又生氣，就威脅說要去找警察，而且吵得很大聲。他擔心吵醒照管農場的那對夫婦，想讓她安靜下來，揍她揍得太用力了，結果她就死了。」

「可是這也不是實情，」我說，「對吧？」

「嗯。因為他幹嘛開車帶她到一百哩之外，告訴她說她必須搭飛機離開？老天，撒這種爛謊！」他露出獰笑，「可是，你知道，我不必讀他的權利給他聽。他沒有保持沉默的權利，也沒有請律師的權利。」他的手不自覺的摸到他圍裙表面的一塊暗色污漬上，「他說了。」

「說些什麼？」

「他帶她去那兒，殺了她，那是當然。他說她絕對不會答應回家的，他聽她說過，她只是發誓她一定會保守祕密。他帶她去農場，把她灌醉，然後帶她到外頭，在草地上跟她做愛。他把她的衣服脫光，和她一起躺在月光下。辦完事後，她還躺在那兒，他就拿出一把刀給她看。『這是什麼？』她說，『你想幹什麼？』然後他就刺死了她。」

我的咖啡杯空了，我拿著杯子到吧台讓酒保加滿。踩在地板上，我想像著腳下的鋸木屑都滲了血。我覺得自己看得見聞得到那些血。可是我唯一看見的，只不過是潑出來的啤酒，而我聞到的，也只不過是外頭飄進來的肉味而已。

我回到座位時，巴魯正在看我前幾天給他的那張照片。「她真是個俏妞兒，」他淡淡的說，「本人比照片漂亮，活潑得很。」

「生前是這樣。」

「沒錯。」

「他把她丟在那兒嗎？我想安排把她的屍體送給她父母處理。」

「不行。」

「有一個方法不會引起調查。我想如果我跟她的父母解釋，他們應該會合作。尤其是如果我告訴他們，正義已經得到伸張。」這些話聽起來很做作，不過的確出自真心。我凝視著他，「正義的確已經得到伸張了，是吧？」

他說：「正義？正義有伸張過嗎？」他皺起眉頭，盯著威士忌思索著，「你這個問題的回答是，」他說，「是的。」

「我也是這麼想。可是屍體——」

「你不能拿走，老兄。」

「為什麼不行？他沒說埋在哪裡嗎？」

「他根本沒埋掉。」他放在桌上的一隻手握成拳頭，指節都泛白了。

我等著。

他說：「我告訴過你農場的事情，只說是在鄉下，那裡的兩夫妻姓歐馬拉，他們很喜歡做農場的事情。太太很會種菜，到了夏天他們就會不斷給我很多玉米和番茄，還有苦味小黃瓜，他們總是要硬塞苦味小黃瓜給我。」他的拳頭鬆開，掌心朝下按著桌子。「他養了些牲畜，二十來隻豪斯坦種的乳牛。他靠賣牛奶賺錢維生。他們也想送我牛奶，可是我要牛奶幹嘛？不過他們的雞蛋真不錯。他還養了些土雞。你知道這代表什麼嗎？這代表他們得辛辛苦苦才能維生。老天，我想這對他們有好處。那些蛋黃都是深黃色，接近橘色。哪天我給你一些雞蛋。」

我一言不發。

「他也養豬。」

我啜了口咖啡，有一剎那我嚐到了波本威士忌的味道，然後我想，他可能趁我離桌時加了點酒在我的杯子裡。不過這當然是胡思亂想，我離開時是帶著杯子的，而且桌上的酒瓶裝的是愛爾蘭威士忌，不是波本。只是我已經很習慣喝咖啡時有這種錯覺，我的記憶產生了種種變化，讓我覺得腳下的鋸木屑裡有血，我的咖啡裡冒出波本味。

他說：「每年都會有幾個農夫喝醉了跑去豬舍，有時候就醉倒在那兒，你知道接下來他們怎麼樣嗎？」

「告訴我。」

「豬就把他們給吃掉了。豬會這樣的。鄉下有人會宣傳說他收集死牛死馬，替你處理動物屍體。豬需要一些葷的食物，你懂吧。吃了以後會長得更肥。」

「那寶拉——」

「唉，耶穌啊。」他說。

我想喝杯酒。一個人想喝酒有一百個理由，但我現在想喝，是出於最基本的原因。我不想感覺自己此刻所感覺到的，我心裡的聲音告訴我，我需要喝杯酒，不喝酒我受不了。

但那個聲音在說謊，你一定可以承受痛苦的。那種感覺會很痛，就像在傷口上撒鹽巴一樣，可是你撐得住的。而且，只要能夠持續的選擇承受痛苦，而非喝酒解脫，你就能熬過去。

「我相信他是故意的，」米基．巴魯說，「他想用刀子殺掉她，把她丟到豬舍裡，然後站在豬欄旁邊看著豬吃掉她。沒有人叫他這麼做，她可以回到她原來熟悉的家鄉，我們再也不會有她的消息。如果必要的話，他大可以嚇唬她兩句，可是沒人叫他殺了她。所以我不得不認為，他這麼做是因為他喜歡。」

「有些人會這樣的。」

「對，」他熱切的說，「而且其中偶爾也會有樂趣。你知道那種樂趣嗎？」

「不知道。」

「我有過。」他說。他把瓶子轉了轉看著標籤，眼睛不抬的說：「可是沒有好理由的話，你不能殺人。你不能隨便編個理由找藉口殺人。而且你也不能跟你不該騙的人亂講那些操他媽的謊話。他在操他媽我的農場裡殺了她，還把屍體拿去餵操他媽我的豬。然後他讓我一直以為她回到印第安納操他媽的蒙西市，待在她母親的廚房裡烤餅乾。」

「你昨天晚上去酒吧接他。」

「沒錯。」

「然後開車去歐斯特郡，我想你是這麼說的，去那個農場。」

「對。」

「然後你整夜沒睡。」

「是，開車大老遠跑去那兒，又大老遠跑回來，今天早上我就想去望彌撒。」

「屠夫彌撒。」

「屠夫彌撒。」他說。

「一定很累，」我說，「一路開去又開回來，而且我想你一直在喝酒。」

「沒錯，而且開車也很累。不過，你知道，那段時間路上車子不多。」

「那倒是真的。」

「而且去的路上，」他說，「我有他作伴。」

「回來呢？」

「我就聽收音機。」

「想必不會那麼無聊。」

「的確，」他說，「凱迪拉克裡頭的音響不錯，前後都有喇叭，聲音棒得就像是好威士忌一樣。你知道，她不是出現在豬舍裡的第一具屍體。」

「也不是最後一具？」

他點點頭，嘴唇緊閉，眼睛就像綠色的燧石似的。「也不是最後一具。」他說。

16

我們離開肉類市場的那個酒吧，從第十三街轉到格林威治街，再往北到第十四街，接著右轉到他停車的地方。他願意載我去上城，可是我不想，我告訴他，不如讓我自己搭地鐵，省得他還得在下曼哈頓的車陣裡奮戰。我們站在那兒一會兒，然後他拍拍我的肩，繞到車子駕駛座那邊上了車，而我則走向第八大道去搭地鐵。

我搭車到市中心，下車後第一件事就是找公用電話。我不想用街邊的電話，最後在一棟辦公大樓的大廳裡找到了一個電話亭。那電話亭還有個門可以拉上，不像外頭的電話只有個敞開的小遮棚。

我先打給薇拉。寒暄問好之後，我打斷她的話說：「寶拉・荷特凱死了。」

「喔，你本來就在懷疑。」

「現在我確定了。」

「你知道是怎麼發生的嗎？」

「知道得比我想知道的還多。我不想在電話裡講。總之，我得打電話給她父親。」

「我不羨慕你。」

「是啊，」我說，「我還有其他事情得辦，可是晚一點我想見你。我不知道還得忙多久，我五點或六點過去怎麼樣？」

「我會在家。」

我掛斷後，在亭子裡坐了幾分鐘，空氣很悶，我打開門，過了一會兒又關上，頭頂上的小燈亮了起來，我拿起話筒，先撥〇和三一七，再撥其餘的號碼。接線生接了電話之後，我告訴她我和荷特凱先生的名字，然後說我想打對方付費的電話。

他來接了電話之後，我說：「我是史卡德。我花了很長的時間沒有任何結果，然後突然間問題都解開了。細節我還不是很清楚，不過我想最好打個電話給你，事情看起來不妙。」

「我明白。」

「其實是看起來很糟，荷特凱先生。」

「呃，我怕的就是這個，」他說，「我太太和我，我們怕的就是這個。」

「今天晚些，或者明天，我應該會知道更多，到時候我會再打電話過去。不過我知道你和荷特凱太太一直希望能有好消息，而我想告訴你，不會有任何好消息了。」

「很謝謝你，」他說，「我六點前都會在這裡，之後整晚我都會在家裡。」

「我會跟你聯絡的。」

8

接下來幾個小時，我進出了幾個公家單位，我想要的資料大半都有，不過為了能拿到，我得隨時給個幾塊錢。紐約就是這樣，很多替市政府工作的人認為他們的薪水只不過是每天早上來簽到的某種基本報酬，要讓他們真的去做什麼事，他們就希望能有額外的錢可拿。電梯檢查員希望你賄賂他擔保電梯安全，其他公務員發出建築使用執照、或檢查房地產、或勘驗餐廳是否違反建築法規時，希望你塞紅包給他們，否則他們就要公事公辦。這種事一定會讓外地人很困惑，不過在阿拉伯國家住過的人，或許會發現這一切很熟悉而且可以理解。

我想要的資料都很尋常，給的小費也微不足道。付出去的大概是五十塊錢，或許多個幾塊。逐漸的，我開始明白我想要知道的事情。

快到中午時，我打電話給戒酒無名會總會，告訴接電話的義工說我沒帶聚會的通訊錄，想知道市政廳附近哪裡有中午的聚會。他給了我一個錢伯斯街的地址，我到的時候，正在唸開場白。我就坐下來一直待到聚會結束。我不知道自己有沒有聽進任何一個字，而我也沒有做出任何貢獻，除了我人坐在那兒，還有放在籃子裡的一塊錢。可是離開時，我很高興自己來了。

∞

聚會後我吃了個漢堡又喝了杯牛奶，然後去了更多公家單位，賄賂了更多公務員。離開最後一個辦公室去搭地鐵時，外頭正在下雨，到了第十五街下車，來到中城北區警局，雨已經停了。

我大約三點半到那兒，喬·德肯不在。我說我等他回來，然後說如果他打電話回來，請他同事告訴他我在等他，有重要的事。事實上他果真打電話回來，得到了口信，因為他四十五分鐘之後趕回來時，第一件做的事情就是問我有什麼重要的大事。

「每件事都很重要，」我說，「你知道我的時間值多少錢。」

「一個小時大約一元，不是嗎？」

「有時候更貴。」

「我等不及趕快退休了，」他說，「這樣我就可以自己營業賺那些大錢了。」

我們上樓坐在他的辦公桌旁。我拿出一張寫了一個名字和地址的紙，放在他面前，他看看那張紙，又看看我，說：「然後呢？」

「竊盜和殺人的受害者。」

「我知道，」他說，「我記得這個案子。我們已經結案了。」

「你們逮到凶手了？」

「沒有，可是我們知道是誰幹的。猴急的小毒蟲，用同樣手法幹了一堆案子，爬上屋頂從防火梯下來。我們沒辦法拿這個案子對付他，不過我們有一些證據充分的案子釘死他。他的公設辯護律師讓他認罪減刑，可是他還是得坐牢——我忘了得坐幾年，可以查。」

「可是這個案子你沒有實際證據？」

「沒有，可是我們有足夠理由結掉這個案子。反正這種事情我們做過夠多了，沒有證人、沒有實際證據。怎麼了？」

「我想看驗屍報告。」

「為什麼？」

「我等等再告訴你。」

「她被刀子刺中身亡。你還想知道些什麼？」

「我等等再告訴你。另外還有一件事——」

「什麼事？」

我拿了另外一張紙放在他桌上。「我還要其他驗屍報告。」我說。

他瞪著我，「你到底在搞什麼鬼？」

「喔，你知道的。像狗追骨頭似的在外頭奔走。如果有別的事情可忙，我也不會搞這些，可是你也知道所謂的魔鬼專找懶漢。」

「別操他媽的鬼扯了，馬修。你手上真的有什麼情報嗎？」

「要看你能不能調出這些驗屍報告囉，」我說，「然後我們就知道有什麼收穫了。」

17

我到薇拉家的時候，她穿著那件白色的牛仔褲和另一件絲襯衫，這件是萊姆綠的。她的頭髮放下來了，披在肩上，我按了電鈴後，她按開大門，然後在她那戶公寓門口等我，匆匆吻過我之後，把我迎進去，臉上盡是關切之色。「你看起來累壞了，」她說，「累慘了。」

「我昨天晚上沒睡多少，早起之後，又在外面跑了一整天。」

她拉著我走向臥室，「你乾脆馬上補個覺，」她催我，「你不覺得你應該睡一下嗎？」

「我繃得太緊了，而且我還有很多事得辦。」

「好吧，至少我可以給你一杯好咖啡。我今天出門去一個雅痞天堂，那兒有五十種咖啡豆，一種比一種貴。我想他們是以豆子種類訂出價格，而且還能告訴你產自哪裡，以及產地有哪些動物活動。我買了三種咖啡豆各一磅，還有這個電動咖啡機，什麼都不用做，等著喝咖啡就行了。」

「聽起來很棒。」

「我倒一杯給你。我已經請店裡磨好豆子了，他們還想賣磨豆機給我，這樣我煮出來的每一杯咖啡都是最新鮮的，可是我想這樣太沒節制了。」

「我想你是對的。」

「嚐嚐看，看你覺得怎麼樣。」

我喝了一口，把杯子放在桌上，「不錯。」我說。

「只是不錯？喔，老天，對不起，馬修。你今天很累很難熬，對不對？我還說話這麼不經大腦。你要不要坐下來？我會盡量閉嘴的。」

「沒關係，」我說，「不過如果你不介意的話，我想先打個電話，打給華倫．荷特凱。」

「寶拉的爸爸？」

「他現在應該在家。」

「你打電話的時候，要不要我迴避？」

「不必，」我說，「你就待在這兒。其實我打電話的時候你可以聽，反正我稍後也要跟你講同樣的事情。」

「你沒問題就好。」

我點點頭，拿起電話撥號時，她就坐在旁邊。這回沒等多久，荷特凱太太就來接電話了，我說要找荷特凱先生，她說：「史卡德先生嗎？他正在等你的電話，請稍等，我去叫他。」

荷特凱先生來接電話時，口氣聽起來像是勉強打起精神跟我講話。「恐怕是壞消息。」我說。

「告訴我吧。」

「寶拉死了，」我說，「死在七月第二個星期，我沒辦法確定是哪一天。」

「怎麼發生的？」

「她和一個男朋友還有另外一對男女在船上度週末。那位男士有一艘快艇，是那種類似遊艇的，平常交給市府渡輪處保管。他們四個乘船去外海。」

「是意外嗎？」

「不完全是，」我說，拿起咖啡喝了點，非常好的咖啡。「船，尤其是快艇，最近需求很大。相信不用我告訴你，毒品走私是個大生意。」

「其他人是走私毒品的嗎？」

「不，寶拉的同伴是證券分析師，另一位男士也在華爾街工作，他的女伴則在阿姆斯特丹大道經營藝廊。他們都是值得尊敬的人士。甚至沒有證據顯示他們曾嗑過藥，更別說搞毒品生意了。」

「我明白。」

「總之，他們的船是偷偷被用來走私的，結果就成了搶匪的目標。這種類似海盜的行為在加勒比海愈來愈普遍。船主都學會要帶槍上船，碰到其他船靠得太近就開火。北邊的海域海盜比較少，可是也逐漸多了起來。一幫海盜假裝他們的船沒有燃料了，靠近寶拉那艘船。他們上了船之後，就做了海盜通常所做的事情，殺害每個人，然後洗劫一空。」

「我的天哪。」他說。

「很抱歉，」我說，「我沒辦法說得更有禮貌。據我所能查到的，整個過程非常短，他們帶著槍上船，沒有浪費一點時間就把他們全部射殺。她痛苦的時間不會太久的，她的同伴也是。」

「上帝慈悲。在這個時代怎麼可能發生這種事？海盜，那種戴金耳環裝假腿，還有，還有，帶著鸚鵡，埃洛．佛林在電影裡演的那種，好像發生在古時候的事情。」

「我知道。」

「報紙上有報導嗎？我不記得看到過。」

「沒有。」我說，「這件意外沒有官方記錄。」

「那個男人還有另外那對男女是什麼人？」

「我答應別人不能透露，如果你堅持要我講的話，我就會食言，但我想最好不要。」

「為什麼？喔，我猜得到。」

「那個男的是有婦之夫。」

「我就是這麼猜的。」

「另外那對男女也結婚了，可是不是跟對方。所以讓他們的名字曝光沒有任何好處，他們的家人也希望能顧全顏面。」

「我可以了解。」他說。

「如果有任何調查進行的話，無論是警方或海岸防衛隊的，我都會發現。不過這個案子根本沒有調查就結案了。」

「為什麼？因為寶拉和其他人死了嗎？」

「不，因為海盜也死了。他們在一樁毒品交易中全被幹掉了。事情發生在劫船後幾個星期，否則我很可能不會查出什麼具體的事情。不過我碰到的一個人認識那個毒品交易另一方的人，他願意講出他所知道的，所以我才得知這些事情。」

他又問了一些問題，我都回答了，我花了一整天讓我的故事合理，所以他問的問題我都已經有所準備。最後一個問題我等了很久，我本來以為他會早些問的，不過我想他很不願意問。

「那屍體呢？」

「丟到船外了。」

「葬身大海，」他說，沉默了一會兒，他又說，「她一向喜歡水。她——」他的聲音沙啞，「她小時候，」他說著，聲音又回復正常，「我們會去湖邊度假，你就是沒辦法讓她不玩水。我以前喊她河鼠，如果不管她的話，她會游泳游上一整天。她就是喜歡那樣。」

他要我等一下，讓他告訴他太太這件事情。他一定用手遮住話筒了，因為我有好幾分鐘都沒聽到聲音。然後他太太來接電話，「史卡德先生嗎？我想謝謝你所做的一切。」

「很遺憾給你們這樣的消息，荷特凱太太。」

「我早就知道了，」她說，「事情發生時我就已經知道了。你不覺得嗎？就某種程度來講，我想我一直都知道。」

「或許吧。」

「至少我不必再擔心了，」她說，「至少現在我知道她在哪裡了。」

∞

荷特凱先生在電話裡再度跟我道謝，問是不是還得付我錢。我說不必了。他問我是否確定，我說是。

我掛上電話，薇拉說：「那個故事真離奇，你一整個白天查出來的嗎？」

「昨天晚上和今天早上。我早上打電話告訴他情況不妙，我想在告訴他細節之前，先讓他和他太太有心理準備。」

「『你媽媽在屋頂上。』」

我瞪著她看。

「你不知道那個故事？有個人出差，他太太打電話告訴他說家裡的貓死了，他就責備他太太，『你怎麼可以講得這麼直接，這樣可能會害一個人心臟病發。你應該婉轉一點，不能就這樣打電話給一個人，直通通的告訴他那隻貓爬上屋頂掉下來摔死了。首先，你應該打電話告訴他貓在屋頂上。然後再打一通告訴他，大家正在想辦法，要把貓弄下來，消防隊什麼的都來了，可是看起來不太妙。然後，在你第三次打電話來給我的時候，我就已經有心理準備，你就可以告訴我貓已經死了。』」

「我猜得到結果是什麼。」

「那當然，因為我已經把關鍵的那句話先講了。他在出差途中又接到他太太的電話，他先寒暄問好，然後他太太說，『你媽媽在屋頂上。』」

「我想我就是這麼做，先告訴他說他女兒在屋頂上。光是聽我講電話，你跟得上整個情況嗎？」

「應該可以吧。你怎麼查出來的？我還以為你在找一個認識艾迪的壞蛋。」

「我是。」

「那怎麼會扯上寶拉？」

「運氣。他不曉得艾迪的事情，但他認識那些在毒品交易中幹掉那票海盜的人，他帶我去找一個人，我問對了問題，就知道了這些事情。」

「外海的海盜，」她說，「聽起來好像老電影裡的情節。」

「荷特凱先生也是這麼說。」

「機緣。」

「什麼？」

「機緣。你如果查一件事沒有結果，卻在查的過程中，意外發現另一件事的真相，不就是這個道理嗎？」

「我做這一行，這種事情常常發生。可是我不曉得有這樣的形容方式。」

「嗯，就是這個說法啦。那她的電話和答錄機又是怎麼回事呢？還有她把衣服和其他東西都搬走、卻留下寢具，那又是為什麼呢？」

「那根本不重要。我猜想她帶了很多衣服去度週末，或許其他東西放在她男友租來的公寓裡。佛蘿．艾德琳去她房間時，她覺得看起來是空的，除了寢具看不見其他東西，然後，房門沒鎖上的那段時間，或許有個房客拿走了其他剩下的東西，以為寶拉是故意留下的。答錄機沒拿走是因為她以為寶拉還會再回來。這沒有留下任何線索，但卻讓我一直追這個案子，然後在我放棄之後，卻發現了解答，幾乎可以說是因為意外，或者因為你剛講的那個什麼字眼。」

「機緣。你不喜歡這個咖啡嗎？太濃了？」

「沒有的事，咖啡很好。」

「你都沒喝。」

「我慢慢喝，我今天已經喝一大缸咖啡了，真是可怕的一天，不過這咖啡很不錯。」

「我大概不太有信心，」她說，「這幾個月來都在喝無咖啡因即溶咖啡。」

「呃，這回很有改善。」

「我很高興。那艾迪那邊你沒查出什麼新消息囉？他心裡到底有什麼祕密？」

「沒進展。」我說，「不過反正我也沒期望。」

「喔。」

「因為我已經知道了。」

「我沒聽懂。」

「真的嗎？」我站起來，「我已經知道艾迪心裡的祕密了，也知道他發生了什麼事。荷特凱太太才剛告訴我，她早就知道她女兒死了，在某種層次上，她已經感覺到了。我對艾迪的事情，感覺到的比她的層次更明顯，可是我不想知道。我試著不去想，而我來這兒，只是想找出一些事情證明我猜錯了。」

「猜錯什麼？」

「猜錯讓他良心不安的是什麼。猜錯他是怎麼死的。」

「我還以為他是死於窒息式自慰。」她眉頭皺了起來，「你是說他是自殺？他其實有自殺的動機？」

「『你媽媽在屋頂上。』」她瞪著我。「我沒辦法婉轉的講，薇拉。我知道發生了什麼事，我也知道為什麼。你殺了他。」

18

「是水合氯醛，」我說，「滑稽的是，除了我之外，別人不會注意到。他只吃了一小顆，不足以對他造成什麼效果，也絕對不足以致死。

「但他戒酒，這表示他不應該有任何水合氯醛。根據艾迪的想法，保持清醒是不打折扣的，這代表不喝酒、不嗑藥，也不服用鎮定劑。他參加戒酒聚會後，曾經有一小段時間想試試抽大麻，然後知道這樣行不通。他不會吃任何東西幫助入睡，即使是成藥都不行，更別說像水合氯醛這種麻醉劑了。如果他睡不著，那就醒著，反正沒有人會因為缺乏睡眠而死。你剛戒酒時，大家都會這麼告訴你，天曉得我自己都聽得夠多了。『沒有人會因為缺乏睡眠而死。』有時候我真想拿把椅子，朝說這種話的人身上砸過去，可是結果他們是對的。」

她背靠著冰箱站著，一隻手的掌心按著冰箱的白色表面。

「我想查出他死前是否保持清醒，」我繼續說，「這對我來說好像很重要。或許因為如果是的話，那麼他除了一連串小挫敗便一無所有的一生，就有了一項勝利。於是當我知道水合氯醛的消息後，我就朝這個方向緊追不放。我上去他的公寓，很仔細的搜查過，如果他那兒有任何藥丸，我應該都會發現。然後我下樓來，在你的藥物櫃裡發現了一瓶水合氯醛。」

「他說他睡不著，都快發瘋了。他不肯喝口威士忌或來瓶啤酒，所以我就在他的咖啡裡放了兩顆藥。」

「這個理由不好，薇拉。我搜過他的公寓後，曾給過你一個告訴我的機會。」

「呃，當時你太認真了。你搞得好像給酒鬼一顆鎮定劑，就像萬聖節時給上門討糖果的小孩一顆藏了刀片的蘋果似的。我暗示過你，他可能在街上買了一顆藥，或者有人給了他一顆。」

「小綠圈。」

她瞪著我。

「你當時還這麼叫，我們談過，你假裝把藥名記錯，裝得很像，就好像你是第一次聽到這個名詞似的。演得不錯，完全就像不經意的樣子，可是時機不太對。因為幾分鐘前，我才剛在你的藥物櫃裡，發現一瓶水合氯醛。」

「我只知道那是一種幫助入睡的藥，不知道它叫什麼名字。」

「藥瓶標籤上就有名字。」

「或許一開始我就沒好好看過，或許我根本沒有去記，或許我根本就不把這類細節放在心上。」

「你？你這種知道巴黎綠是什麼的人？只要黨的領導下令，你就知道該怎麼在市區自來水系統中下毒的人會這樣？」

「又或許我只是衝口而出。」

「只是衝口而出。好吧，結果我下次去看藥物櫃，裡頭已經沒有那瓶藥了。」

她歎了口氣，「我可以解釋，我知道聽起來會很蠢，可是我可以解釋。」

「說說看。」

「我給他吃了水合氯醛。看在老天份上，我不知道有什麼理由不給他，他跑來跟我聊天，不肯喝咖啡，因為他說他失眠得厲害。我猜想他有心事，就是他打算告訴你的那些事，可是他一點都不願意透露。」

「然後呢？」

「我告訴他低咖啡因咖啡不會讓他睡不著，這個牌子好像還有助於入睡，至少對我有效。然後我瞞著他放了兩顆水合氯醛在他的咖啡裡。他喝完就上樓去睡覺了，後來我再看見他，就是跟你一起進去他公寓那次，他已經死了。」

「那你什麼都沒說的原因是——」

「因為我以為是我殺了他！我想我給他的藥弄得他昏昏欲睡，結果他勒著自己脖子的時候，便失去知覺，導致他的死亡。那回你在我這兒過夜時，我很怕你會拿這個來對付我，我知道你對堅持戒酒有多麼認真，而且我也看不出如果我承認自己做過什麼害死他，會有什麼好處。」她兩手垂放下來，「我覺得自己好像有罪，馬修，但那不表示我殺了他。」

「老天。」我說。

「你明白嗎？親愛的，你明白——」

「我明白的是，你即興演出的本領有多好。想必你受過良好的訓練，過去偽裝了那麼多年，在一個個新鄰居和新同事面前演出，這些訓練一定很了不起。」

「你還在追究我之前撒的那些謊。我並不引以為榮，但我想你說得沒錯，我已經學得讓撒謊變成一種本能了。現在我必須學習一個新的行為模式，現在我正在和一個對我意義重大的人交往。如今遊戲規則不同了，不是嗎？我——」

「別再說那些鬼話了，薇拉。」

她好像挨了一拳似的往後縮了一下。「沒用的，」我告訴她，「你不光是在他的咖啡裡放一片藥而已，你還用布條繞在他脖子上打了一個結，把他吊在水管上。對你來說想必不會太難，你塊頭大，又強壯，他只是個瘦小個子，而且你用水合氯醛弄昏他之後，他也不會掙扎了。你布置得很好，把他衣服脫光，放了幾本色情雜誌，整件事情就很明白了。你去哪兒買到那些雜誌的？時代廣場嗎？」

「我沒買那些雜誌，我沒做你剛剛說的那些事。」

「那兒的某個店員應該還記得你，你是會給人留下深刻印象的那種人，而且首先他們那兒的女顧客本來就不多。我想不必花太多力氣，就可以找出記得你的那個店員。」

「馬修，你自己聽聽看，你指控我的這些罪名有多可怕。我知道你累了，我知道你這一整天有多辛苦，可是——」

「我告訴過你別再鬼扯了。我知道你殺了他，薇拉。你關上窗子，讓臭氣晚幾天外洩，也可以讓驗屍的證據更不確定。然後你等著哪個人注意到那個臭氣，就會來找你或去報警。你一點也不急，你才不在乎要過多久屍體才會被發現，重要的是他已經死了。這樣他的祕密就會跟著他一起死掉。」

「什麼祕密？」

「他無法釋懷的祕密，他沒有勇氣說出來的祕密，關於他怎麼殺掉其他人的祕密。」

∞

我說：「可憐的曼根太太，她的所有老朋友都快死了，她也坐在這兒等著自己的死亡降臨。沒死的人都搬走了，有個房東曾找些街邊的毒鬼搬進公寓，嚇跑那些受房租管制保護的房客，還因此被罰款。他應該去坐牢，狗娘養的。」

她直直瞪著我，臉上的表情莫測高深，猜不出她心裡在想些什麼。

「可是很多人是自願搬走的，」我繼續說，「他們的房東收買他們，給他們五千、一萬或兩萬元，請他們搬家。這一定讓他們很困惑，拿出比他們一輩子所必須付的房租還多的錢，請他們空出公寓來。當然，他們拿那些錢是絕對找不到一個住得起的地方的。」

「這個系統就是這樣。」

「很可笑的系統。那幾個房間的租金住上二、三十年都不會變，而公寓的屋主只要付一小筆錢就可以擺脫你。你原以為房東會保住這些固定的房客，可是同樣的事情也發生在企業界。很多公司會給他們最好的員工一大筆退休金，請他們提早退休滾蛋。這樣他們就可以找薪資低一點的年輕小鬼來取代。這種事情難以想像，但的確發生了。」

「我不懂你提這些做什麼。」

「不懂嗎？我也拿到了戈特露．葛洛德的驗屍報告。她住在艾迪那戶的正上方，就在艾迪開始戒酒那陣子死掉，而且她屍體裡面的水合氯醛含量跟艾迪差不多。可是她的醫生，或羅斯福醫院、聖克萊爾醫院的人，都從來沒開過這個藥的處方給她。我想你是去敲她的門，讓她請你進去喝杯茶，趁她不注意的時候，你就在她的杯子裡下藥。出來之前，你會確定窗子沒拴上，這樣幾個小時之後，艾迪就會帶著刀溜進去。」

「他為什麼要替我做這種事？」

「我猜你是用性控制他，但也可能是其他任何方法。他才剛開始戒酒，那時候精神很脆弱。而你很善於讓別人替你去做你想做的事。你可能說服艾迪他是在幫那個老太太的忙，我聽你談過這方面的想法，說人們老了不應該是這樣。反正她永遠也不知道自己發生了什麼事，藥物會讓她昏迷，她什麼感覺都不會有。他只需要從他那戶公寓的窗子爬出去，往上爬一層樓，把刀子刺進一個睡著的老太太身上。」

「為什麼我不乾脆自己去殺她？反正我已經進了她的公寓，也讓她服下了水合氯醛。」

「你希望案子被當成小偷闖入。艾迪去做會更像那麼回事。他由窗子回去之前，可以從裡面鎖上門，把門鏈拴上。我看過警方的報告，他們是破門而入的。這一點安排得很不錯，看起來根本想不到會是公寓裡的人幹的。」

「我為什麼會希望她死？」

「很簡單，你想收回她那戶公寓。」

「你搞錯了，」她說，「我已經有自己的一戶公寓了，還是一樓，不必爬樓梯。我要她的幹嘛？」

「我今天在市中心花了很多時間。大半個早上和大半個下午。要從公家單位查資料不容易，不過只要知道方法，而且知道該找哪些資料，就能查出很多事情。我發現這棟公寓的屋主是誰，一個叫戴斯克不動產公司的機構。」

「何必查，這個我也可以告訴你。」

「我也查到戴斯克的老闆，是一個叫薇瑪・羅西兒的女士。我想要證明薇瑪・羅西兒和薇拉・羅西特是同一個人不會太難。你買下這個公寓，搬進來，可是你告訴大家你只是管理員，你的薪資用來抵房租。」

「不這樣不行。」她說，「除非瞞著房客，房東不能住進自己的房子裡。否則他們會一直跑來找你，要求這個那個的。而我這樣只要聳聳肩，說房東不肯，或者我聯絡不到房東，或者隨便什麼就行了。」

「想從這兒賺到現金，」我說，「一定很困難，這些房客所付的房租遠低於一般行情。」

「一直很困難。」她承認，「你提到的那個老太太戈特露・葛洛德。她當然也有房租管制保護。她每年的房租，到最後還不夠她冬天的暖氣費用。可是你不能就說我因此而殺了她。」

「她只是其中之一。你不單擁有這棟公寓，除了戴斯克之外，你還另有兩家公司。其中一家也屬於薇瑪・羅西兒名下的公司，擁有隔壁那棟公寓的產權。另外一家公司登記W・P・塔格特的，則擁有對街兩棟公寓的產權。而薇瑪・P・羅西兒是三年前在新墨西哥州和埃洛・休・塔格特離婚的。」

「我已經養成用不同名字的習慣，說來這都是我的政治背景造成的。」

「對街的兩棟公寓自從被你買下來之後，就成了一個非常不安全的地方。過去一年半來，有五個人死掉，一個是開煤氣自殺，其他都是自然死亡。有的是心臟病發，有的是呼吸衰竭。這些虛弱的老人孤單的死去，沒有人太留意是怎麼回事，你可以用一個老先生的床單悶死他，也可以拖著一個昏迷的老太太到廚房去，把她的頭放在煤氣爐上。這有一點危險，因為還是有可能會引起瓦斯爆炸，你可不希望只為了要殺了一個房客，就炸掉整棟公寓。這或許就是為什麼這個方法你只用一次。」

「這些事一點證據也沒有，」她說，「老人死掉很平常，如果我有幾個房客讓保險公司的理賠部門忙一點，那也不是我的錯。」

「他們的屍體裡都有水合氯醛的成分，薇拉。」

她想說什麼，嘴巴張開，卻說不出話來。她的呼吸沉重又急促，然後她的手伸到嘴邊，食指摸著她在芝加哥被打掉那兩顆牙齒後所換假牙上方的牙床。她又沉重的歎了口氣，接著一臉如釋重負的表情。

她拿起她的咖啡杯，在水槽倒空了，從櫃子裡拿出那瓶提區爾牌蘇格蘭威士忌，倒滿杯子。她發著抖喝了一大口。「老天，」她說，「你一定很懷念這玩意兒。」

「偶爾。」

「換了我就會。馬修，他們只是在等死，只是一天拖過一天。」

「所以你就幫他們的忙。」

「我幫了每個人的忙，包括我自己。這棟建築裡有二十四戶公寓，格局都差不多。如果重新整修一下，變成合作公寓，每一戶至少都可以賣到十二萬五千元。前面靠街的還值更多。重新裝潢後，這些公寓會變得更好、更通風、更敞亮。如果裝修得好的話，還可以賣到更好的價錢。你知道加起來會有多少嗎？」

「兩百萬？」

「將近三百萬。每一棟建築都有這個價錢。買下這些房子花光我從父母那邊繼承來的財產，還有貸款要付。收來的房租幾乎不夠開銷和稅金、保養費。每棟公寓都有幾個房客的租金是接近一般行情，否則我這幾棟房子就保不住了。馬修，你想一個房東讓房客以市價十分之一的價格賴在一戶公寓裡，這樣公平嗎？」

「當然不公平，公平的做法就是把他們弄死，讓你賺一千兩百萬。」

「賺不了那麼多。只要能讓空戶達到一定比例，我就可以把這棟樓賣給專門負責轉登記合作公寓的人。如果一切順利，我的利潤大概是每棟建築一百萬元。」

「那你就可以賺到四百萬。」

「我也許會保留其中一棟，不曉得，我還沒決定。可是總之我會賺到一大筆錢。」

「對我來說很多。」

「其實沒那麼多。以前我們都以為百萬富翁很有錢。現在如果樂透彩券的頭獎是一百萬，那就不算什麼了。可是要是有個兩三百萬，我就可以過好日子。」

「好可惜，不能讓你達成願望。」

「為什麼不能？」她伸手抓住我的手，我感受到她的熱力。「馬修，再也不會有人被殺害了，很久以前就已經停止了。」

「不到兩個月前，這棟公寓裡才有一個房客死掉。」

「在這棟？馬修，那是卡爾．懷特，老天，他是死於癌症。」

「他的屍體裡也有很多水合氯醛，薇拉。」

她的肩膀往下垂。「他死於癌症，」她說，「根據他的病情，也只有一兩個月好活了。他一直很痛苦。」她抬眼看我，「你儘管那樣想我吧，馬修，你大可以為我是露奎西亞．波札（譯註：露奎西亞．波札，義大利文藝復興時代貴族女子，為教皇亞歷山大六世之私生女，因政治原因被其父婚配三次，畢生熱心贊助學術與藝術。謠傳她曾參與其家族下毒殺害對手的計畫，並與其父兄有亂倫關係。法國文豪雨果的戲劇及義大利作曲家唐尼采第的歌劇，均基於這些傳說所編寫，故後世對波札的印象即為此種淫亂狠毒的女子）投胎轉世的，可是你不能把卡爾．懷特的死解釋為謀財害命。我只不過是因此損失他剩下幾個月的房租而已。」

「那你為什麼要殺他？」

「你一直在曲解這件事，可是我是出於慈悲。」

「那艾迪．達菲呢？也是出於慈悲嗎？」

「喔，老天，」她說，「我唯一後悔的就是他這樁。其他那些人要是有腦袋的話，他們就都會自殺。不，我對艾迪不是出於慈悲，殺他是為了保護自己。」

「你怕他會說出去。」

「我知道他會說出去。其實他曾經跑來我這兒，告訴我他要說出去。當時他在戒酒無名會，那個天殺的可憐傻瓜，他還嘮叨一堆，像是那種看到耶穌基督在他們的烤箱上頭顯像而改變信仰的教徒似的。他說他得和某個人談他的一切，可是我不必擔心，因為他不會把我的名字說出去。『我殺了我那棟公寓裡的某個人，讓房東小姐可以收回那戶公寓，不過我不會告訴你是誰叫我去幹的。』他說他打算吐露祕密的那個人，絕對不會說出去。」

「他是對的，我不會說出去的。」

「你會對連續殺人案袖手旁觀？」

我點點頭，「我曾經犯過法，但那不會是我第一次犯法，也不會是我第一次對殺人案袖手旁觀。上帝沒有派我來這個世界修正錯誤。我不是神父，可是他所告訴我的任何事，我絕對都會像是神父對信徒的告解一樣保密。」

「你會對我的事情保密嗎？」她靠近我，雙手握緊我的手腕，然後往上移。「馬修，」她說：

「第一天我請你進來，是想看你知道多少，但我大可不必跟你上床。我跟你上床，是因為我想。」

我什麼都沒說。

「我沒想到自己會愛上你，」她說，「可是事情就是發生了。我覺得自己現在說這些好傻，因為你一定會曲解，可是這剛好是事實。我想你也開始認真了，這就是為什麼你現在這麼氣我。可是從一開始，我們之間就有一種真實而強烈的感情，我現在還感覺得到，我知道你也感覺得到，不是嗎？」

「我不知道自己有什麼感覺。」

「我想你知道。而且你對我有好的影響，你已經讓我去煮真正的好咖啡。馬修，為什麼不給我們倆一個機會？」

「我怎麼能？」

「那是全世界最簡單的事情。你唯一要做的，就是忘掉我們今晚所講的話。馬修，你剛剛說過，你不是被派來這世上修正錯誤的，如果艾迪告訴你什麼，你都不會追究，為什麼你不能為我這麼做？」

「我不知道。」

「為什麼？」她再靠近一點，我可以聞到她氣息中的蘇格蘭威士忌味，也還記得她嘴裡的味道。她說：「馬修，我不想再殺其他任何人了，這一切永遠結束了，我發誓結束了。而且沒有真正的證據可以證明我殺過任何人，不是嗎？只不過是幾個人的體內有非致命的普通藥物而已。沒有人能證明我把藥給他們，甚至沒有人能證明我有那種藥。」

「我前幾天把標籤抄下來了，我有處方籤的號碼，有配藥的藥房，還有配藥日期、藥師的名字——」

「醫生會告訴你我有失眠的問題，我買水合氯醛是要治療我的老毛病。馬修，沒有具體的證據，而且我是可敬的市民，我有房地產，我請得起好律師。你想想看，檢方有的都只是情況證據，他們的勝算能有多少？」

「這個問題很好。」

「而且，為什麼我們要受這些折磨？」她一隻手撫著我的臉頰，慢慢搓著我的鬍楂。「馬修，親愛的，我們都繃得太緊了，太瘋狂了，今天真是瘋狂的一天。我們何不去睡覺？就是現在，就我們兩個，我們脫掉衣服上床，看看之後會有什麼感覺。你看怎麼樣？」

「告訴我你是怎麼殺掉他的，薇拉。」

「我發誓他一點痛苦都不會有，他根本不會知道發生了什麼事。我上去他的房間跟他聊天，他讓我進去了，我給他一杯茶，裡面放了藥。然後我回到樓下，後來再上去看的時候，他睡得像隻小羊似的。」

「然後你做了些什麼？」

「看看你，以你的聰明當然猜得到啊。你是個好偵探。」

「你是怎麼做的？」

「他幾乎光著身子，身上只穿了件T恤。我用布條鉤住水管，然後把他扶坐起來，再套住他的脖子。他都沒醒，我只需要拉住繩子，讓他以自己身體的重量造成窒息。就這樣。」

「那葛洛德太太呢？」

「就跟你猜的一樣。我讓她喝下水合氯醛，然後打開她窗戶的栓子。我沒殺她，是艾迪殺的。他也把現場布置得像是打鬥過似的，然後他從裡面鎖住門，由火災逃生口回到他樓下的房子。馬修，我殺的那些人都活得很厭倦了。我只是幫他們一個小忙，讓他們走向已經快到的終點而已。」

「慈悲的死亡天使。」

「馬修？」

我把她的手從我肩膀上拿開，往後退了幾步。她的眼睛瞪大，我看得出她正在猜我會往哪裡走。我深吸一口氣，又吐出來，然後脫掉我的西裝外套，掛在椅背上。

「喔，親愛的。」她說。

我拿下領帶，跟外套放在一起，又解開襯衫的鈕釦，把襯衫從腰際拉出來。她笑著走過來要擁抱我。我伸出一隻手阻止她。

「馬修——」

我把套頭汗衫拉過頭頂脫掉。這樣她一定看得見電線了。她立刻看到電線繞在我的肚子上，就貼著肉，可是她花了一兩分鐘，才醒悟過來。

然後她明白了，她的肩膀一垂，臉垮下來。伸出一隻手來扶住桌子免得昏倒。

當她又再給自己倒威士忌的時候，我拿著我的衣服走出去。

19

我帶她到警局。喬·德肯策畫得很漂亮，也多虧貝勒密和安卓提的協助。薇拉沒在警局裡頭待太久，因為她有那幾棟房子，沒有棄保潛逃之虞，於是被交保，她的案子可能一時也不會解決。

我想案子不會開審。報紙上的篇幅很大，她的美貌和激進的過去都沒有被報導，雖然她的律師會盡力阻止，但我跟她交談所錄下來的那些話應該可以成為法庭證據，不過除此之外，沒有具體的證據。所以目前看來，她的律師會希望在開審前認個比較輕的罪名，而曼哈頓的地檢署檢察官也會同意。

我從艾迪的公寓拿走幾樣東西——大部分是書，還有他的皮夾。有天晚上我把他所有戒酒無名會的書帶去聖保羅，把小冊子放在桌子上那堆免費取閱的書堆裡。我把他的《戒酒大書》和《十二階段與十二傳統》那兩本書送給一個叫雷伊的新會員，之前我根本沒正眼看過他。我不知道他是否還會繼續參加聚會，也不知道他會不會保持戒酒的狀態，但我想這些書總不會害他再去喝酒吧。

我留下他母親的《聖經》，我自己已經有一本了，是英皇詹姆士版的欽定本，不過我想再加一本天主教的《聖經》也無所謂。我還是比較喜歡英皇詹姆士版，不過兩本我都沒在看。

我花了超過七十二元的腦力，試圖決定要怎麼處理《聖經》裡面的四十元和他皮夾裡的三十二元。最後我指定自己當他的遺囑執行人，並僱用我自己去追查，解開他的謀殺之謎，然後遵照他的意思以七十二元酬謝我的服務。我把空皮夾丟在一個垃圾桶裡，無疑的，要是有掏垃圾的人眼尖看到，最後一定會很失望。

艾迪的葬禮由十四街聖本納德教堂隔壁的塔美父子葬儀社處理，米基．巴魯安排的，錢也由他付。「至少有個神父在他上頭替他禱告，而且可以葬在一個像樣的公墓，有個體面的葬禮，」他說，「不過到場的人可能只有你和我。」然而我在聚會上提到這件事，結果有二十來個人去替他送葬。

巴魯很吃驚，把我拉到一旁。「我還以為只有你和我，」他說，「如果我知道會有這麼多人，我會安排葬禮後的餐點，幾瓶酒和食物之類的。你想我們可不可以請他們全到葛洛根去喝幾杯？」

「這些人不會希望這樣的。」我說。

「啊，」他說，然後看看全場，「他們不喝酒。」

「今天不喝。」

「原來他們就是這樣認識艾迪的，他們現在全來送他了。」他思索了一下，然後點點頭，「我想他去戒酒也不錯。」他說。

「我也覺得。」

8

艾迪的葬禮過後沒多久，我接到一通華倫・荷特凱打來的電話。他們剛為寶拉舉行了一個小小的告別式，我想他打電話給我，是整個哀悼過程的一部分。

「我們宣布她死於船難，」他說，「我們談論這件事，這好像是面對的最佳方式。我想她的確是死於船難，即使不完全是，也差不多了。」

他說他和他太太都一致同意付給我的錢還不夠，「我已經寄一張支票給你了。」他說。我沒有跟他爭。我當了夠久的紐約警察，已經不會跟任何想給我錢的人爭辯。

「另外如果你想買車的話，」他說，「那是再歡迎不過，我會算成本價給你。我很樂意替你這麼做。」

「我會不曉得該把車停在哪裡。」

「我知道，」他說，「換了我住在紐約，就算有人送我車我也不會想要。不過不管有車沒車，反正我也不想住在那裡。好吧，你應該很快就會收到那張支票了。」

三天後我收到了，一千五百元。我想確定自己會不會不安，最後的結論是不會。這是我賺來的，我花了很多力氣去做事，也得到滿意的結果。我推過那道牆，牆移動了一點點，所以我已經把工作真正做好，也應該因此得到報酬。

我把支票存進銀行，然後提了一些現金出來，付掉一些帳單。又把十分之一換成一元，而且確定自己的口袋裡常保有足夠的一元零錢，當我在路上碰到跟我要錢的人，我就照舊隨意的給他們一元。

∞

收到支票那天，我和吉姆．法柏吃晚餐，我告訴他整個故事。我需要找人傾吐一下，而他很有風度的傾聽一切。「我想出這筆報酬是怎麼算的了，」我告訴他，「一千元是給我查出寶拉的死因，一千五百元是報答我說謊。」

「你沒辦法告訴他真相。」

「嗯，我不知道有什麼辦法告訴他。我告訴他『一個』真相。我告訴他寶拉死了，是因為她在錯誤的時間出現在錯誤的地點，我也告訴他殺寶拉的人已經死了。葬身大海聽起來要比餵豬吃好聽多了，但這有什麼差別？反正人就是死掉了，而且兩種都同樣是被吃掉。」

「我想是吧。」

「被魚吃掉或被豬吃掉，」我說，「就這一點來講，又有什麼差別？」

他點點頭，「你告訴荷特凱先生的時候，為什麼希望薇拉聽到？」

「我希望一開始焦點不在艾迪身上，而是寶拉，這樣我就可以趁她不備，而且我想要她跟他們聽到的是同一個版本，這樣等她被逮捕之後才不會講錯話。」我想了想，「也可能我單純只是想騙她。」

「為什麼？」

「因為在我拿到艾迪的驗屍報告，又在她的藥物櫃裡發現水合氯醛之前，曾告訴過她很多我的事情。然後從那個時候開始，我就疏遠她。之後我沒再跟她睡過覺。那回我們一起出去，我想我是故意讓她喝那麼多酒。我希望她失去意識，我希望我們兩個不要上床。我不確定是她幹的，那時我什麼都不曉得，但我擔心她會是凶手，所以我不想跟她太過親密，或者有親密的假象。」

「你在乎她。」

「當時有一點。」

「現在你有什麼感覺。」

「不太妙。」

他點點頭，又給自己倒了一杯茶。我們在一家中國餐館，服務生已經給茶壺添了兩次茶了。

「喔，趁我還沒忘記，」他說，伸手去掏他那件陸軍夾克的口袋，拿出一個小小的硬紙板盒子。

「這或許無法鼓舞你，」他說，「不過有點用處。這禮物送給你，來，打開看看。」

盒子裡頭是業務名片，很漂亮，是凸板印刷。上頭印著我的名字，馬修．史卡德，還有電話號碼。沒別的了。

「謝謝，」我說，「很漂亮。」

「我心想，老天，你應該有盒名片。你有個哥兒們在開印刷店，你應該有名片才對。」

我再度謝謝他，然後笑了起來，他問我有什麼好笑的。

「如果早先我有這些名片的話，」我說，「我就永遠不會知道誰殺了寶拉。」

∞

一切便是如此。大都會隊繼續挺進贏得分區冠軍，下個星期季後賽，他們將碰上道奇隊。洋基隊還是有勝算，但看起來，美國聯盟應該是波士頓紅襪隊和奧克蘭運動家隊出線。

大都會隊確定贏得分區冠軍那天晚上，我接到米基．巴魯打來的電話。「我想到你，」他說，「這陣子你找天來葛洛根吧，我們可以坐在那裡一整夜，講講謊言和傷心故事。」

「聽起來不錯。」

「到了早上，我們還可以趕去參加屠夫彌撒。」

「我會找一天去。」我說。

「我還在想，」他接著說，「來跟艾迪告別的那些人。你也參加那些聚會，是吧？」

「是。」

過了一會兒，他說：「這幾天我可能會找你帶我去。只是好奇，你知道，只是想去看看怎麼回事。」

「隨時歡迎，米基。」

「啊，不急，」他說，「沒什麼好急的，對吧？不過這幾天我會找一天的。」

「隨時告訴我一聲。」

「嗯，」他說，「再看吧。」

∞

季後賽我大概會去謝伊球場看一兩場球。他們解決道奇隊應該不難。例行賽兩隊曾交手十二場，大都會隊贏了其中十一場，所以他們應該可以輕鬆過關。

然而，你永遠猜不到。在短短的系列戰中，什麼事情都可能會發生。